Till C. Waldauer: Anhalt Gothic Novel

Till C. Waldauer

Anhalt Gothic Novel

Ein Schauerroman

Bibliografische Information der Deutschen Nationalbibliothek:
Die Deutsche Nationalbibliothek verzeichnet diese Publikation in der
Deutschen Nationalbibliografie; detaillierte bibliografische Daten sind im
Internet über http://dnb.dnb.de abrufbar.

Herstellung und Verlag: BoD – Books on Demand, Norderstedt

ISBN: 978-3-7568-4259-9

MIDTERMS.

Es war kurz nach 23 Uhr, als sich Erich aus seinem Rückzugsort an der Adria über Inter-Talk meldete, wo er, erstmals im gemeinsamen Urlaub mit Serpentina Wagner, den Abend der Midterms verbracht hatte. Für das letzte Septemberwochenende, an dem diese regelmäßig stattfanden, war es in den meisten Ländern der Mitropa-Konföderation noch angenehm warm. Es war sein erster Urlaub, seit der County die bittere Gewissheit über alles erlangt hatte, was geschehen war, und es war offenkundig, dass beide diese Tage dringend nötig hatten.

„Wir sitzen noch bei einer Virgin Colada und hören das letzte Grillenzirpen des Jahres, in drei Tagen macht hier alles dicht", verriet er mir und ließ die Livecam seines Tablets über das Poolareal ihres Hotel in Bibione Spiaggia wandern. Man erkennt Lichter, Tische, eine Handvoll anderer Urlauber auf der Veranda. Eine Alleinunterhalterin, wie sie einmal pro Woche in den Hotels der Ferienorte für die Gäste an der Bar aufspielen, singt eine recht passable Version von „Summertime Sadness". Zuvor hatte sie bereits auf Wunsch „Gentle On My Mind" gespielt, erläuterte Serpentina. Schön, die beiden wieder in entspanntem Zustand zu sehen. „Ich hab nur kurz reingesehen, wie alles ausgegangen ist", meinte Erich, als ich ihn auf die Wahlen ansprach. „Ich denke, das ist gut gelaufen für unseren County. Aber zum Feiern ist mir nicht zumute. Sobald man sagt, woher man kommt, wird man auch hier auf alles angesprochen. Das wird noch lange unser Image prägen."

„Kann's dir nicht verdenken, Dude", antwortete ich. „Ich war auch nicht lange im Rathaus. In Partystimmung war dort keiner. Die meisten waren schon vor einer Stunde weg. Ein paar Frauen aus der Noachidischen Runde hatten Kuchen gebacken, die wurden dankbar angenommen. Aber sonst sehr gedämpft, das Ganze. Huber solltest du dir aber noch reinziehen, seine Rede ist schon online. Du weißt, dass ich ihn nie besonders leiden konnte, aber heute hatte er meinen Respekt."

„Mach ich morgen vielleicht mal, kommt ja sicher auch im News-Überblick."

„Recht so, macht euch erst noch mal einen schönen Abend. Wir sehen uns, wenn ihr wieder zurück seid. Liebe Grüße auch von Kyra und Knut."

„Danke, ihnen auch gleich zurück."

Große Sensationen hatte der Abend nirgendwo gebracht, aber dass die Stadt und der gesamte Salzland-County so stabil bleiben würden, damit hatte man auch nicht gerechnet. Im Vorfeld hätte ohnehin keiner sagen können, wie die Leute auf eine so unfassbare Entdeckung wenige Wochen vor den Wahlen reagieren würden, deshalb hatten auch die Demoskopen kapituliert.

Der Salzland County reagierte außerordentlich nüchtern: Dr. Rantebihl wurde mit vier Fünftel der Stimmen als Sheriff bestätigt, wobei er in Bernburg sogar noch deutlich über dem Gesamtergebnis lag. Elka Jabłońska blieb in ungefährdeter Weise State Representative, Lancelot Huber wurde anhaltweit mit 60 Prozent als Gouverneur bestätigt.

Dass er, statt sich in der Mitropa-Hauptstadt Bratislava von seinen Fans beweihräuchern und vielleicht sogar zum künftigen Präsidentschaftskandidaten ausrufen zu lassen, den Abend lieber bei uns in der Stadt verbrachte, rechne ich ihm hoch an. Eigentlich hatte ich es immer mit dem „Anhalter Tageskurier" gehalten, der ihn als „korrupt und narzisstisch, aber unübertrefflich als demagogischer Volksgruppenflüsterer" beschrieben hatte. Wahrscheinlich stimmt die Charakterisierung ja immer noch, aber heute hatte der notorische Polterer und Sprücheklopfer, als er im Rathaus ans Mikro trat, genau die Worte gefunden, die diese Gemeinschaft und die Menschen im County in einer solchen Zeit gebraucht hatten.

„Was wir als Gemeinwesen in diesen bitteren Stunden durchgemacht hatten, hat uns gemeinsam getroffen, als persönlich betroffene Angehörige, als Teil unserer Familie, unserer Gemeinde, unserer Communitys, unserer Vereine, unserer Betriebe und unserer Freundeskreise", rief der neue und alte Gouverneur in die versammelte Menge. „Und wenn wir als Gemeinwesen aus all diesem Schrecken und all dieser Bitterkeit wieder emporsteigen sollen, wird uns das nur gelingen, wenn wir unsere Stärke dort suchen, wo wir sie schon zuvor gefunden hatten: in unserer Entschlossenheit, unserer Verbundenheit mit dem, was unser Leben ausmacht, unseren starken Familien und Gemeinschaften, unserem Glauben an Gott und unsere Aufgabe im Leben, in unserer Zuversicht und in unserer Vielfalt, die uns stark macht. Und mit dieser Stärke werden wir auch aus dieser schweren Prüfung als eine bessere Gemeinschaft hervorgehen. Ich werde auch in den kommenden Jahren mein Bestes geben, um dazu beizutragen."

Es wird dennoch eine lange, lange Zeit in Anspruch nehmen, bis Bernburg und der Salzland County wieder zur Tagesordnung übergehen können. Dass das Grauen über so viele Jahre unbemerkt bleiben konnte, obwohl die Berührungspunkte mit dem alltäglichen Leben so vieler der braven, strebsamen, eigentümlichen, aber auch liebenswerten Bürger dieser unbeschreiblich schönen, ländlichen Gegend so mannigfaltig waren, nagt am wechselseitigen Vertrauen.

Denn eine Frage wird sie und uns alle weiter quälen: Wer weiß nach dem, was geschehen war, noch, welche Abgründe sich hinter der Fassade des Nachbarn, des Postboten, des Bäckers, des Lehrers oder

Trainers verbergen könnten, mit dem man gerade über das Wetter oder die Pläne für Thanksgiving geplaudert hatte?

FIELD OFFICE.

Vieles von den Begebenheiten, die ich in den Ausführungen schildern werde, die nun folgen, kenne ich aus eigenem Erleben. Anderes ist mir auf dem einen oder anderen Wege zugetragen worden oder ich habe mir ein ungefähres Bild davon machen können, wie es gewesen sein musste.

Nun ist es denke ich erst einmal an der Zeit, mich vorzustellen. Ich bin 51 Jahre alt, verwitwet, alle Kinder sind außer Haus und ich bin seit mittlerweile zehn Jahren Counterintelligence-Beauftragter für das Netzwerk „Rural Vanguard" im CIC Field Office Bernburg im Salzland-County. Eigentlich ist mein wirklicher Name Joseph E. Benton III. und mein offizielles Zuhause ist die Siedlung für US-amerikanische Militärs und Auslandsbeamte knappe 20 Kilometer außerhalb der Stadt in einem etwas abgelegenen Seitental bei Wilsleben.

Tatsächlich kennt man mich aber unter dem Namen Will A. Carrier und ich trete offiziell auf als Koordinator für die Kontraktoren der Truppen in der Kaserne bei Aschersleben, die auf halber Strecke zur Grenze liegt. Manchmal mache ich das sogar wirklich, aber im Grunde werde ich hier für etwas anderes gebraucht. Außerdem vermittle ich Schüleraustauschprogramme zwischen hier und meiner langjährigen

Heimatstadt Stephenville in Texas – und dafür kennen mich die Bürger im County.

Ich lebe allein in einem von außen unspektakulär wirkenden Reihenhaus etwas unterhalb des Bahndamms der alten Siedlung Waldau im Norden von Bernburg, das unscheinbar an der Durchzugsstraße liegt und neben einem gemütlichen, sichtgeschützten Garten auch über einen kleinen Pool verfügt. Es ist im Grunde mein Zuhause, denn es ist die dortige Wohnzimmerschrankwand, auf der die Urne mit der Asche meiner verstorbenen Frau steht – und wohl auch deshalb fahre ich auch am Wochenende kaum nach Wilsleben zurück, sondern nur dann, wenn meine Anwesenheit dort explizit gewünscht ist. Als Eigentümer des Hauses ist eine GmbH eingetragen, deren einziger Gesellschafter wiederum eine andere ist mit Firmensitz auf den Bermudas. Eines Tages hoffe ich, es offiziell erwerben zu können – das hängt aber von der guten Laune der höheren Chargen ab.

Die meisten durchqueren die Siedlung lediglich auf dem Weg zu weiter entfernten, geschäftigeren Zielen. Hier hält fast nur an, wer irgendeinen Bezug zu der Ecke hat – als Gast oder Angehöriger von Anwohnern, als Kunde des Autohauses, des Pooldienstes, des Bäckers oder der kleinen Werkstätten und Schankbetrieben, die dort seit Jahrzehnten ein bescheidenes, aber hinreichendes Auskommen finden.

Zwanzig Meter vor meiner Haustüre zweigen auch gleich drei Nebenstrecken von der Landstraße ab, die unter anderem in Vororte der Nachbarstadt Staßfurt führen. Sie werden kaum noch genutzt, seit vor ein paar Jahrzehnten einen halben Kilometer oberhalb des Bahndamms die Fernstraße gebaut wurde und von dort aus zur wenige Kilometer entfernten Autobahnauffahrt führt. Jeder kann auch mit der Bahn anreisen oder in einer der Nebenstraßen um die Ecke parken, ehe er entweder offiziell vorne an der Haustüre klingelt oder aber den Schleichweg nimmt, der von der Rathmannsdorfer Straße zwischen drei angrenzenden Grundstücken am Hügel von hinten in meinen Garten führt.

Für vertrauliche Unterredungen ist das Domizil eine großartige Sache und deshalb nutze ich es meist auch dafür. Manchmal zitiere ich die Leute auch in das kleine Café in der Breiten Straße neben dem kleinen Einkaufspark am alten Ackerbürgerhof etwa 500 Meter weiter stadteinwärts. Dieses wird fast nur von Ortsansässigen genutzt, die sich selbst genügen und deshalb ihre Neugier auf anderer Leute Gespräche im Zaum zu halten vermögen. Manchmal finden die Unterredungen aber einfach auch während des gemeinsamen Joggens im Waldstück an der alten Landstraße statt, die heute fast nur noch für den landwirtschaftlichen Verkehr genutzt wird. Und wenn das Leben es nahelegt, das Angenehme mit dem Nützlichen zu verbinden, setze ich mich auch schon mal während einer Vorstellung mit meinen Gesprächspartnern in die Visionsbar des prachtvollen alten Art-déco-Kinos in einer Seitengasse der Bernburger Fußgängerzone.

Für die Nachbarn in der Siedlung bin ich der nette Ami, mit dem sie am Gartenzaun ein Schwätzchen halten, dem sie ihre Kinder für ein Schüleraustauschjahr anvertrauen oder bei dem sie, weil es heißt, dass ich irgendwas mit Ämtern zu tun habe, auch mal um irgendwelche Hilfe bei Formularen nachfragen. Eigentlich aber, und das muss keiner wissen, koordiniere und betreue ich ein Team von derzeit etwa 40 Personen, die als Informanten die Lage in unserer Region knapp 100 Kilometer vor der Grenze zur Europäischen Föderativen Republik (EFR) im Auge behalten und auffällige Beobachtungen melden sollen, die mit etwaigen Destabilisierungsbemühungen zusammenhängen könnten. Die politischen Entwicklungen der letzten Jahrzehnte waren es, die es erforderlich gemacht hatten, neue Wege zu gehen oder Altbewährtes wieder hervorzuholen.

Die Aufgabe meines Field Office besteht darin, die Informationen unserer Zuträger auszuwerten und jene, die potenziell für die nationale Sicherheit von Bedeutung sind, nach oben weiterzureichen. Das Hauptaugenmerk gilt dabei feindlichen Akten, die einen mutmaßlichen Bezug zur EFR aufweisen und zu jenen Personen und Vereinigungen, die wir im Verdacht haben, als deren fünfte Kolonne im Salzland, in Anhalt oder in der Mitropa-Konföderation insgesamt zu wirken. Für die Beobachtung eurasischer, chinesischer oder anderer potenzieller Einflussversuche sind wiederum andere Field Offices zuständig, die ebenfalls ihre Beobachtungen an vorgesetzte Stellen weiterleiten. Das ist im Interesse der Überschaubarkeit sinnvoll, verhindert Stress und Kompetenzstreitigkeiten – und was an den Erkenntnissen der Kollegen wichtig ist, lese ich dann ohnehin später in deren Berichten.

Es gilt als offenes Geheimnis, dass die in Anhalt selbst wenig bedeutende Oppositionspartei „Fortschrittsallianz" (FA), mehrere NGOs, Think-Tanks, Stiftungen, Medien und nach außen hin als Bildungseinrichtungen oder andere vermeintlich gemeinnützige Organisationen auftretende Zusammenschlüsse entweder von Akteuren der EFR gesteuert sind oder diese dort ein ruhiges Hinterland finden. Nach der Gründung der MiK wurden alle Parteien und die meisten politischen Vereinigungen und NGOs, die zu EFR-Zeiten bestanden hatten, wegen „organisierter Korruption und Unterminierung des Gemeinwesens" verboten, die Akteure hatten sich allerdings schon bald in neuen Zusammenschlüssen organisiert. Malte-Sören Hoeft, der starke Mann der Europäischen Föderativen Republik, macht uns Amerikaner dafür verantwortlich, dass sich vor Jahren mehrere Länder Mittel-, Süd- und Südosteuropas und sogar Landesteile der dort verbliebenen Länder wie eben auch Sachsen oder das alte Herzogtum Anhalt abgespalten und zusammen innerhalb von kürzester Zeit die „Mitropa-Konföderation" (MiK) gegründet hatten.

Was dort keiner gerne hört: Herbeigeführt hatten Hoeft und seine Mitstreiter die Situation selbst. Die irrwitzigen Experimente der dortigen Führung und ihre hemmungslose Arroganz hatten es geschafft, ihre eigenen Weltmachtambitionen von innen heraus zu untergraben. Ideologischer Wahnwitz und Polarisierung hatten Europas Gesellschaften so weit gespalten, dass auch der Versuch nicht mehr anschlug, sie auf der Grundlage gemeinsamer Feindbilder wie Russen oder Muslimen zusammenzuhalten. Preisexplosionen infolge von Misswirtschaft und außenpolitischen Muskelspielen sorgten dafür, dass immer mehr Menschen Wohnung, Lebensmittel und Energie nicht mehr bezahlen konnten. Vor allem Klein- und Mittelbetriebe mussten deshalb reihenweise aufgeben. Aus allen erdenklichen Vorwänden von Seuchenschutz über Umweltnotstände, bewaffnete Konflikte an der Peripherie bis hin zum Terrorismus wurden wirtschaftliche Freiheit und Mobilität eingeschränkt, was die Privatwirtschaft weitgehend abwürgte. Dazu kamen der rücksichtslose Assimilationsdruck auf missliebige Minderheiten, die permanenten Strafsanktionen gegen alle erdenklichen Mitgliedsländer, die angeblich die situationselastisch nach jeweiligem Bedarf interpretierten „Werte" verletzten, die allgegenwärtigen Bevormundungen und Gängelungen. Je stärker der frühere Wohlstand zurückgebaut wurde, umso mehr führte dies zu Armutsrevolten, bürgerkriegsähnlichen Unruhen und Fluchtbewegungen.

Als die späteren MiK-Länder sich auch noch weigerten, den verbliebenen Kernbereich ihrer Hoheitsrechte an Hoeft in Brüssel abzugeben, entzog ihnen die Führung der EFR im Wege eines administrativen Putsches mit Mehrheitsentscheid Sitz und Stimme in allen gemeinsamen Gremien. Immerhin hätten sie durch ihre Weigerung ja „unsere regelbasierte Wertegemeinschaft unterminiert". Daraufhin erklärten die Regierungen der betroffenen Länder ihren Austritt aus dem über die Köpfe der Bürger hinweg zum Bundesstaat ungewandelten früheren Staatenbund und die Gründung eines neuen. Volksabstimmungen brachten deutliche Mehrheiten für diesen Schritt, obwohl Hoeft und Generalstabschefin Marine Le Cochet mit der Entsendung der Europäischen Armee gedroht hatten.

Dann musste alles schnell gehen. Die provisorische Führung der MiK begann, Milizen in ihren Mitgliedsländern zu bewaffnen, machte Bratislava zu ihrer Hauptstadt, erhob den Gefangenenchor aus „Nabucco" zur offiziellen Hymne und bastelte im Schnellverfahren eine Verfassung für das Gebilde, die eine weitgehende Kopie der Gründungsdokumente der USA war. Sogar die Institutionen der USA wurden in weiten Teilen übernommen mit dem Argument, dass diese sich am längsten als tauglich erwiesen hatten, um eine Vielvölkernation dauerhaft als freies Gemeinwesen zu erhalten. Auch dies dürfte dazu beigetragen haben, dass man uns in der EFR als federführende Macht hinter der Entwicklung darstellte und offiziell zum Feindbild erhob. Zu gerne hätte man sich selbst als Weltmacht, Vorbild und Lehrmeister inszeniert. Die Realität mochte allerdings nicht so recht mit dem großen Traum konformgehen.

Tatsächlich hatte Präsident Kai Musk nur erklärt, mögliche Angriffe der Europäischen Armee auf unsere Truppen mit Gegengewalt zu beantworten, die zu befürchten wären, sollte Hoeft versuchen, die Gründung der MiK, die er bis heute nicht anerkannt hat, auf militärischem Wege rückgängig zu machen. Immerhin standen amerikanische Truppen am Ende hauptsächlich in den späteren MiK-Ländern – teils wegen der Konflikte entlang der eurasischen Interessenssphäre, aber auch, weil andere frühere Verbündete erklärt hatten, sie nicht mehr auf ihrem Territorium zu brauchen, weil die „Europäer*innen" ja jetzt ihre eigene Armee hätten. Die Ansage aus Washington ließ Hoeft aber von seinem Vorhaben Abstand nehmen. Zudem hatte seine Armee von Anfang an mit abtrünnigen Einheiten aus den eigenen Reihen Probleme, die sich in einigen Städten mit Aufständischen verbündeten. Wenig später schloss die Regierung der MiK mit uns einen umfassenden Beistands- und Unterstützungspakt, um zu verhindern, dass der neue Staatenbund von der gekränkten Republik im Westen oder von den mehr und mehr unter chinesische Dominanz geratenen Ländern im Osten überrannt würde.

Nach mehrfachen Grenzverletzungen und feindseligen Akten in der Grenzregion haben sich EFR und MiK in einem von den USA vermittelten Abkommen verpflichtet, militärische und nachrichtendienstliche Präsenz in einem Abstand von je 50 Kilometern zu den Grenzen zu unterbinden. Wer nicht völlig naiv ist, dem musste klar sein, dass sich keine Seite tatsächlich daran halten würde. Im Zeitalter weltweiter Kommunikationsnetze wäre dies auch kaum zu erwarten. Außerdem ist die Grenze zwischen EFR und MiK nicht vollständig geschlossen, obwohl Hoefts Kabinett versucht, die Auswanderungsbewegungen, die in den vergangenen Jahren immer stärker geworden sind, zu drosseln. Da Bernburg knappe 100 Kilometer von der Grenze entfernt liegt, wurde der weitläufige, durch Wanderungsbewegungen auf 250.000 Einwohner angewachsene County Salzland zum nachrichtendienstlichen Schwerpunkt ausgebaut. Und hier kommen wir ins Spiel.

Mich hatte der Dienst hierher abkommandiert, weil ich über die erforderlichen Sprachkenntnisse und auch ein Mindestmaß an Ortskenntnissen verfüge. Mein Vater hatte lange Zeit hier gelebt, ehe er in die USA ausgewandert war. Er war nicht der Einzige in einer Zeit, da die Verhältnisse hier bereits schwieriger und instabiler geworden waren. Viele sollte seinem Beispiel folgen, als das wirtschaftliche und zivile Leben nach der großen Seuche und dem weitgehenden Zusammenbruch der Versorgung infolge der Energiekrise auf dem Boden lag.

Die Führung hielt dennoch eisern an ihren Utopien fest. Um das Ziel eines CO2-neutralen Kontinents zu verfolgen, wurde die Mobilität eingeschränkt, es gab weitreichende Bargeldverbote, konventionelle Energie und Treibstoffe wurden dort, wo sie nach den selbstzerstörerischen Sanktionen gegen die Eurasier noch vorhanden waren, für weite Teile der Bevölkerung unbezahlbar. Der Anteil der Menschen, die von staatlichen Zuwendungen abhängig waren, wurde immer größer, diejenigen, die es nicht waren, wurden unter unterschiedlichsten Vorwänden immer stärker belastet, ebenso die Eigentümer von angespartem Vermögen oder Immobilien. Menschen, die in ihrem kleinen Häuschen ihren Lebensabend verbringen wollten, das seit der Generation ihrer Groß- oder Urgroßeltern im Eigentum einer Familie war, wurden mit teuren Sanierungsauflagen oder horrenden Zwangshypotheken belastet. Einige verkauften daraufhin an den Staat, der ihnen unter der Bedingung eines ausreichenden Sozialkredit-Scores ein Wohnrecht einräumte, andere nahmen sich einen Strick und erhängten sich in ihren Kellern, oft, nachdem sie kurz zuvor noch alles in Brand gesteckt hatten. Noch heute stehen Ruinen, die von solchen Häusern geblieben waren, in der Landschaft. Gleichzeitig waren die öffentlichen Haushalte immer weniger in der Lage, die Tätigkeiten, die sie sich selbst bis ins Detail selbst zu gestalten angemaßt hatten, zu finanzieren.

Mein Vater hatte sein Haus rechtzeitig weit unter dessen Wert an eine Stiftung verkauft, um der von Brüssel aus drohenden Zwangshypothek zu entgehen, und schaffte es, mit dem, was ihm verblieben war, nach Stephenville, Texas, wo er an einer Fachhochschule lehren und sich und seiner fünfköpfigen Familie eine neue Existenz schaffen konnte. Nach der Abspaltung der MiK wurden alle Zwangshypotheken gelöscht und Auswanderer durften in ihre unbelasteten Häuser zurückkehren, für viele war es aber zu spät. Aus meiner Familie nahm nur ich sofort nach Ende meiner Ausbildung in Stephenville das Angebot an, über Armee und Militärgeheimdienst an Dads alte Wirkungsstätte zurückzukehren.

Einer der Klassenkollegen meines Vaters aus der gemeinsamen Gymnasialzeit in Könnern, der mittlerweile mit Bernburg zu einer Großgemeinde zusammengeschlossenen Stadt knapp 20 Kilometer südlich, war Carl A. Bruckner, der dort in der Weinertsiedlung lebte und mit ihm zusammen schon damals ganze Nachmittage in den Spielautomatenhallen des Salzland-Einkaufsparks, heute „Anhalt Mall", verbracht hatte. Wie mein Vater gehörte auch Bruckner zu den etwa 20 Familien aus der Gegend, die damals in die USA ausgewandert waren. Wie das Schicksal so spielte, besuchte Bruckners Enkel Erich die Tarleton State, an der auch mein jüngster Bruder Steve unterrichtete. Von ihm wusste ich, dass Erich dort durch herausragende Leistungen in den Fächern Angewandte Psychologie und Kriminologie auffiel.

Über soziale Medien nahm ich mit ihm Kontakt auf und nachdem ich mich selbst davon überzeugen konnte, was dieser junge Kerl für ein Naturtalent war, ließ ich es mir nicht nehmen, Heimaturlaub zu beantragen und ihn in dieser Zeit auf die Möglichkeit anzusprechen,

Auslandspraxis zu sammeln – in meinem Field Office. Dass mein Hintergedanke dabei durchaus war, ihn perspektivisch auf Dauer hier zu behalten und zu einem möglichen Nachfolger für die Zeit meiner Rente aufzubauen, ließ ich aus taktischen Gründen unerwähnt, als ich zum ersten Mal mit ihm auf der Terrasse der Purple Goat saß, die für unsere Familie zum ersten Stammlokal nach der Auswanderung geworden war.

Dass ich zu dieser Zeit kurz davorstand, im Auftrag des Dienstes das Elternhaus seines Vaters in der Weinertsiedlung als strategisches Objekt zum Ankauf vorzuschlagen, traf sich gut. Die Option bestand, ihn dort offiziell als Betreiber einer Unternehmensberatung und Kunstagentur einzuquartieren – die als Tarnidentität dienen sollten. Ich nutzte sie. Die Tarnidentität sollte der Wohnqualität in der Lage zwischen alten Villenvierteln auf der einen und mondänen Terrassenwohnungen auf der anderen Seite des Mittelklasse-Wohnquartiers als angemessen erscheinen. Außerdem wäre es dann naheliegender, dass Stadtbibliothekar und Archivar Knut Thomas häufig bei ihm auf der Terrasse sitzen würde. Was nämlich außerhalb der Field Office keiner weiß: Dieser ist der inoffizielle Leiter des nachrichtendienstlichen Zentrums und der persönliche Ansprechpartner für alle Zuträger. Er sammelt die Informationen und fungiert als „Briefkasten" für Dokumente oder Erzählungen, deren elektronische Übermittlung zu heikel wäre. Gleichzeitig nimmt er eine Art erster Vorab-Überprüfung vor, welche Informationen valide und brauchbar sein könnten. Die bekomme am Ende des Tages ich zu Gesicht und kann dann weitere Veranlassungen treffen – und alle paar Wochen einen Bericht für die Führungsebene damit bestücken.

Die Quellen selbst, das sind die unterschiedlichsten Personen: Ihre einzige Gemeinsamkeit ist, dass bei ihnen allen davon auszugehen ist, dass sie dauerhaft in Bernburg oder der Umgebung bleiben würden. Sie reichen von Dissidenten und Auswanderern aus der EFR über allerlei Personen, die kraft ihrer beruflichen Funktion „Leute kennen" bis hin zu Kontaktleuten bei den Nachbarschaftswachten, Crime

Stoppers oder in den jeweiligen ethnischen und religiösen Communitys. Auch in den Sicherheitsbehörden gibt es den einen oder anderen, der zumindest ahnt, woher Knut Thomas' waches Interesse an all dem herrühren könnte, was die Menschen in meinem Gastland bewegt, und gerne unverbindlich Beobachtungen mitteilt oder um Einschätzungen fragt – notfalls am Rande einer Tennispartie oder Kunstausstellung.

Ich selbst treffe Zuträger oder andere Kontaktpersonen aber nur in Ausnahmefällen, wenn es sich um ganz heikle Angelegenheiten handelt. Das geschieht immer in Gegenwart von Knut Thomas – und der stellt mich dann je nach Bedarf als Kontaktmann zu Armee oder Militärpolizei, zu Anwälten oder Mitarbeitern des FBI vor. Mir perspektivisch eine rechte Hand zuzulegen, um Termine dieser Art wahrzunehmen, würde auch im Interesse der Geheimhaltung der Struktur unseres Field Office Sinn machen. Ob Erich Bruckner der Richtige dafür ist, müsste ich noch herausfinden. Auf Herz und Nieren getestet werden sollte er jedoch noch deutlich früher, als ich es mir gedacht hätte.

DIE HEIMFAHRT.

Etwas übermüdet, aber mit einem freundlichen Lächeln auf den Lippen traf Erich Bruckner an jenem regnerischen Märzabend nach einer etwa zehnstündigen Anreise von Dallas über London auf dem Flughafen in Prag ein, von dem ich ihn persönlich mit dem automatisierten Octavia abholte, den ich offiziell als Firmenfahrzeug der Schüleraustauschagentur verwende.

„Willkommen in der alten Familienheimat", begrüßte ich ihn, und wir ließen es uns nicht nehmen, vor der Fahrt nach Bernburg noch eine Portion überbackenen Käses und ein Bier in einem Terminal-Restaurant einzunehmen. Ich fragte ihn schon ganz zu Beginn ein wenig aus über seine Familie und die der Klassenkollegen seines Vaters. Immerhin war es schon wieder ein Jahr her, seit ich zum letzten Mal in der alten Heimat war und es sind am Ende des Tages doch nur Fragmente des Lebens vor Ort, die man über die Beiträge der Leute in den sozialen Medien mitbekommt – allen Videochat- oder sonstigen Echtzeit-Kommunikationsfunktionen zum Trotz. Vor allem musste man jahrelang alte Bekannte über zehn unterschiedliche Anbieter aus allen Ecken der Welt zusammensuchen, weil die großen amerikanischen Social-Media-Konzerne wegen der weitreichenden Datenschutz- und Kontrollvorgaben die EFR verlassen hatten. In der EFR gab es offiziell keine Zensur ausländischer Webseiten oder Nachrichtenquellen. Die Datenschutzvorgaben wurden jedoch so extrem gefasst, dass kaum ein internationaler Anbieter bereit war, sich auf die drohenden Bußgelder für etwaige Verstöße einzulassen, und deshalb brachen sie massenweise die Zelte dort ab – was im Ergebnis einen ähnlichen Effekt hatte. Immerhin kehrten manche von ihnen mittlerweile in die MiK-Länder zurück, obwohl Hoeft ihnen für diesen Fall schwere Sanktionen angedroht hatte. Die Nachwirkungen des Exodus vom Markt sind trotzdem noch zu spüren.

Unsere Rede kam schnell auf das Bordprogramm der Airbus-Maschine, die Erich nehmen musste, um von London nach Prag zu gelangen.

„Das war schrecklich", eröffnete er mir. „Keine Countrysender, nur nervtötendes Gehämmer oder seichte Dudelmusik auf allen Kanälen, vielleicht mal mit viel Glück ein Klassik-Radiosender, aber kein einziges Programm, egal ob Film, Hörprogramm oder Nachrichtensender, in dem sie einen nicht an allen Ecken und Enden mit Brainwash-Botschaften in den Werbeblöcken zugeschissen hätten."

Die Regierung der EFR hatte das Recht, Fluglinien zu betreiben und Flugzeuge zu benutzen, auf ihrem eigenen Gebiet massiv eingeschränkt. Nur Diplomaten, hohe politische Amtsträger, Beamte und Personen, denen von der Luftfahrtbehörde ein besonderes geschütztes Interesse zugebilligt worden war, durften Flugzeuge der zugelassenen Airlines zu regulären Konditionen nutzen. Für alle anderen wurden die vorgeschriebenen Kompensationsabgaben so drastisch erhöht, dass sie nur noch für sehr reiche Bürger erschwinglich sind. Um die Auslastung trotzdem sicherzustellen, beantragten die

Airlines, ihre Dienste im Ausland anbieten zu können, etwa im Vereinigten Königreich. Um dies genehmigt zu bekommen, hatten sie die Wahl, entweder horrende Ausfuhrzölle und Strafzahlungen wegen möglicher Einreisen in das Gebiet eines nicht von der EFR anerkannten Staates – insbesondere der Mitropa-Konföderation – zu entrichten, oder der Regierung und von dieser ermächtigten NGOs das Recht einzuräumen, kostenlos Botschaften an die Nutzer des Bordprogramms zu richten.

Seither werden Filme, Musikkanäle und sonstige Unterhaltungsprogramme regelmäßig durch Spots und Einblendungen unterbrochen, in denen es zum Beispiel heißt: „Mit deinem Flug belastest du den Planeten mit [xy] Tonnen CO_2 – denk an Mutter Erde und deinen Sozialkredit", was in weiterer Folge mit der Aufforderung zur Zahlung an einen staatlichen Kompensationsdienstleister der EFR verbunden wird. Andere Einblendungen mahnen dann wieder: „Kinder sind Freiheitskiller und belasten den Planeten – entscheide weise über deine Reproduktion", „Eine intakte Umwelt braucht keine dörflichen Strukturen – Schluss mit dem Kult um Eigenheim und Individualmobilität" oder „Willst du wirklich der Gemeinschaft länger zur Last fallen als nötig? Die Frühablebensberatung berät auch dich". Einige werben für den Umzug in Gemeinschaftsunterkünfte, um den hohen Energiekosten für eigene Wohnungen zu entkommen. Der von führenden internationalen Wirtschaftsforen propagierte „Große Wandel" bildet dabei das Leitmotiv. Immerhin hat die UNO erst vor drei Jahren erklärt, dass der Menschheit nur noch zehn Jahre zur Rettung des Planeten vor dem endgültigen Untergang blieben – nachdem die letzte diesbezüglich verkündete Frist in etwa einem Jahr geendet hätte. Böse Zungen behaupten, es wäre mittlerweile die gefühlt 39. „letzte Chance zur Umkehr" gewesen, die seit 1989 von öffentlichen Einrichtungen offiziell verkündet worden wäre.

An anderer Stelle beweihräuchern sich die Regierung der EFR, die UNO oder irgendwelche internationale Institutionen selbst dafür, dass sie der Welt die Erleuchtung in Form von grüner Energie, Geburtenkontrolle, irgendwelcher Dienste in Sachen staatlicher Bildung oder Hilfe bei der Durchführung gesellschaftlicher Experimente brächten – und geißelten Länder, die sich dieser Form von Entwicklungszusammenarbeit verweigerten. An Nachrichtensendern sind in den Lizenzmaschinen lediglich solche aus der EFR verfügbar, und entsprechend sind die Formate bis oben hin voll mit Hasstiraden gegen die „Feinde der ökosozialen Demokratie und unserer aufgeklärten und humanistischen Gesellschaft", von denen man sich aus allen Windrichtungen eingekesselt sieht. Wann immer wie derzeit ein von Brüssel nicht geschätzter Präsident im Weißen Haus sitzt, geht es auch gegen die „amerikanischen Imperialisten und Infiltranten", die diesen in ihrem Blendwerk hülfen.

„Uns haben sie auch immer wieder gewaltig auf dem Kieker", eröffnete ich Erich. „Und so gerne ich dir zum Einstand erst einmal ein paar Tage die Schönheit der Gegend, die Dörfer und die prachtvollen Sonnenuntergänge über den weiten Ebenen gezeigt hätte, liegt gleich einmal eine Menge Arbeit vor uns."

„Du hattest mir so etwas schon angedeutet, ja."

Ich wollte die Autofahrt zurück nutzen, um ihm eine erste Orientierung zu geben, weshalb wir zeitnah nach dem Essen aufbrachen.

„Es ist im Moment viel Unruhe in der Stadt und wir haben Anlass zu der Annahme, dass die EFR und ihre fünfte Kolonne versuchen könnten, die Lage zum Eskalieren zu bringen. Es gehen eigenartige Dinge vor sich im County, Sheriff Dr. Rantebihl hat sich vertraulich an Archivar Knut Thomas gewandt und um Hilfe gebeten."

„Weiß der denn, was wir machen?"

„Wie viele im Staatsapparat nicht im Detail, aber sie wissen, dass Knut immer gut informiert ist und weiß, wie man Dinge rausbekommt – oft auch, bevor die Behörden diese selbst ermittelt haben oder die Presse davon Wind bekommt. So etwas spricht sich herum und ab und an taucht dann jemand in der Bibliothek von Bernburg auf und fragt

Knut, ob er nicht Zeit für eine Tasse Kaffee hätte. Er hört sich alles an und sagt dann zu, sich zu bemühen. Am nächsten Tag schlägt er dann entweder bei mir im Garten auf oder kommt zu mir ins Café Nico, wenn ich dort gerade mein Frühstück einnehme."

„Die Bibliothek als lebender und toter Briefkasten zugleich..."

„So in etwa, ja."

„Und was ist jetzt in der Stadt genau los? Ich habe ja manchmal in Social Media mitbekommen, wie die EFR-Propaganda von angeblichen Fake-News über entführte Kinder geschrieben hat, die in Anhalt verbreitet würden."

„Nun, ob das tatsächlich Fake-News sind, gehört zu den Dingen, die wir helfen sollen, herauszufinden. Hattest du vor zehn Jahren diese Fichtelberg-Geschichte mitbekommen?"

„Gehört habe ich schon mal davon, ja."

Die „Operation Fichtelberg" war eine groß angelegte Operation des damals noch jungen Nationalen Sicherheitsdienstes der MiK und der Bundesermittlungsbehörde, des FBI, das seinen Hauptsitz in Budapest bezogen hatte. Claus Clement, ein Überläufer aus der EFR, stand eines Tages unangekündigt am Einlass der US-Kaserne in Wilsleben und hat seine Hilfe angeboten, um einen Menschenhändlerring auffliegen zu lassen, der die Rückendeckung staatlicher Stellen der Europäer genießen würde.

Die Entführer sollten vor allem Mitgliedern der Nomenklatura in der EFR zu Nachwuchs verhelfen, die mit 45 oder 50 Jahren nicht mehr in der Lage wären, auf natürlichem Wege eigene Kinder zu bekommen. Während dort in der Öffentlichkeit durch Medien und NGOs eine Kultur der „Kinderfreiheit" zum Wohle der „Ressourcen der Erde" und der „Rettung des Planeten" propagiert wird, versucht der Staat, den noch vorhandenen Nachwuchs an verlässliche und loyale Personen zu verteilen.

Dazu hatte man eine Krippenpflicht ab dem ersten Lebensmonat eingeführt und jeder Mutter wird von der Geburt ihres Kindes an ein „Kinderrechtsanwalt" beigegeben, der darauf achten soll, dass die

Herkunftsfamilien keine unerwünschten Erziehungsstile oder -inhalte pflegten. Vor allem in Familien von Einwanderern und Minderheiten und bei solchen mit religiösem Hintergrund führt dies häufig dazu, dass diesen bis spätestens zum zweiten Geburtstag das Sorgerecht für ihre Kinder entzogen und diese durch den Kinderrechtsanwalt zur Adoption an regierungstreue Antragsteller ohne eigenen Nachwuchs freigegeben werden.

In den meisten Fällen reicht der Vorwurf „nicht nachhaltiger" Lebensgestaltung, um die Maßnahmen zu rechtfertigen. In schwierigeren Fällen konstruiert man Vorwürfe wie „symbiotische Nähe" zwischen Eltern und Kindern oder lässt vermeintliche Zeugen aufmarschieren, die – häufig frei erfunden – Fälle angeblicher Kindesmisshandlung bescheinigen. Bei jüdischen Familien reicht der Verdacht, im Ausland die EFR-weit verbotene Brit Mila durchgeführt zu haben, Roma-Müttern wird regelmäßig vorgeworfen, falsche Angaben zu ihrem Alter gemacht zu haben, um deren Minderjährigkeit zu vertuschen.

Seit auch noch die islamkritische „Werte-Allianz" an der Regierung beteiligt ist, die vor dem Hintergrund bewaffneter Unruhen in einigen Städten der EFR bis zu einem Drittel der Stimmen bei Wahlen abgeräumt hat, ist auch die Zahl der Inobhutnahmen wegen des Verdachts „islamistischer" oder „separatistischer" Einflüsse im Familienverband deutlich angestiegen. Einige Fälle wurden bekannt, in denen es für eine Kindeswegnahme ausreichte, dass die Mutter ein Kopftuch trug. Die Regierung bestreitet bei jeder Gelegenheit, dass es in der EFR zu Zwangsadoptionen käme. Allerdings werden häufig in dortigen öffentlich-rechtlichen Medien Personen aus Communitys mit sogenanntem ausbaufähigem Sozialkredit gezeigt, die vor Kameras die Politik der Regierung dafür loben, sie aus „einengenden" Traditionen zu befreien und ihnen ein selbstbestimmtes Leben zu ermöglichen, in dem sie keine „Gebärmaschinen" mehr wären.

Die Praxis hatte zur Folge, dass zahlreiche Familien mit Kindern insbesondere nach der Abspaltung der Mitropa-Konföderations-

Gebiete versuchten, aus der EFR zu fliehen – obwohl die MiK dort regelmäßig als vermeintlicher Hort des Fremdenhasses und des Rassismus gezeichnet wird. In den MiK-Ländern wurde den meisten Familien, die aus Angst vor Kindeswegnahme geflohen waren, Asyl gewährt. Für Hoeft und sein Kabinett war dies eine Provokation. Schon bald versuchte er, die Grenzen für Personen mit Kindern so gut wie möglich zu sperren, allerdings war die EFR auf offene Grenzen für den Güterverkehr angewiesen. Die Ausstiege aus sämtlichen Formen fossiler Energieversorgung, der Atomenergie und allen Lieferverträgen mit früheren Energiepartnerländern hatten dazu geführt, dass bereits für die Aufrechterhaltung einer eingeschränkten und überteuerten Versorgung massive kurzfristige Importe erforderlich waren. Auswanderungswillige lassen sich nun häufig in illegalen Lagern in Grenznähe nieder und überlegen sich teils gewagte und originelle Wege, um auf das Gebiet der MiK zu gelangen. Um ehrlich zu sein: Ein paar Secret-Service-Kollegen helfen manchmal mit, wenn es darum geht, falsche Dokumente oder Vorwände zu finden, die es Familien ermöglichen, auszureisen. Und manche Beamte in EFR-Behörden entlang der Grenze sind gegen ein wenig zusätzliches „Energiegeld" durchaus bereit, mal ein Auge oder sogar beide zuzudrücken, damit er und seine Angehörigen noch in einer eigenen Wohnung bleiben können und nicht in eine gemeinschaftliche Wohn- und Schlafhalle umziehen müssen, wie sie an allen Ecken der EFR aus dem Boden sprießen.

Auch, weil man sich nicht die Blöße des Vorwurfs geben wollte, wie frühere kommunistische Regime die eigenen Bürger einzumauern, verzichtete die EFR auf eine vollständige Abriegelung der Außengrenzen. Allerdings verschwanden schon bald Kinder aus Familien, die es längst über die Grenze geschafft hatten, und mancherorts machten Gerüchte die Runde, Häscher der Regierung der EFR würden einsickern, um diese zu verschleppen und „zurückzuholen".

Bewiesen werden konnte der Vorwurf lange Zeit nicht, bis Clement kam und sich als desertiertes Mitglied eines solchen Kommandos zu erkennen gab. Gegen die Gewährung einer neuen Identität und Zusicherung der Straflosigkeit packte er umfassend aus und ermöglichte es den Behörden der MiK, in der Operation Fichtelberg mehrere komplette Netzwerke von Entführern im Dienste der EFR zu zerschlagen. Clement nannte als Grund für seinen Seitenwechsel, dass er erlebt habe, wie ein entführtes Kind, das unter einer zusätzlichen Bodenplatte eines Transporters eingepfercht und geknebelt war, auf dem Staatsgebiet der EFR infolge einer Panikattacke verstarb und in einem Waldstück vergraben wurde.

Die Regierung der EFR bestritt trotz entgegenlautender Aussagen mehrerer in weiterer Folge in Anhalt festgenommener Tatverdächtiger jede Mitwisserschaft und beschrieb die Verschleppungen als kriminelle Akte, die eine Bande aus eigenem Antrieb vollzogen habe. Als einer der Verhafteten die Identität des verstorbenen Mädchens als jene einer vermissten Achtjährigen aus einer in den Freistaat Anhalt geflohenen türkischen Familie bestätigen konnte, wurde in der EFR ein 30-jähriger nach einem Unfall am Gehirn Geschädigter mit einem IQ unter 60, der kaum noch einen Satz formulieren konnte, als vermeintlicher Täter vor Gericht gestellt. Die dortigen Medien bezeichneten die Nachrichten über einen aufgeflogenen Entführer-Ring, der mit Duldung der Regierung agiert habe, als „Desinformationskampagne der Abtrünnigen und ihrer amerikanischen Drahtzieher". Social-Media-Accounts, die Artikel über die Angelegenheit teilten, wurden gelöscht, einige Urheber von ihnen wegen „antieuropäischer Hetze" abgeurteilt.

„Clement lebt übrigens nur ein paar Häuser weiter von dir mit neuer Identität", informierte ich Erich. „Er heißt jetzt offiziell Gert Krämer und versorgt Sportstätten, Schulen und gesellschaftliche Institutionen mit Ausstattungsgegenständen. In einigen Einrichtungen macht er auch freiberufliche Hausmeisterdienste. Irgendwo zwischen Bebitz und Lebendorf hat er vor einigen Jahren auch ein kleines Grundstück erworben und dort eine Schweine- und Hundezucht aufgebaut.

Niemand im Salzland mit Ausnahme des Sheriffs, Knut Thomas, mir und jetzt dir weiß, wer er wirklich ist, und er weiß seinerseits nicht, dass es uns gibt. Aber kürzlich ist er einmal beim ihm vorstellig geworden, und was er zu sagen hatte, klang sehr interessant."

„Was war das?"

„Er meinte, dass sich neue Netzwerke gebildet hätten. Und tatsächlich sind in den vergangenen sechs Jahren allein im erweiterten Gemeindegebiet von Bernburg fünf Mädchen zwischen zehn und 16 Jahren verschwunden. Der letzte Fall ist jetzt vier Wochen her. Die Emotionen kochen hoch und ich habe den Eindruck, dass einige Leute bewusst versuchen, die Tragik der ungelösten Fälle zu nutzen, um Leute gegeneinander aufzuhetzen. Da das ein möglicher gezielter Destabilisierungsversuch sein könnte, ist unser Typ gefragt. Morgen will ich Knut und dich deshalb in meinem Wohnzimmer sehen, dann verschaffe ich dir einen detaillierten Überblick über alles, was wir bisher wissen."

Es war längst dunkel, als wir die tschechische Grenze weit hinter uns gelassen hatten. Um einem angekündigten Stau bei Halle auszuweichen, nahm ich einen Umweg über das Mansfelder Land, irgendwann bewegte der Wagen sich nach der Abfahrt von der Autobahn auf einer schlecht ausgeleuchteten und kaum befahrenen Landstraße. Ich wollte Erich an jenem Tag auch nur noch kurz die wichtigsten Besonderheiten über sein künftiges Quartier erläutern, dessen unteres Stockwerk in der darauffolgenden Woche noch auf Vordermann gebracht werden sollte.

Er war sichtlich müde, phasenweise schlief er ein auf dem Beifahrersitz, während ich noch meinen Streamingkanal mit Countrymusik der vergangenen 50 Jahre laufen ließ. Es waren noch etwa 40 Kilometer zu absolvieren und ich war mit meinen Gedanken schon bei den Dingen, über die ich ihn tags darauf unterrichten wollte.

Die Fahrt plätscherte dahin, ich zählte schon innerlich die Kilometer, bis sie vorbei sein würde. Nur noch kurz mit ihm mitkommen und ihm das Wichtigste im Haus zeigen, und dann nichts wie ab nach Hause. Es war auch kaum jemand unterwegs. Wir fuhren Kilometer um Kilometer ohne jedweden Gegenverkehr, während der Regen unaufhörlich und monoton an die Scheiben prasselte.

Mit einem Mal ging der Warnton an, mittels dessen das hochautomatisierte Fahrzeug mich als Fahrer zum aktiven Verfolgen und notfalls Eingreifen in den Fahrprozess auffordert. Üblicherweise geschieht das, sobald der Sensor eine Person oder ein Tier wahrnimmt, das ungeachtet des herannahenden Fahrzeuges im Begriff ist, die Straße zu überqueren.

Es musste, so dachte ich, irgendwas, vielleicht ein Reh oder ein Wildschwein, hinter der Kuppe lauern, auf die wir zusteuerten, und ich sollte mich, während der Wagen an Geschwindigkeit abbaute, auf ein Ausweichmanöver einstellen. Ich versuchte schon mal Tempo runterzunehmen. Mit einem Mal schrie Erich, der von dem Warnton aufgeschreckt war: „Fuck, was ist das?!"

Ich war so sehr damit beschäftigt, die Karre vorbeizulenken und zum Stillstand zu bringen, dass ich nicht mal im Detail sah, was es genau war, das mit einem Mal mitten auf der Straße im strömenden Regen vor uns auftauchte. Ein lautes Poltern, das ich hörte, während ich dem Hindernis auswich und gleichzeitig versuchte, den Wagen nicht an einen der Bäume entlang der Landstraße oder in den Straßengraben zu befördern, machte mich sicher, ich hätte jemanden angefahren – und was dort auf der Straße stand, war definitiv ein Mensch. Dessen war nicht nur ich mir sicher, sondern auch Erich.

Er bestätigte mir, was ich auch zu sehen gemeint hatte. Es musste ein Mädchen im Teenageralter gewesen sein, links und rechts zu Zöpfen geflochtene, lange blonde Haare unter einem schneeweißen Käppi, in einem ebenso schneeweißen, knielangen Kleid – das mit leeren Augen, in denen nur das Weiße zu sehen war, direkt auf uns starrte, während ich mit meinem waghalsigen Fahrmanöver versuchte, zu retten, was zu retten war.

Ich schaffte es, die Karre auf welche Weise auch immer zu stabilisieren und sie etwa 80 Meter weiter unten am Straßenrand mit Warnblinkanlage zum Stillstand zu bringen.

„Verdammt, wir haben sie erwischt", war sich Erich sicher, als er mich mit starrem Blick ansah.

„Komm, lass uns nachsehen", erwiderte ich.

Mit einer Taschenlampe aus dem Handschuhfach ging ich voran, während schon nach kürzester Zeit der Regen alle Schichten an Kleidung durchdrungen hatte und sie als nassen, kalten Überzug auf der Haut kleben ließ. Der Regen war so stark, dass selbst die Lampe nach kurzer Zeit zu flackern begann und ich annahm, dass sie jederzeit ausgehen würde.

Wir mussten aber das Mädchen finden, um sie in den Wagen verfrachten und von dort aus den Notarzt rufen zu können. Doch auch als wir die Kuppe erreicht hatten, war immer noch nichts zu sehen gewesen. Wir sahen nicht nur auf der Straße nach, wir suchten auch das ab, was wir in der Dunkelheit noch von den Feldern links und rechts davon erkennen konnten, immer begleitet von einem „Hallo, ist da jemand, hallo, wo sind Sie?", auf das jedoch keine Antwort folgte außer wieder nur dem Klang des Regens, der auf den Asphalt hämmerte und den tiefen Boden in eine Schlammwüste verwandelte.

„Scheiße, wo ist sie?" – Erich war schon bis zu den Knien eingesunken, während er durch die Felder watete, und mir ging es nicht signifikant besser.

„Hier ist niemand. Die Bordkamera muss aber alles aufgenommen haben. Ich kann die Aufnahme aufrufen."

Wir begaben uns zurück in den Wagen und ich konnte über den Bordcomputer die Sequenz verfügbar machen. Ich fand die Stelle, da sich der Wagen an die Kuppe annäherte, diese überquerte, das Ausweichmanöver vollzog – aber es war nichts und niemand auf der Aufnahme zu sehen, dem er ausgewichen wäre.

„Verdammt, was war das?", entwich es mir in jenem Moment.

„Du hast sie doch auch gesehen…?!", erwiderte Erich mit einem fragenden Blick.

„Ja, dieses Mädel war da, ich sehe sie jetzt noch vor mir. Diese Augen… mir läuft es jetzt noch kalt den Rücken runter, und zwar nicht nur, weil alles klatschnass ist."

„Ich weiß nicht, was zur Hölle das war. Aber du hast auch gesehen, es ist nichts und niemand da. Das ist mir ein bissl zu strange im Moment hier. Lass uns bloß abhauen!"

Ich setzte den Wagen wieder in Gang, er schien unversehrt geblieben zu sein.

„Informierst du die State Patrol?", fragte mich Erich.

„Ich lasse Knut Thomas vorfühlen. Ich sage ihm morgen Bescheid und er soll sich erkundigen, ob es irgendwelche Vorfälle entlang dieser Route gegeben hat. Wildschäden, geborgene Verletzte, Krankenhauseinlieferungen. Sollte wirklich jemand verletzt worden sein, würde ich schon veranlassen, dass das geregelt wird. Da wird dann ein Schaden oder Behandlungskosten unter der Hand ersetzt. Von unserer Fahrt hier müssen allerdings nicht mehr Leute wissen als nötig. In Fällen, in denen Schlimmeres geschieht, also würde ich jemanden totfahren oder schwer verletzen, müsste ich das der vorgesetzten Stelle direkt melden und dann müsste der offizielle Weg beschritten werden. Auf die eine oder andere Weise stehen wir auf jeden Fall für alles gerade, wenn was passiert. Aber eben auf eigenen Wegen, denn es ist besser, die Leute wissen weniger als mehr von uns und dem, was wir hier machen. Gott sei Dank bin ich noch nie in eine solche Situation gekommen."

„Gut zu wissen…"

„Ja, du kriegst noch bis Ende der Woche deinen Dienstwagen, auch einen Octavia, aber in Lava-Blau. Ich brauch nur über die Straße zu gehen, schon bin ich beim Händler. Angemeldet wird das dann auf deine Kunstagentur. Eine eingehende Belehrung gibt es im Vorfeld auch noch, aber was du jetzt schon weißt, hilft, sie kürzer als nötig zu halten."

Der Schreck saß uns beiden noch für den Rest der Fahrt in dem Gliedern. Dieser verlief jedoch ohne Zwischenfälle, knapp vor Mitternacht konnte ich Erich im Haus in der Weinertsiedlung abliefern. Ich übergab ihm die Schlüssel und begleitete ihn noch hinein. Zuvor mahnte ich ihn noch, keinen unnötigen Lärm zu verursachen.

„Gehört das auch zum geheimen Auftrag?"

„Nein... aber bevor du die Nachbarn weckst, wollte ich dir dazu noch ein paar Takte sagen..."

Ich durchschritt mit Erich so lautarm wie möglich den Eingangsbereich zwischen dem schmiedeeisernen Tor und der Eingangstüre aus robuster Sturmeiche, die wir schon zeitnah nach dem Erwerb des Anwesens einbauen ließen. Anschließend führte ich ihn durch den Wohnbereich im ersten Stockwerk, der neben zwei Schlafzimmern und zwei Sanitärräumlichkeiten noch zwei Arbeitsräume, ein Biedermeierzimmer und einen Dachstuhl mit zwei Mansardenzimmern enthielt. Einige der alten Möbel waren noch Familienerbstücke, die schon sein Großvater im vergangenen Jahrhundert von dessen Altvorderen übernommen hatte.

Dazu kamen noch zwei Balkons mit Ausblick über Terrasse, Gartenanlage, einige Siedlungen und Hügelketten und Windparks im Nordwesten von Bernburg.

„Du kannst die EFR zwar nicht hier von deinem Haus aus sehen", erklärte ich ihm, als wir uns auf einen der Balkons begeben hatten, „aber in der warmen Jahreszeit erlebst du hier ein paar einzigartige Sonnenuntergänge. Allein schon die sind ein Grund, die Gegend hier nie wieder zu verlassen. Du wirst früher oder später sogar den Geruch lieben, der ab und an von der Zuckerfabrik zu dir dringen wird."

„Gerne... aber wolltest du mir nicht noch was über die Nachbarn sagen?"

„Ja, stimmt, da waren wir stehengeblieben. Erzählen könnte ich dir zu fast allen was, aber relevant ist vor allem Kurt Wagner, der mit dem Grundstück, das hier unten an deine Garage und deinen Garten grenzt. Versau's dir nicht mit dem, der kennt sich hier aus und kann bei Fragen aller Art helfen. Er ist ein guter Kumpel von mir und eine seiner Töchter hatte ich schon mal für ein Jahr zum Schüleraustausch an die Stephenville High vermittelt. Eine Labradorhündin haben sie, Mira, die ist auch ganz lieb. Klasse Kerl, der Kurt, ich würde mit ihm an deiner Stelle häufiger mal ein Bier trinken."

„Das lässt sich machen, klingt doch schon mal gut."

„Das ja, aber…"

„Aber?"

„Das ist nicht dein einziger Nachbar hier. Wenn du von hier aus guckst, sind das hier rechts die Geißreiters, nette Leute, genügen sich aber weitgehend selbst. Nicht mal Kurt, der zwei Häuser weiter wohnt, hat mit denen viel zu tun."

„Ok."

„Der Problembär ist aber auf der anderen Seite, dort, wo du aus der Haustür trittst und das Nachbargrundstück an deinen Eingangsbereich angrenzt. Herbert Götzenberger, Ingenieur in Altersteilzeit und ein wirklich schwer erträglicher Zeitgenosse, wie ich mir von Kurt sagen ließ. Wenn du deinen Hof und die Einfahrt nicht regelmäßig fegst oder sie zu oft fegst oder zur falschen Zeit fegst oder die Rosen zu selten, zu kurz oder was auch immer schneidest, oder vergisst, den Müll an die Straße zu stellen, oder ihn nicht weit genug oder zu weit von der Bürgersteigkante hinstellst, kannst du dich darauf gefasst machen, dass der zu pöbeln beginnt oder dich, wenn du Pech hast, aus nichtigen Gründen bei der Stadtpolizei anscheißt."

„Na, toll."

„Keine Bange, was von dem kommt, landet meist in der Rundablage, die kennen den zur Genüge und ihre Motivation, seinen Eingaben nachzugehen, hält sich in engen Grenzen. Du solltest nur vorgewarnt sein."

„Den zum Grillen oder auf ein Bier einzuladen, hilft nicht?"

„Probieren kannst du alles, aber die Erwartungen würde ich dabei nicht zu hoch ansetzen. Der kann eigentlich Amerikaner generell nicht leiden. Der kann aber auch sonst niemanden leiden, der nicht in sein

Gesichtsfeld passt und glaube mir: Es gibt nicht viele, die dort reinpassen. Bestenfalls seine Kegelkumpels vom katholischen Seniorenverein."

„Dann sehe ich den also auch in der Kirche?"

„Das kann durchaus sein, wenn du dort drin bist. Sympathiepunkte bringt es dir aber möglicherweise nur bedingt, denn auch wenn du katholisch sein magst, bleibst du für ihn trotzdem noch Amerikaner und Fremder – und das wiegt in dem Fall schwerer. Die Wagners sind übrigens orthodox, er und ich waren unter den Ersten, die schon seit der Gründung der Gemeinde vor sechs Jahren dabei waren. Viele frühere Katholiken hier waren nach der großen Kirchenreform durch Papst Formosus II. konvertiert. Du kennst die Debatte."

„Ja… Ich kämpfe selbst mit mir. Innerhalb von zwei Jahren vom Chef der Deutschen Bischofskonferenz zum Papst aufgestiegen, schon hat er die wesentlichen Lehren der Kirche so angepasst, dass auch die EFR und die Chinesen kein Problem mehr mit ihr haben. Zu Hause in der St. Brendan habe ich mich immer wohl gefühlt, auch, weil ich dort getauft wurde und meine Eltern schon in der Gemeinde waren. Aber aus Rom kommt da schon lange kein Rückenwind mehr. Auch nicht, seit Italien sich mit der MiK assoziiert hat. Das Stockholm-Syndrom steckt immer noch drin, sogar bei den höchsten Klerikern."

„Sagen meine Verwandten zu Hause in der alten Heimat auch. Ich denke trotzdem, dass das hier für dich nicht viel anders wird. Die bemühen sich um Neuzugänge, immerhin ist die Konkurrenz ja jetzt groß. Du weißt ja: Hier gilt eine Verfassung, die fast 1:1 an unsere angelehnt ist. Seit der Gründung der Mitropa-Konföderation ist das hier ethnisch und religiös noch viel unterschiedlicher geworden als es selbst die alten Monarchien früher noch gewesen waren. Du hast hier Katholiken, Orthodoxe, Evangelische, Freikirchen aller Schattierungen, Muslime, bis auf vielleicht Voodoo und Santeria findest du hier alles – und selbst bei denen würde ich jetzt nicht darauf wetten, dass das keiner im County oder zumindest im Freistaat praktiziert. Der Huber hatte, als er Gouverneur wurde, auch die Nachkommen aller Juden, die hier im Holocaust starben oder vertrieben wurden, offiziell zur Rückkehr eingeladen. Nicht viele kamen, die meisten haben ja längst anderswo ihren Lebensmittelpunkt, aber eine kleine, recht rührige Chabad-Gemeinde hat sich sogar wieder um die alte Synagoge von Gröbzig gebildet, 30 Kilometer hinter Bebitz. Mittlerweile hat sich fast wieder so etwas wie ein kleines Shtetl inmitten der Pampa etabliert. Es gibt mittlerweile sogar Sammlungen, um eines Tages vielleicht wieder die Synagoge in der Bernburger Breiten Straße zu errichten, die es einst dort gegeben hatte. Es waren sogar einzelne katholische Familien unter den Organisatoren, die wegen Formosus mit ihrer Kirche gebrochen hatten. Einige, wie Wagners oder wir, sind orthodox geworden, andere frühere Katholiken wurden Noachiden, um zu ihren Wurzeln zurückzukehren – und für die Renaissance der jüdischen Gemeinden hier war das hilfreich. Chabad hatte sie mit offenen Armen empfangen. Die organisieren mittlerweile Gesprächskreise, zu denen auch alle anderen kommen können. Wie gesagt: Hier gibt's alles. Natürlich auch alle erdenklichen Kulte und Sekten."

„Und das funktioniert?"

„Bis jetzt ja. Als das Mitropa-Konföderation mit der EFR brach, hatten viele Leute die Schnauze voll von allem, was mit Assimilation und Gleichmacherei zu tun hatte. Man begann, die Vorstellungen der europäischen Aufklärung oder des säkularen Humanismus für alles verantwortlich zu machen, was in den letzten 250 Jahren schiefgelaufen war. Und je multikultureller alles wurde, umso weniger haben die Leute überhaupt noch an verbindliche Regeln für alle geglaubt. Es kehrte dadurch aber immerhin ein Leben und Leben lassen ein, in dem jeder sich um seinen Kram kümmerte. Worüber die Postmoderne einst in brotlosen Debatten geschwatzt hatte, wurde hier irgendwie zum Alltag. Es kamen auch viele Auswanderer hier an – aus der EFR und sogar aus China, von dort vor allem Expats aus Norditalien. An den Schulen werden die US-Gründerväter gelehrt und man will alles so machen wie sie. Eine wichtige Rolle spielt auch Chabad mit seiner Noachidischen Runde für alle Interessierten, die in der Tora das eigentliche Original sehen, an dem später alle nur irgendwie brotlos herumgedoktert hätten. Dort nehmen immer wieder viele teil, aus den verschiedensten Gemeinden. Das ist wie ein Gesprächsforum, das auch hilft, miteinander klarzukommen und Probleme zu klären, ohne Angst, missioniert oder über den Tisch gezogen zu werden. Man bespricht da auch informell viele andere Sachen und man erfährt auch das eine oder andere. Es hilft uns als Gemeinschaft hier sehr viel, dass es das gibt. Und wie es aussieht, stehen wir ohnehin inmitten einer außerordentlichen Bewährungsprobe."

„Hat das mit der Kampagne aus der EFR zu tun?"

„Ja, im Grunde versuchen sie, die Fälle verschwundener Mädchen zu nutzen, um Misstrauen und Hass zwischen den Bevölkerungsgruppen zu säen. Es sind dabei auch gezielt falsche Fährten gelegt worden, und keiner weiß, von wem. Morgen zeige ich dir alle meine Aufzeichnungen, die ich dazu gesammelt habe, das ist eine richtig böse Sache. Aber heute ist es zu spät, ich fahr dann nach Hause."

„Alles klar."

„Im Kühlschrank ist erst einmal ein Notvorrat, Bier ist auch noch im Keller. Du findest alles schon selbst…"

Als wir die Treppe hinuntergingen, die für mich zum Ausgang und für den neuen Bewohner in die Küche und die Räumlichkeiten im Erdgeschoss führten, hielt Erich kurz inne.

„Ich kenne diesen Ort", sagte er. „Das war die Treppe, die mein Großvater und meine Großmutter zusammen hinabtanzten, während der Kühlschrank offenstand und sein Licht in den Raum warf. Ich habe erst kürzlich wieder alte Videoaufnahmen davon gesehen. Der Belag war ein anderer, die Geräte sind jetzt moderner, aber jetzt erinnere ich mich wieder. Es ist fast, als wären sie hier."

„Meine Mutter hatte mir viel darüber erzählt, was für ein schönes Paar sie waren. Es wäre das Größte für sie, zu erleben, dass du in das alte Familienhaus zurückkehrst. Ich denke, wir können dieses Haus wieder mit einer Form von Leben erfüllen, die in ihrem Sinne wäre. Ach ja, im alten Biedermeierzimmer steht auch eine Aljona-Sprachassistenzbox, da kannst du noch Musik hören oder Konversation treiben. Die bedient Dir auch das Fernsehgerät. Mach's gut, wir sehen uns morgen!"

„Alles klar, ich bin auch froh, wenn heute mal Ruhe ist. Bis morgen."

Ich weiß nicht, ob und wie lange sich Erich später noch im Haus umsah, ich wollte ihm jedenfalls freie Hand lassen, um sich damit fürs Erste vertraut zu machen, sich von der Fahrt zu erholen und sich ein wenig in der Gegend umzusehen. Für tags darauf beorderte ich ihn auf 17 Uhr zum Parkplatz der Tennisanlage 300 Meter von der Weinertsiedlung entfernt, die ich ihm auf der Fahrt zum Haus noch gezeigt hatte.

Nicht, dass mich noch nie jemand dort gesehen hätte, immerhin hatte ich ja Kurt Wagner schon häufiger zu Hause besucht und das alte Bruckner-Anwesen selbst in Augenschein genommen, bevor ich es als dienstliches Objekt mit ins Portfolio nahm. Aber es sollte nicht jeder immer gleich alle Punkte verbinden können.

Unser erstes Treffen mit Knut Thomas sollte bei mir am Wohnzimmertisch stattfinden, als eines der gewohnten Arbeitsessen mit Verpflegung vom Pizzadienst. Erich wollte ich abholen, da sein Wagen noch nicht da war und mir das die Gelegenheit gab, ihn mit der Landschaft und ein paar Dörfern entlang der Strecke zwischen Könnern und Bernburg vertraut zu machen. Zumindest die Hauptverbindung über Bebitz und Peißen sollte ihm schon mal vertraut werden, eventuell verbunden mit einem kleinen Umweg über Baalberge, wo ebenfalls ein paar unserer Kontaktpersonen ansässig sind.

Vor allem aber spekulierte ich darauf, dass es bis dahin aufgehört haben würde, zu regnen – und er vielleicht gleich bei seinem ersten Besuch etwas von der herben Schönheit der unendlich weiten und dörflich geprägten Auenlandschaften mitbekommen könnte, die sich über die Fläche des alten Braunkohle- und Salzabbaureviers erstrecken. Ich genieße es immer wieder, diese teilweise versteppenden Ebenen zu durchqueren, aus der sich Alleen, Baumreihen, ein paar Dörfer, Fabriken, Felder und Bohrtürme erheben. Dass ich mich hier so schnell heimisch fühlen würde, hatte möglicherweise damit zu tun, dass mich das alles schon rein landschaftlich ein wenig an die Great Plains erinnert.

Landwirtschaft und Industrie waren hier über Jahrzehnte hinweg die hauptsächlichen Erwerbsquellen und Bernburg war für Touristen allenfalls ein Geheimtipp, weil man üblicherweise eher Salz, Chemie und Baustoffe damit in Verbindung brachte. Allenfalls das Renaissanceschloss, das in früheren Zeiten sogar Herrschersitz war, und die Flussschifffahrtswege waren auch noch weit über die Landesgrenzen hinaus als potenzielle Reiseziele geläufig, mittlerweile auch die Marina am rechten Saaleufer.

Für mich war es einfach ein Paradies. Eine Stadt mit Charakter und vielen Gesichtern, die alle erst entdeckt werden wollen. Und eine Stadt, die sich, ohne dass es den meisten schon bewusst gewesen wäre, längst inmitten einer schweren Prüfung befand.

DIE VERSCHOLLENEN.

In jugendlicher Frische saß Erich mit Knut Thomas und mir tags darauf auf dem Sofa in der Sitzecke zwischen meinem bücherbestückten Raumteiler und dem Fenster zum Garten. Sie eignete sich ideal dafür, in gemütlicher und diskreter Atmosphäre wichtige Unterhaltungen zu führen.

Erich verriet mir, dass er an seinem ersten Tag hier bereits den Weg zum Bäcker erkundet und sich sogar auch gleich schon mal in der Anhalt Mall auf dem Hügel oberhalb des Stadions des SC Könnern umgesehen hatte. Auch mit seinem Nachbarn Götzenberger habe er schon Bekanntschaft gemacht. Auf sein „Guten Morgen" und den Schritt zur Hecke, um sich vorzustellen, reagierte dieser mit den Worten: „Ja, wer immer Sie auch sind, Sie sind verpflichtet, nach Regenfällen und Stürmen unverzüglich liegengebliebenes Blätterwerk und sonstigen Unrat, der sich in deren Folge angesammelt hat, aus Zufahrt und Eingangsbereichen zu entfernen."

Auf die Zusicherung, dies sofort zu erledigen, sobald er die ersten notwendigen Einkäufe am Tag nach seinem Einzug erledigt hätte, sei der ergraute Nachbar energisch geworden. Nachdem er Erich offenbar schon anhand seines Akzents landsmannschaftlich hatte zuordnen können, habe er angefügt: „Unverzüglich heißt bei erster sich bietender Gelegenheit. Wir sind hier nicht irgendwo im Amiland, wo man das bis Mittag liegenlässt, weil rundherum nur Farmland ist. Hier können jederzeit Postzusteller, Stromableser, Besucher und sonstiger Publikumsverkehr die Wege benutzen, ausrutschen und sich dabei Verletzungen unterschiedlichen Schweregrades zuziehen. Und am Ende bezahle ich dann noch die höheren Grundbesitzerhaftpflichtversicherungsbeiträge mit, weil die Gegend als risikoreich eingestuft wird."

Um nicht schon am ersten Tag für böses Blut in der Nachbarschaft zu sorgen, suchte Erich tatsächlich den Besen und fegte Ein- und Zufahrt, bevor er sich auf seinen Weg machte. Die angenehme Atmosphäre in der zweistöckigen Mall mit ihren unzähligen Cafés, Gastgärten, Spielhallen, Wasserspielen und sogar Palmen in den Höfen unter der glasgedeckten Fassade hatten es ihm jedoch sofort angetan und ihn für die unerfreuliche Begegnung von zuvor mehr als entschädigt.

Auch zwischen ihm und Knut Thomas stimmte die Chemie, hatte ich den Eindruck, als beide dann bei mir zu Hause saßen. Das sprach doch in erheblicher Weise für die Verlässlichkeit meines Bauchgefühls im Vorfeld. Vertrauen und Harmonie im Team sind von elementarer Wichtigkeit, wenn es um die Erledigung heikler Aufgaben geht, wie wir sie in unserem Field Office immer wieder erleben. Ich ließ die beiden kurz nach der Begrüßung bewusst für eine Weile miteinander allein, während ich im Büro oben die wichtigsten Akten für unsere Besprechung zusammensuchte und in der Küche einen schnellen Erdnussbutterkuchen zubereitete.

Schon bald, so bekam ich von dieser aus mit, waren die beiden miteinander in angeregte Gespräche über Fußball, Countrymusik, Urlaubsziele und Schulerinnerungen vertieft. Die beiden sollten, so war mein Eindruck, auch in dienstlichen Belangen in der Lage sein, eine gemeinsame Sprache zu finden. Ich fragte Knut Thomas, dem ich am Vormittag den mysteriösen Vorfall von Stunden zuvor auf der

Landstraße geschildert hatte, nach Erkenntnissen, die er gewonnen hätte. Sein Rundruf bei Polizeibehörden und Krankenhäusern ergab jedoch keine Hinweise darauf, dass wir tatsächlich am Vorabend bei strömendem Regen auf abschüssiger Straße welches Lebewesen auch immer angefahren hätten. Das beantwortete zwar nicht die Frage, was wir tatsächlich dort gesehen hatten, aber man konnte das Thema erst mal ad acta legen.

Nachdem das geklärt war, breitete ich meine Aktenkopien auf meinem Old-Wood-Couchtisch aus und kam zeitnah zur Sache.

„Ich hätte mir für Erich einen ruhigeren Start hier gewünscht... Leider wird daraus nichts. Ich fasse einmal im Detail zusammen, warum wir operativ tätig werden müssen. Sheriff Dr. Rantebihl hatte dich, Knut, um ein Treffen nach Dienstschluss im Gemeinschaftsraum deiner Bibliothek gebeten und dich ersucht, zusammen mit deinen Kontakten zu eruieren, ob es einen neuen Kinderfängerring aus der EFR gibt, der in der Gegend sein Unwesen treibt; oder ob unsere sendungsbewussten europäischen Nachbarn in sonstiger Weise verdächtige Aktivitäten entfalten."

Knut Thomas fuhr fort:

„Bereits zuvor hatte Claus Clement – oder besser gesagt: Gert Krämer – sich an mich gewandt und gesagt, er habe einige Informationen aus verlässlichen Quellen erhalten und auch selbst bei eigenen Recherchen Anhaltspunkte dafür gefunden, dass sich eine neue Gruppe dieser Art gebildet hätte, die gegen gutes Geld aus der EFR aktiv geworden wäre. Anders als zu seiner Zeit wären es jetzt vor allem Personen, die hier ansässig seien, die involviert wären. Früher sei der Großteil der Leute, die mit ihm gearbeitet hätten, von jenseits der Grenze gekommen."

„Sagen kann aber schnell einer was", warf Erich ein. „Hat er denn konkrete Namen genannt oder Hinweise gegeben?"

„Die erste Frage in der ersten Sitzung schon naseweis... genauso wollen wir das aber haben", wandte Knut sich zu unserem Neuling. „Aber nein, das hat er nicht. Er will sich, wie er sagt, auch nicht reinhängen. Er beobachte nur passiv, was vor sich gehe, meint er. Aktiv mischt er sich nicht ein, im Gegenteil, er sagt, er hätte Angst, dass ihn jemand aufspüren und sich dafür rächen könnte, dass er in der Fichtelberg-Sache so viele Leute hat auffliegen lassen. Im Grunde wollte er selbst vor allem besseren Schutz und dass die Polizei ein Auge darauf hat."

„Und was ist die Information dann überhaupt wert?", blieb Erich skeptisch.

„Um ehrlich zu sein: Wir wissen im Grunde nichts", erwiderte ich. „Der Sheriff wäre uns aber sehr dankbar, wenn wir uns informell einen Überblick verschaffen und an Informationen kommen könnten. Die wiederholten Fälle verschwundener Kinder beunruhigen die Leute und ohne belastbare Spuren kann die Polizei nicht einmal observieren, Überwachungen beantragen oder sonstige Schritte setzen. Erst recht nicht gegen einen möglichen Entführerring aus der EFR. Es gibt nichts, was man auch nur vor eine Grand Jury bringen könnte. Wer immer für das alles verantwortlich ist, war bislang sehr gut darin, keine Spuren zu hinterlassen. Das sind wir aber auch und wir müssen uns nicht für jeden Schritt eine richterliche Anordnung besorgen. Deshalb sollen wir unsere Lauscher aufsperren. Vor allem kann keiner hier ein Interesse daran haben, dass irgendwelche Fruitcakes und Gerüchtekocher Leute mit abstrusen Theorien einkochen und damit auch noch Erfolg haben. Der Erleuchteten-Blog, den ich euch wohl nicht erst vorstellen muss, hat schon erste Räuberpistolen in die Online-Welt gesetzt."

„Ja, ich kenne dieses Verschwörungsding", meinte Erich. „In meinem Briefkasten war schon ein Werbeflugblatt von denen."

Ich präsentierte Akteteile, die uns der Sheriff auf USB-Stick gespeichert und Knut in einer stillen Stunde für uns ausgedruckt hatte. Im Wege einer Präsentation gab ich Knut und Erich noch einmal einen Gesamtüberblick.

Vor zehn Jahren flog der „Fichtelberg"-Ring auf, den Clement hatte hochgehen lassen. Zwei Jahre später wurde der letzte Beteiligte verurteilt und die Mitropa-Konföderation verstärkte ihre

Überwachungsmaßnahmen an den Grenzen zusammen mit dem noch jungen eigenen Geheimdienst und einigen Beratern aus der US-Armee. Die Zuversicht stieg, dass das Gemeinwesen zur Ruhe kommen könnte, Kinder nun sicher seien und alles wieder seinen Gang gehen würde.

Vor fast fünf Jahren kam an einem 15. Mai jedoch die 12-Jährige Saskia Jörgens aus dem Bernburger Stadtteil Gröna nicht vom Freibad nach Hause. Zwei Tage später wurde ihr Schwimmbadbeutel in einem Abteil des Schnellzuges nach Zagreb gefunden. Sie hatte diesen jedoch zu keiner Zeit bestiegen, offenbar hatte der Täter ihn bewusst in irgendeinem Bahnhof entlang der Strecke dort deponiert, um ein Ausreißen vorzutäuschen. Bis heute fehlt von ihr jede Spur.

Saskia war eines von sechs Kindern von Mels Jörgens, dem Geschäftsführer der Landwirtegenossenschaft von Baalberge. Der hatte wenige Wochen zuvor in der Fußgängerzone von Bernburg einen Klima-Aktivisten verprügelt, nachdem dieser ihm und seiner Frau zugerufen hatte, der Internationale Strafgerichtshof solle sie ihrer Kinderanzahl wegen als Verbrecher gegen den Planeten verurteilen. Nachdem Bezirksrichterin Elena Bogdanovic auch noch die Klage des Umweltbewegten mit dem Kommentar „Wir sind nicht mehr in der EFR, wo man für so etwas im Staatsfernsehen belobigt wird" wegen Geringfügigkeit abgewiesen hatte, vermuteten viele, ein Racheakt von radikalen Öko-Aktivisten könnte hinter dem Verschwinden des Mädchens stehen. Ermittlungen vermochten jedoch keinerlei belastbaren Erkenntnisse in diese Richtung zutage zu fördern.

„Wer war denn damals an den Ermittlungen beteiligt?", wollte Erich wissen.

„Vor allem der Sheriff selbst", schilderte Knut Thomas, der den Fall damals noch vorwiegend aus den Medien verfolgt hatte. „Das FBI blieb erst mal außen vor, weil es weder einen eindeutigen Beweis für eine Entführung gab noch einen Hinweis darauf, dass das Mädchen überhaupt Anhalt verlassen hätte. Man fand relativ schnell heraus, dass der Schwimmbadbeutel über die gesamte Dauer der Fahrt nach Zagreb hinweg herrenlos in einem Abteil lag. Er wurde am Endbahnhof im

Fundbüro abgegeben. Im Beutel fand sich auch ihr Mobiltelefon, das teilte man auch dem Sheriffsbüro mit. In der Zeit zwischen dem Verschwinden und dem Auffinden des Geräts war auch die IMEI-Nummer manipuliert worden."

„Und man hat sonst nichts gefunden? Kleidung, Faserspuren, Haare?"

„Nichts", antwortete ich. „Ich habe mich in den vergangenen Tagen in die kopierten Polizeiakten ziemlich genau eingelesen und das Einzige, was vielleicht noch erwähnenswert sein könnte, sind zwei Zeugen, die sie an dem Tag noch von ihren Autos aus am Kreisverkehr vor dem Kaliwerk gesehen hatten. Von dort aus verläuft eine Landstraße über etwa anderthalb Kilometer nach Gröna, vorbei an der Ruine der alten Ziegelei, normalerweise lief sie diese entlang nach Hause."

„Eigentlich gäbe es auch einen Feldweg parallel dazu von der anderen Seite des Freibades, am Friedhof vorbei", schaltete sich Knut Thomas ein. „Wenn man wie sie aber am anderen Ende von Gröna, nahe dem Tenniscourt, wohnt, ist es von der Strecke her kein Unterschied. Es war noch taghell um die Zeit, da sie aufbrechen sollte. Aber möglicherweise wollte sie auch nicht allein durch das Waldstück und am Friedhof vorbeigehen und blieb lieber an der Landstraße."

„Hatte sie Angst? In dem Alter ist man ja noch einigermaßen leicht zu beeindrucken", wollte Erich wissen.

„Nun ja, es gibt Erzählungen, dass der Waldweg, der am Friedhof vorbei verläuft, verwunschen wäre", schilderte Archivar Thomas. „Tatsächlich hatte sich vor Jahren dort mal eine Frau Mitte 40 das Leben genommen, nachdem ihre Tochter ihr verboten hatte, ihre Enkel zu sehen, und das Land verlassen wollte. Ziemlich schwierige Verhältnisse, und ein recht zweifelhafter Lebenspartner war auch im Spiel. Jedenfalls hatten zwei Jungs an einem nebligen Novembertag die Frau entlang der Strecke an einem Baum hängen sehen und den Schock ihres Lebens bekommen. Wahrscheinlich nehmen seither vor allem

Kinder nicht mehr gerne diese Route. Obwohl es eine schöne Ecke ist, die dort am Fluss entlang führt…"

„Was war mit Verwandten oder Freunden, bei denen Saskia Jörgens hätte unterkommen können?"

„Alles abgeklappert, laut den Akten waren sie da schon fleißig, sogar die Social-Media-Kontaktlisten und die Tagebücher sind die durchgegangen", erläuterte ich. „Die Aufmerksamkeit ebbte damals relativ rasch wieder ab. Manche vermuteten, dass die Tochter ausgerissen war, vor allem vergingen Wochen und Monate, ohne dass sich auch nur die geringste Spur aufgetan hätte. Es dauerte dann bis in den Juni des darauffolgenden Jahres, dann verschwand Merve Özdemir, 13 Jahre alt und Gymnasiastin in Bernburg, als sie am späten Nachmittag von der nahe gelegenen Musikschule auf dem Weg nach Hause war."

„War sie auch aus Gröna?"

„Nein, ihre Familie lebt in Bebitz nahe dem Dorfteich. In jener Zeit war die vordere Bushaltestelle dort wegen Straßenarbeiten gesperrt. Sie musste deshalb wohl schon am Ortseingang auf der Höhe des Bahnhofs aussteigen und dann einen knappen Kilometer die Straße entlang und durchs Dorf gehen, um nach Hause zu gelangen. Gesehen haben will sie aber keiner an dem Tag."

„Gab es irgendeine Verbindung zum ersten Opfer?"

„Keine besonderes", gab ich meinen Wissensstand wieder. „Dieselbe Schule, aber anderer Jahrgang und keine gemeinsamen Hobbys. Sie hatte eher mit Familie, Verwandten und Bekannten aus der türkischen Einwanderercommunity im County zu tun. In der Musikschule spielte sie Klarinette, zu Hause die Ney-Flöte. Wenige Tage nach ihrem Verschwinden geschah wieder etwas Seltsames. Erzähl du mal, Knut!"

„Wir haben in der Community eine Kontaktperson, Halime Eren, eine Kindergärtnerin und außerdem Koordinatorin der hiesigen Neighborhood Watch. Sie lebt in der Siedlung auf der Waldauer Höhe, wo einige türkische Einwandererfamilien wohnen. Also wenn du hier aus dem Haus gehst, einen Kilometer rechts hoch. Sie hat mir erzählt, dass einige Tage nach ihrem Verschwinden Unbekannte einen Schweinekopf in den Hof des islamischen Gemeindezentrums Schulberg – auch übrigens nur zwei Ecken von hier entfernt – geworfen hatten und einen Erpresserbrief hinterließen. Sie verlangten von der Gemeinde die Übergabe von 40.000 Kronen und dass sie die Stadt verlassen solle, dann würde das Mädchen wieder freikommen."

„Was haben sie gemacht?"

„Es wurde zum angegebenen Zeitpunkt ein Koffer mit der Geldsumme an der genannten Stelle im Park nahe dem Kurhaus hinterlegt", schildert Knut Thomas weiter. „Die Gemeinde hatte gesammelt und das Geld sogar zusammengebracht. Polizeibeamte waren in sicherer Entfernung postiert, und man hatte den Koffer mit einem gut versteckten GPS-Sender ausgestattet. Nur: Es kam niemand. Stunden vergingen, aber mit Ausnahme von einer Handvoll Spaziergänger ließ sich kein Mensch dort blicken. In den Nachtstunden brach man die Aktion ab. Man hat auch nie wieder was vom vermeintlichen Erpresser gehört."

„Meinst du, es war ein Trittbrettfahrer?"

„Ich gehe davon aus, dass es der oder die Täter selbst waren. Das stank regelrecht nach einer neuen falschen Fährte. In Bebitz wohnen ein paar Rechtsradikale in der Siedlung nahe dem Bahnhof, und auch die sonstigen einschlägig bekannten Leute aus dem Spektrum in Bernburg und Umgebung wurden unter die Lupe genommen, aber die hatten damit offenbar nichts zu tun. Eigentlich war die ganze Aktion auch komplett unsinnig. Die Familie von Merve Özdemir war nicht einmal besonders religiös, weder die Mutter noch sie selbst trugen Kopftuch und im Schulberg-Gemeindezentrum waren die vielleicht ein- oder zweimal im Jahr, wenn sie dort zu irgendeiner Feier von Verwandten eingeladen waren. Die Gemeinde hat trotzdem aus Solidarität gesammelt, denn sie sah das als Drohung gegen alle an."

„Ich glaube auch, dass das eine falsche Fährte war", hakte ich ein.

„Was in den Akten steht, lässt keinen anderen Schluss zu. Damit wollte man ganz gezielt die Ermittlungen in eine bestimmte Richtung lenken.

Wer von den Verhältnissen in der Community auch nur die geringste Ahnung hat, würde nie auf eine solche Idee kommen."

Knut ergänzte: „Als der Fall erstmals Schlagzeilen machte, rückten dann auch noch ganze Kohorten von Islamkritikern an, die den Beamten mit ihrem angelesenen Wissen die Zeit stahlen und ihnen vom eigenen Schreibtisch aus erklärten, warum das alles nur ein Ehrenmord sein könnte und die Familie dahinterstecke und die Scharia und weiß der Geier was. Das Internet war auch schnell voll von den Theorien, meist von Leuten, die Bernburg nicht einmal auf der Landkarte finden würden, geschweige denn Bebitz. Immerhin hat sich das FBI in den Fall eingeschaltet, weil es ja ein Hassverbrechen gewesen sein könnte. Als die Agents begannen, die ersten selbsternannten Taqqiya-Experten vorzuladen und ihnen dabei in Aussicht stellten, ihren Hinweisen könnte auch in einem Preliminary hearing vor der Grand Jury auf den Zahn gefühlt werden, war von deren Seite aber auch bald wieder Ruhe. Als Querulanten dastehen, die ihr unnützes Wissen an jemanden loswerden mussten, wollten sie dann doch nicht. Aber auf all diese Weise gingen wieder wertvolle Wochen und Monate verloren, in denen man vielleicht verwertbare Spuren hätte finden können."

Die Angelegenheit war mir vor allem aufgrund des Medienechos in der EFR und auch in Eurasien in Erinnerung geblieben. Die führenden Nachrichtenformate hatten die Story als vermeintlichen Beweis für den tiefsitzenden Rassismus angeführt, der im Mitropa-Konföderation unter der Oberfläche gedeihe. In den eurasischen Ländern gehörte diese Erzählung ja schon vor der Gründung der MiK zum Standard, was vor allem auf alte Grenzkonflikte mit Russland zurückging, die zwar über die Jahrzehnte eingeschlafen waren, aber das kollektive Unterbewusstsein immer noch auf Misstrauen eichten.

In der EFR hingegen, wo man Familien aus Minderheiten die Kinder unter nichtigen Vorwänden entzog, um regierungsnahen Haushalten Lifestylewünsche zu erfüllen, und in einigen Gegenden sogar Kopftücher in der Öffentlichkeit verboten waren, versuchte man, davon abzulenken, indem man die abtrünnigen Nachbarländer als korrupte, autoritäre und fremdenfeindliche Löcher darstellte. Auf diese Weise wollte man wahrscheinlich auch Familien vom Auswandern abhalten.

Die Kollegen, die mit den World Intelligence Reviews betraut waren, fanden heraus, dass Medien, die in der EFR selbst für ein dort ansässiges Publikum publizierten, Ereignisse wie dieses in völlig anderer Weise aufarbeiteten als hier in der MiK erscheinende. Diese zählen ja entweder mehr oder minder offen zur „fünften Kolonne" oder erhalten zumindest indirekt Unterstützung aus Brüssel, Paris oder Berlin. Dort wurden die angebliche „Ehrenmord"-Story und Gerüchte, wonach die Familie der Entführten aus religiösen Fanatikern bestanden hätte, oft völlig unkritisch und mit reißerischem Unterton in die Öffentlichkeit gestreut.

Dass jeder in unserer Stadt, der die Verhältnisse kannte, von vornherein wusste, dass diese Darstellungen vollständig aus der Luft gegriffen waren, hinderte die „Fortschrittsallianz", der vor allem Leute angehörten, die vor der Abspaltung der MiK Macht und Einfluss hatten, nicht daran, Gouverneur Lancelot Huber und Bürgermeister Josef Scharlinger vorzuwerfen, gewalttätige fundamentalistische Strukturen zu decken. Sie brachten sogar den Umstand, dass in der MiK die Schulpflicht zugunsten einer Bildungspflicht abgeschafft wurde, die Eltern, Nachbarschaften, private Initiativen und religiöse Gemeinschaften stärken sollte, mit dem Verschwinden Merve Özdemirs in Verbindung. Dabei wurde das Mädchen überhaupt nicht privat beschult, sondern ging auf ein öffentliches Gymnasium.

Einschlägige NGOs versorgten EFR-Medien ebenfalls bereitwillig mit „Analysen", die in die gleiche Richtung gingen. Es gab auch eurasische staatliche Auslandsmedien oder beeinflusste Akteure, die versuchten, mithilfe der Fake-News zu punkten. Allerdings war deren Propaganda immer noch recht durchschaubar und wenig ausgereift, sodass die Wirkung begrenzt blieb. Die „Nationale Aktion" als stärkste Opposition von Rechtsaußen, die sich außenpolitisch eher eurasisch oder chinafreundlich verhielt, hielt das Thema auf kleiner Flamme, weil es ihr nicht ins Konzept passte. Die Sorge um eine verschwundene Türkin war aus ihrer Sicht zumindest nichts, was ihre Anhänger mit in den Schlaf genommen hätten.

In den Polizeiakten fand sich auch ein Vermerk, wonach ein halbes Jahr vor dem Verschwinden von Saskia Jörgens ein verurteilter Pädosexueller namens Caspar Frucht aus der Forensik in der Benariostraße in Bernburg ausgebrochen wäre. Das war damals ein Aufreger, weil diese als eine der sichersten des gesamten Landes galt. Einige meinten, ohne Hilfe könne dort niemand raus, aber auch ein Check des gesamten Personals und aller Leute, die mit ihm zu tun hatten, brachte keine Erkenntnisse. Trotz intensiver Suche konnte man Frucht nicht finden, und deshalb ging man davon aus, dass er über die Grenze in die EFR geflohen war. Immerhin stammte er aus der Nähe von Goslar und als die Sicherungsverwahrung über ihn angeordnet wurde, hatten Anhalt und die anderen Länder sich noch nicht von dieser abgespalten. Deshalb dachte man, er versuche sich in seiner früheren Heimat durchzuschlagen – da diese nunmehr jenseits der Grenze lag, sollte es auch nicht mehr die Hauptsorge der hiesigen Behörden sein.

Nach einigen Monaten der Aufregung verschwand das Thema der abgängigen Mädchen auch wieder aus dem öffentlichen Fokus. Bis zum dritten Vermisstenfall vergingen fast zwei Jahre. Es war dann vor zwei Jahren im April, dass Lena Boyko, eine 13-jährige Schülerin aus Peißen, vom Fußballtraining in Baalberge nicht mehr nach Hause kam. Ihr Fahrrad wurde später in einem verlassenen Haus an der Ecke vor dem Bahnübergang, ein paar Schritte vom Bahnhof entfernt, aufgefunden. Dieser Fall hatte kein nennenswertes überregionales Medienecho gefunden, aber es reichte aus, um hier vor Ort Angst und Misstrauen anzustacheln.

„Das Haus, in den das Fahrrad aufgefunden wurde, steht seit mehreren Jahrzehnten leer, das war auch schon vor MiK-Zeiten so", erläuterte Knut Thomas, der im Stadtarchiv recherchiert und sich in der Gemeinde umgehört hatte. „Der letzte bekannte Besitzer, eine sehr verschlossene Person, zu der im Dorf kaum jemand Kontakt hatte, hatte es eines Tages in einer Nacht-und-Nebel-Aktion verlassen und über seinen weiteren Verbleib konnte niemand etwas in Erfahrung bringen."

„Sieht ja richtig schaurig aus, das Gebäude", kommentierte Erich das Bild auf meiner Präsentation. „Ein Geisterhaus, wie man es aus einschlägigen Legenden kennt…"

„Bald machten alle möglichen Gerüchte die Runde. Eines lautete, der Besitzer sei ermordet und irgendwo verscharrt oder eingemauert worden. Ein anderes besagte, er hätte selbst etwas verbrochen und wäre geflüchtet. Und ja, du hast Recht, das Gebäude galt seither als Spukhaus und hat auch als angebliches solches in den sozialen Medien der Welt die Runde gemacht. Neben Geisterjägern und Urbexern, die sich dafür interessierten und aus allen erdenklichen Ecken hierherkamen, soll die Gothic-Szene an Freitagen manchmal eingestiegen sein und Partys dort abgehalten haben. Bei einer davon ist dann das Rad aufgetaucht. Einer von den Gruftis hat es wiedererkannt und der Polizei gemeldet. Ihre Eltern identifizierten es als das Rad von Lena Boyko."

„Gedankt hat man es ihm schlecht", warf ich ein. „Die Polizei hat erst einmal alle Gothic-Freaks in der Stadt vorgeladen, verhört, sogar einige Buden auf den Kopf gestellt und die Presse hat sehr schnell Wind davon bekommen."

Ich zeigte Bilder von Zeitungsschlagzeilen aus der damaligen Zeit: „Lena von Teufelsanbetern geopfert?", „Satanisten könnten Mädchen aus Bernburg entführt haben", „Menschenopfer zum Mittelalterfest?" – Später kam heraus, dass Journalisten eines der beiden größeren Lokalnachrichtenblogs eine Handvoll Punks im Stadtpark so lange mit Alkohol abgefüllt hatten, bis diese ihnen in die Aufnahmegeräte lallten, dass die Goths im alten Spukhaus am Bahnhof von Baalberge Menschen opfern und Schwarze Messen zelebrieren würden.

„Ein paar evangelikale Prediger stürzten sich auf das Thema", berichtete Knut Thomas weiter. „Sie machten Stimmung gegen die

Jugendlichen aus der Szene und forderten, dass das Mittelalterfest im Schlosshof abgesagt wird."

„Was für ein Scheiß…", schüttelte Erich den Kopf. „So viel, dass das nichts mit Satanismus zu tun hat, weiß sogar ich – und bei uns in Stephenville gab's da schon an der Schule nur ein paar Pseudos, die diese Klamotten trugen und grässliche deutsche Jammermusik hörten. Keine unangenehmen Leute, ein bissl schräg eben. Aber zuleide taten die keinem was und Angst hatte da auch keiner."

„Wahrscheinlich wussten das auch hier alle", erwiderte Knut. „Aber für Prediger, die gerne Spenden abgreifen und Journalisten, die ihre eigenen Schlagzeilen gerne über den Ticker gehen sehen, war so eine Story natürlich wie ein Lottogewinn. Auch, wenn dann am Ende tatsächliche Satanisten beim Mittelalterfest anrückten und Leute provozierten. Die Polizei musste eingreifen, Familien mit Kindern blieben der Veranstaltung fern und es kam auf dem Bahnhof und in dem Haus in Baalberge zu Schmierereien und Vandalenakten – vermutlich von Leuten, die gar nicht von hier waren."

„Irre…"

„Das war dann auch noch ein Wahljahr, als das passierte. Auf die Wiederwahl von Mojtech Blahovec als Präsident hatte das Ganze keine Auswirkung, aber am gleichen Tag wurden hier bei uns auch Bürgermeister, State Representative und State Legislator gewählt. Gut, der Sitz für Elka Jabłońska war safe, aber Legislator Fritz Ehrlicher, der in Baalberge wohnt, und Bürgermeister Scharlinger waren panisch, dass ihnen die Sache auf den Kopf fallen könnte. Scharlinger löste ohne Not die Neighborhood Watch in Baalberge auf und baute sie mit irgendwelchen rechtsradikalen Schwachköpfen aus der Bahnhofsgegend in Bebitz wieder auf, die zwar mit brachialen Methoden die Gruftis fernhielten, aber dafür wegsahen, wenn irgendwelche Wohnwagenpuffs demoliert wurden, die sich auf Feldwegen breitmachten."

„Aber Bürgermeister ist Scharlinger noch…"

„Ja, er hat sich dann irgendwie über die Ziellinie gerettet und Ehrlicher wurde aus Mitleid wiedergewählt, nachdem er den Leuten vorgejammert hatte, wie gut er es mit dem Dorf nicht gemeint hätte. Außerdem war sein Vater Heinz früher mal Bürgermeister. Es war aber das schlechteste Ergebnis für Kandidaten der Bürgerallianz (BA) hier in der Gegend seit Gründung der MiK."

Ich ließ es mir nicht nehmen, mein Resümee zur Sprache zu bringen: „Das Bitterste an der Sache ist: Wieder hat sich alles auf Nebenschauplätzen verzettelt und die Polizei hat leere Kilometer ermittelt, während die verwertbaren Spuren übersehen wurden oder abhandenkamen. Man hat dann noch alles versucht, um den leiblichen Vater des Mädchens in Russland zu kontaktieren, sie hätte theoretisch zu ihm abgehauen seien können. War sie aber nicht, was auch die Behörden dort bestätigten. Die dritte Entführung und jeder Ansatz, sie aufzuklären, endeten im Nichts."

„Hatten die Behörden damals schon irgendeinen Zusammenhang zwischen den Fällen gesehen?", fragte Erich.

„Nach dem Eindruck, den ich aus den Akten gewonnen hatte, kaum", antwortete ich. „Natürlich war man hellhörig, nachdem der Entführerring aufgeflogen war, den Clement hochgehen ließ. Andererseits hatten die Opfer nicht viel miteinander zu tun, und deshalb brachte der Abgleich der Freundeskreise und des jeweiligen Umfeldes nicht viel, den man schon vorgenommen hatte. Die Tochter des Chefs einer Agrargenossenschaft, eine von türkischen Arbeitern, eine von russischen Auswanderern, und das im Abstand von drei Jahren – da kommt jetzt trotzdem nicht gleich einer auf die Idee, dass es da einen Zusammenhang gibt. Pro Jahr werden auf dem Gebiet der MiK hunderte Menschen entführt oder verschwinden von zu Hause, darunter viele Minderjährige, für Lösegeld, weil es Sorgerechtsstreitigkeiten gibt, manche laufen auch von zu Hause weg. Wer da Verwandte in der EFR oder auch nur in anderen MiK-Ländern hat, wird da nicht gleich wieder aufgefunden, weil nicht alle Daten vernetzt sind und vor allem die EFR alle Abgleichsabkommen aufgekündigt hatte. Die Verdachtsmomente, dass es zwischen all den Fällen eine Verbindung geben könnte, erhärteten sich erst im vierten Fall, sechs Monate nach dem Verschwinden von Elena. Und von da an begann das Ganze auch besonders hässlich zu werden. Knut, bitte…"

Der Archivar und wichtigste Kontaktmann für unsere Informanten begann zu referieren:

„An einem Oktoberabend ist die 15-jährige Celja Schuster vom Einkaufen nicht mehr nach Hause gekommen. Sie wurde von einer Kassiererin im Supermarkt in Könnern, den sie zuvor besucht hatte, wiedererkannt, war also noch dort gewesen. Allerdings kam sie nie wieder zu Hause in der Roma-Siedlung in Bebitz an, die auf der gegenüberliegenden Seite zur Bahnhofssiedlung entstanden war. Fahrrad und Anhänger wurden Tage später auf halbem Wege im Straßengraben gefunden, allerdings ohne Einkäufe. In dem Fall hatte man aber wenig später einen Verdächtigen, und bald auch eine hysterische Medienkampagne."

„Und wer soll's gewesen sein?", fragte Erich.

„Auf dem Gebiet der EFR, schon ein paar Kilometer hinter der Grenze, wurde der Lieferwagen von Laszlo Cervenak angehalten. Er ist ein Cousin von Celja und repariert unter anderem Fahrgeschäfte auf Rummelplätzen. Manchmal bekommt er auch Aufträge aus Drittstaaten und auch aus der EFR, deshalb hat er von dort ein Visum für Dienstleister, das er jährlich neu beantragen muss. Er wurde festgenommen, weil er angeblich auf dem Parkplatz einer Raststätte einen anderen Wagen angefahren und Unfallflucht begangen hatte. Als die Beamten den Lieferwagen durchsuchten, fanden sie eine Halskette auf der Ladefläche."

„Lassen Sie mich raten: Es war die seiner Cousine?"

„Bingo. Offenbar hatte irgendjemand der Polizei in der EFR schon im Vorfeld einen Tipp gegeben. Er wurde unter dem Verdacht des Menschenhandels festgenommen und nachdem eine Rückfrage beim hiesigen FBI zum Ergebnis hatte, dass mehrere von Celjas Verwandten die Kette als ihre wiedererkannten, wurde er in Nürnberg in Untersuchungshaft genommen."

„Kam er denn wieder frei? Oder weiß man, ob der Tipp aus der eigenen Community kam?"

„Cervenak wurde zu acht Jahren Haft verurteilt. Er hat zehn Fälle eingeräumt, in denen er Mädchen aus Roma- oder muslimischen Familien aus Städten der EFR hierhergebracht hätte, die zuvor zwangsadoptiert worden waren. Mit dem Verschwinden von Celja will er aber nichts zu tun haben. Es gibt einige Dinge, die wir eigenartig finden. Zum einen, dass er sofort ausgepackt und alles zugegeben hat und nicht erst darauf gewartet, dass man ihm irgendwas anhängt – was in der EFR sowieso passiert wäre, egal, ob er die tatsächlichen Entführungen gesteht oder nicht. Die Mädchen, von denen er gesprochen hatte, sind übrigens alle hier und viele von ihnen wurden wieder mit ihren Familien vereint, die zuvor schon hierher geflohen waren."

„Smart Move. In der EFR sind sie darob sicher im Kreis gesprungen..."

„Zum anderen, dass der Tipp von hier kam. Ich glaube einfach nicht, dass das einer aus den Reihen der Roma gemacht hat. Dort gibt es sicher Fehden oder Rivalitäten zwischen einzelnen Mitgliedern oder Familien aus der Community und manchmal gehen die sich sogar gegenseitig an die Gurgel. Aber wenn es um eine solche Sache geht, würde keiner den anderen ans Messer liefern, schon gar nicht bei der Polizei der EFR. Wenn es wirklich dort Missstände gibt und jemand aus der Community will die Polizei einschalten, statt das intern zu klären, melden die sich anonym bei den Crime Stoppers hier im Bezirk und je nach Stichhaltigkeit der Angaben passiert dann etwas oder nicht. Aber keiner würde eine solche Sache auffliegen lassen, wenn er damit den schlimmsten Feinden der Community nützt und den eigenen Leuten schadet."

Die MiK reagierte auf die Affäre mit Schritten, die viele überraschen mochten, und mit einer jahrhundertelangen Tradition der

Dämonisierung der Roma brachen. Ob aus besserer Einsicht oder nur, um das feindliche Nachbarreich zu ärgern, ist ebenfalls umstritten. Fakt ist aber: EFR-Romakinder, die es über die Grenze geschafft haben, können seither in jedem Fall hierbleiben. Die hiesigen Behörden gewährten den zwangsadoptierten Kindern, die Cervenak mitgenommen hatte, Asyl und führten sie, wo immer es ging, mit ihren Familien zusammen – oder mit Organisationen, meist religiösen, die sich der Kinder annahmen, deren Eltern nicht greifbar waren. Auch die US-Diplomaten, an die Behörden aus der EFR Auslieferungsforderungen richteten, die sich auf Personen auf dem Gebiet der MiK erstreckten, machten keinerlei Anstalten, auf deren verantwortliche Stellen Druck auszuüben. Botschafter Francis Baldwin in Brüssel erklärte, dass die Auslieferung geflohener zwangsadoptierter Kinder gegen internationales Recht und gegen die Grundsätze der USA verstoßen würde, und die USA das auch nicht als ihre Angelegenheit betrachten würden.

Die Oppositionszeitungen überschlugen sich derweil in reißerischen Kampagnen und Parteien wie die Nationale Aktion wetterten gegen „Zigeuner, die Kinder stehlen". Für viele war der Fall Cervenak Anlass, die Roma-Community zu verdächtigen, auch hinter dem Verschwinden der abgängigen Mädchen hier zu stecken. Es kam zu Anfeindungen, Übergriffen und anonymen Anzeigen, in denen die Roma aller erdenklichen Straftaten beschuldigt wurden und ihnen regelmäßig die Polizei in ihre Siedlungen geschickt wurde. Neben Bebitz gibt es noch welche in den Stadtrandlagen von Strenzfeld und Wohlsdorf. Vor eine Grand Jury schaffte es allerdings kaum etwas davon und die Kriminalität ist in den Siedlungen nicht höher als in anderen unterdurchschnittlich begüterten Gegenden auch.

Zur endgültigen Eskalation der Lage trug dann bei, dass der bis dato letzte Fall eines verschwundenen Mädchens, jener der 14-jährigen Daniela Heubacher, die Siedlung zwischen Bahnhof und Flanschenwerk in Bebitz betraf – nur wenige hundert Meter auf der gegenüberliegenden Straßenseite von der Roma-Siedlung entfernt und eine Hochburg der Ultranationalisten.

Im vergangenen September, also vor etwas mehr als einem halben Jahr, wollte sie den Jahrmarkt in Baalberge besuchen. Nachdem die Töpferwiese in Bernburg selbst als traditioneller Standort von Zirkus- oder Kirmesveranstaltungen durch den Yachthafen verdrängt worden war, hatten andere Standorte für Jahrmärkte, Fahrgeschäfte und Schaustellerbuden an Bedeutung gewonnen.

Ich schilderte meinen beiden Gästen die Entwicklung, die sich seither in Bernburg vollzogen hatte:

„Wie schon in den Fällen zuvor hinterließen der oder die Täter keinerlei verwertbare Spuren oder auch nur Anhaltspunkte, in welche Richtung die Behörden ermitteln sollen. Entsprechend haben sie wie üblich erst mal das Umfeld abgeklappert, Familie, eigenartige oder auch nur allzu unauffällige Leute in der näheren Verwandtschaft, Lebensumfeld, Freunde, Cliquen, Freizeit – aber nichts hat sie wirklich mit den anderen Fällen verbunden oder irgendwelche engen Beziehungen erkennen lassen. Das FBI hat mittlerweile sogar Big-Data-Anwendungen aufgefahren, aber so richtig greifbare Ergebnisse brachte auch das nicht."

„Bis es dann eine vermeintliche erste Spur gab...", warf Knut Thomas ein.

„Die fand sich zwei Wochen nach dem Verschwinden. Es wurde ein Schlüsselanhänger an der Straße gefunden, die vom Dorf Bebitz in Richtung Flanschenwerk führt – und es war in etwa auf der Höhe der Zufahrt zur Roma-Siedlung. Wie sich später herausgestellt hatte, war es auch kein Zufall, dass dieser gefunden wurde, offenbar hatte jemand ihn dort aus dem Auto geworfen, nicht ganz in die Wiese, wo ihn, wenn überhaupt, erst der kommunale Straßendienst beim Mähen gefunden hätte, sondern an den Rand der Straße, damit zeitnah jemand auf ihn stoßen und die Pferde scheu machen würde."

„Es war der Anfang zu einer Hetzkampagne, wie sie seither auch nicht mehr geendet hat", erzählte der Archivar weiter. „Mehrere Male marschierten Schläger aus der Bahnhofssiedlung auf und versuchten, in die Roma-Siedlung einzudringen, um – wie sie es nannten – nach ihrer Nachbarin Daniela Heubacher zu suchen. Es kam dabei mehrfach zu Vandalismus oder Schlägereien. Als herauskam, dass sich auch Leute daran beteiligten, die in der neu aufgebauten Neighborhood Watch in Baalberge mit dabei waren, löste Scharlinger diese wieder auf und ließ die Bürger dort befragen, die prompt dafür stimmten, dass sie ihre alte wiederbekommen."

Ich schilderte weiter: „In den einschlägigen Medien waren die Roma aber an allem schuld und es wurden die wüstesten Verschwörungstheorien gesponnen. Cervenaks Verhaftung, der gefundene Schlüsselanhänger und der Umstand, dass das Mädel vom Jahrmarkt nicht zurückkam, wo viele Schaustellerbuden und Fahrgeschäfte von Roma betrieben wurden – alles das reichte ihnen aus, um diese Leute pauschal als Verbrecher hinzustellen. Bei den Zwischenwahlen im Herbst will nun Ansgar Steinbichler, angeblicher Kulturvereinschef in Bebitz, tatsächlich aber Halbweltgröße mit Arbeitsschwerpunkt in Peißen, Jabłońska den Sitz im Repräsentantenhaus abjagen. Normalerweise hätte er keine Chance, aber man weiß nicht, wie viel Resonanz sein Gepöbel am Ende bei den Leuten finden wird, wenn es so weitergeht."

„Und wir sollen jetzt herausfinden, ob das Ganze eine gezielte Einflussaktion ist, auch um die Wahlen zu manipulieren?", fragte Erich nach.

„Ja, das ist eine unserer Kernaufgaben. Ich bin realistisch genug, um davon auszugehen, dass wir einen Fall nicht aufklären werden, den Sheriff und FBI mit ihren hochtechnischen Ermittlungsansätzen nicht aufklären konnten. Aber wir können herausfinden, wer da welches Süppchen kocht und Dinge, die Behörden und Medien auf dem üblichen Wege nicht erfahren. Und deshalb, Erich, habe ich gleich für dich einen Auftrag."

„Aha."

„Du wirst dich mit Djuliana Cervenak unterhalten, der Schwester von Laszlo. Die hat sich bei den Crime Stoppers gemeldet und wollte dort was loswerden, was nicht unbedingt für die Ohren der Polizei bestimmt wäre."

„Die Mitarbeiterin bei den Crime Stoppers, die damit betraut war, ist eine langjährige Informantin von uns und dachte, dass es besser wäre, wenn wir uns der Sache annehmen", schaltete sich Knut Thomas ein. „Deshalb wandte sie sich auch mit ihrer Info an mich. Ich hab dann alles erst mal an Will weitergeleitet."

„Ja, und Knut hat eine gute alte Bekannte kontaktiert, die dir, lieber Erich, bei deinem Besuch Gesellschaft leisten wird."

„Bei meiner ersten Amtshandlung ja auch keine schlechte Idee, ich habe mir sowieso die Frage gestellt, wie ich das am Anfang machen soll. Dass du mich begleiten würdest, davon ging ich ja jetzt nicht unbedingt aus – vielleicht noch auf die Art: Gestatten, Field-Office-Leiter Carrier, das ist unser Praktikant…", warf Erich grinsend ein.

„Du kannst es natürlich gerne allein versuchen, wenn du fließend Romanes sprichst und es mittlerweile auch in Stephenville eine Community gibt, mit deren Gepflogenheiten du vertraut bist", antwortete ich.

„Es gibt zwar einige Restaurants und Geschäfte, die irgendetwas mit Gypsy im Namen tragen, aber soweit ich weiß, hat das jetzt wenig mit dem zu tun, worüber wir hier sprechen…"

„Davon gehe ich jetzt auch aus. Dafür lernst du gleich eine richtige Powerfrau kennen. Kyra Kováč, als Kind selbst aus der EFR evakuiert, mittlerweile 26 Jahre alt, Unternehmerin, Witwe, Mutter von zwei Kindern und vor knapp zwei Jahren sensationell zur Vorsitzenden der Bezirksschulbehörde gewählt. Sogar mit einem besseren Ergebnis als Bürgermeister und State Legislator, was beide mächtig wurmt, obwohl sie das nie zugeben würden."

„Alle Achtung."

„Ganz so war das auch nicht geplant. Ich kannte sie von einigen Schüleraustauschprogrammen. Als Knut sie erst mal nur als

Informantin für das Field Office geworben hatte, war sie noch kaum jemandem bekannt. Sie hatte gerade erst ihren Mann bei einem Tauchunfall auf den Malediven verloren. Er war der Chef mehrerer Arcade-Hallen, unter anderem jener im Salzland-Center. Sie konnte sich und ihre Kinder mit dem Erbe über Wasser halten und baute einen Bildungsdienstleister auf, der Homeschooling und private Schuleinheiten mit Personal und Material unterstützt. Damit ist es ihr gelungen, viele Sinti- und Roma-Kinder im allgemeinen Bildungsprozess zu halten, die unter herkömmlichen Umständen wahrscheinlich früh aus diesem herausgefallen wären."

„Das klingt ja richtig innovativ. Man macht sich damit aber nicht nur Freunde, denke ich."

„Als Schulbehördenleiterin hat sie nun auch das Amt des Examensadvokaten geschaffen. Der soll vor allem Roma, die Probleme im schriftlichen Ausdruck haben, ermöglichen, Prüfungen auch in ihrer eigenen Sprache abzulegen – weil die ja immer noch nicht in einheitlicher Schriftform standardisiert ist. Der kommt auch wenn nötig als vereidigter Sachverständiger zu mündlichen Prüfungen und protokolliert deren Inhalt in verschriftlichter Form, damit die Zertifizierungsstellen einen Anhaltspunkt haben, wie die Gespräche gelaufen sind. Das System soll, weil es gut angelaufen ist, nun auch auf Fälle des funktionalen Analphabetismus ausgedehnt werden."

„Finde ich gut. In Texas gab's ja schon ähnliche Vorstöße. Sollte aber wohl besser nicht rauskommen, dass sie unsere Informantin ist..."

„Ja, es ist eine Gratwanderung. Irgendwann kommt ein Zeitpunkt, wo man sich bei den Leuten für die gute Zusammenarbeit bedanken und ihnen alles Gute wünschen muss. Würde sie Bürgermeisterin oder State Legislator, würde ich sagen, da müssen wir wohl in beiderseitigem Interesse die Sache beenden. Aber in dem Fall will ich das nicht hier und jetzt tun. Europa hat die Roma über Jahrhunderte hinweg wie Dreck behandelt – mit der Folge, dass keiner dort einem Staat, einem Geheimdienst, einer Armee oder wem auch immer über den Weg traut. Man findet natürlich auch in der Community immer

Leute, die einem für Geld Informationen geben. In diesem Fall haben wir aber eine junge Frau, die extrem talentiert ist, Wertschätzung in der Community genießt und auch den amerikanischen Gedanken unterstützt. Eine solche Zusammenarbeit beendet man nicht, wenn man es nicht muss. Sie weiß nur noch nicht, dass ich dieses Office leite – und ich bin noch am Überlegen, ob ich sie auch hier in den Führungskreis aufnehme. Ich würde es eigentlich gerne, aber ich brauche noch etwas Bedenkzeit, um sicherzugehen, dass ich alle Für und Wider bedacht habe. Auch, weil sie ein öffentliches Amt hat."

„Wir müssen allerdings so diskret wie möglich vorgehen", schaltet sich Knut Thomas ein. „Seit Kyra ihr öffentliches Amt hat, haben sie einige ganz besonders auf dem Kieker und interessieren sich sehr genau für ihren Tagesablauf. Wir haben deshalb für zwei Aprilwochen in der Kongresshalle eine Kunstausstellung organisiert, bei der ihr beide euch hin und wieder zusammen blicken lassen sollt, mit Presseerklärungen, Fotos und allem. Wenn du dort offiziell als neu zugezogener Kunstagent auftauchst, stellt keiner dumme Fragen."

„Geht klar. Ich stelle dann ein paar Bilder auf Instagram und erzähle dazu irgendwas über die vielen interessierten Galerien, die diese Künstler unbedingt zu Gastauftritten in die USA holen wollen. Sollte tatsächlich einer von mir professionellen Rat haben wollen, müsstet ihr eben mit Kollegen von drüben was einfädeln."

Ich instruierte Erich und Knut Thomas noch, wie der genaue Ablaufplan für die kommenden Tage sein würde. Erich würde erst zum Ende der Woche hin seinen Wagen bekommen, deshalb sollte Kyra ihn erst im Salzland-Einkaufspark treffen und in ihrem Wagen dann nach Bebitz fahren. In der Siedlung sollen sie dann mit Djuliana Cervenak sprechen. Erich sollte bis dahin die Zeit nutzen, um im Haus klar Schiff zu machen, alles einzuräumen, etwaigen Papierkram zu erledigen, einzukaufen, die Gegend kennenzulernen und sich in die Akten einzulesen.

Im County selbst spitzte sich die Lage derweil weiter zu. Die Fortschrittsallianz und die Nationale Aktion hatten für die Midterms einen Pakt geschlossen. Die Rechten würden durch Kandidaturverzicht den früheren Mitarbeiter der EFR-Landwirtschaftskommission Rupert Wieland als Gouverneurskandidaten gegen Amtsinhaber Lancelot Huber unterstützen, dafür verzichte im Salzland die FA zugunsten Ansgar Steinbichlers auf einen eigenen Kandidaten für das Repräsentantenhaus, um Jabłońska loszuwerden.

Die Nationalisten im County hassten Lancelot Huber, und im Grunde konnten sie sich mit dem Konzept der MiK insgesamt nicht anfreunden. Huber durfte vor der Abspaltung von der EFR nicht mehr frei reisen, weil er infolge seines vorlauten Mundwerks einen negativen Sozialkredit angesammelt hatte. Viele Menschen aus Minderheiten- oder Einwanderercommunitys, darunter Roma, religiöse Muslime oder Freikirchler aus Osteuropa, teilten mit ihm das gleiche Schicksal, und der Umstand, dass Huber nach der Sezession auch noch öffentlich mit seinem Outlaw-Dasein prahlte, trug ihm – neben seinem angriffslustigen Sozialkonservatismus – gerade dort Sympathien ein. Mehrsprachige Wahlkampagnen unter dem Motto „Uns verbindet noch mehr als der negative Sozialkredit" waren ein Hochrisikomanöver, das sich aber in seinem Fall doppelt und dreifach rechnete.

Dazu kam, dass das Gründungsnarrativ der MiK auf Gedankengebäude Bezug nahm, die man in der EFR als überwunden, gefährlich oder beides betrachtete – etwa den Asabiyya-Gedanken von Ibh Khaldun, die Noachidischen Gesetze, das Millet-System der Osmanen und eben die Grundgedanken der amerikanischen Verfassung. Dies alles stand dem Leitgedanken der „Homogenisierung praktizierter Werte" entgegen, auf dem die EFR sich gründete und der den Verzicht auf Individualität und Freiheit im Interesse übergeordneter Werte als Notwendigkeit ansah, um vermeintlich drohende Weltuntergänge wie jenen durch die „Klimakatastrophe" abzuwenden und moderne Errungenschaften zu bewahren. Mit diesem Ansatz konnten sich nicht nur die Eliten der EFR, sondern auch die ethnischen Nationalisten eher anfreunden, denn sie sahen die Einflüsse vermeintlich archaischer Religionen wie des Islam oder die höheren Geburtenraten bestimmter Weltgegenden und Communitys als Ursache aller erdenklicher Bedrohungen.

Als Knut Thomas und Erich an jenem Abend aufgebrochen waren, um zurück nach Hause zu fahren, gingen bereits die Bilder von einem aktuellem Auftritt Steinbichlers auf dem Karlsplatz durch die sozialen Medien.

Er wetterte dort gegen „Zigeuner und Religioten", denen im County zu viele Rechte eingeräumt würden, und brüllte in die Menge: „Seit fünf Jahren gibt es hier Zigeunerwohnparks und eine eigene Moscheegemeinde, und seit fünf Jahren verschwinden hier Kinder. Wer hier an einen Zufall glaubt, ist selbst Teil des Problems." Die Polizei musste einen Passanten vor Übergriffen schützen, der spontan zurückgerufen hatte: „Du bist seit fünf Jahren hier Parteichef, vielleicht liegt's ja auch daran?!"

Die jüngsten Vermisstenfälle und die herannahenden Wahlen haben die Atmosphäre in der Stadt in einer bedenklichen Weise verändert. Die Angst greift um sich, die Stimmung ist aggressiver, das Misstrauen wird größer. Hat Clement Recht, dass es eine neue Geheimaktion aus der EFR gibt, Kinder wegzuholen, und gleichzeitig gezielt das Gemeinwesen zu untergraben? Wenn das stimmen sollte, wäre das der bislang erfolgreichste Versuch dieser Art seit Gründung der MiK.

Steinbichler sagte an jenem Tag in der Fußgängerzone auch: „Als sie unsere Länder aus der EFR holten, versprachen sie uns mehr Freiheit, mehr Selbstbestimmung, mehr Souveränität. Bekommen haben wir Ungleichheit, Aberglauben und Parasiten, die sich bei uns einnisten. Es ist mit den Händen zu greifen, dass die Amerikaner von der Entwicklung mehr Nutzen haben als unser deutsches Volk und als Europa. Am Ende werden wir auf die Chinesen hoffen müssen, um einen Staat zurückzubekommen, in dem wir die Fremdartigen in die Schranken weisen können." Dass mehrere hundert Personen in unserer Stadt ihm dafür Beifall zollten, zeigt, dass die Propaganda wirkt. Und mit jedem weiteren Entführungsfall und jedem weiteren Tag, an dem es nicht den geringsten Hinweis auf einen oder mehrere Täter gibt, würde das Gift noch stärker an Wirkung entfalten.

Dass Sheriff Dr. Rantebihl in dieser Situation auf uns zugekommen war mit der Bitte, ihn zu unterstützen, erschien nur konsequent. Dass ein einzelner triebgesteuerter Krimineller hinter den Taten stünde, wurde von den Ermittlungsbehörden als fraglich eingestuft. Immerhin stammten die Opfer aus zum Teil sehr unterschiedlichen Milieus und hatten mit Ausnahme der Altersgruppe wenig miteinander gemeinsam. Auch äußerlich wiesen sie keine eindeutigen Gemeinsamkeiten auf.

Vor allem sprach der zeitliche Abstand zwischen den Taten für einen Täter, der seine Emotionen und seinen Drang weit genug unter Kontrolle hatte, um Pausen einlegen zu können, oder eben für eine geplant und arbeitsteilig vorgehende Personenmehrheit. Die Opfer mussten über Monate hinweg beobachtet, ihr Tagesablauf studiert und ausgewertet, ihre Gewohnheiten ausgehorcht worden sein. Vor allem dieser Faktor sprach eher für mehrere Täter, denn zumindest einer von ihnen musste ortskundig gewesen sein und die erforderliche Zeit und Gelegenheit gehabt haben, Opfer auszuwählen, die Taten zu planen und auch gleich die Fährten, die anschließend gelegt werden sollen. Zudem musste es wohl jemand sein, der vertrauenswürdig wirkte, und deshalb zu Menschen aus unterschiedlichen Communitys Zugang fand.

Niemand konnte sich aber sicher sein, mit seinem Ansatz richtig zu liegen. Gleichzeitig stieg die Gewissheit in der Bevölkerung, dass mitten unter den Bewohnern des verschlafenen Kleinstadtkomplexes jemand lebt, der es auch auf ihre Kinder abgesehen haben könnte. Die Roma-Gemeinde bot sich als Sündenbock an und immer mehr Akteure nahmen dieses Angebot dankbar an. Wir mussten deshalb erst einmal unseren Teil dazu tun, herauszufinden, ob tatsächlich niemand daraus in die Taten involviert ist – und Cervenaks Geständnis in der EFR machte die Sache nicht leichter.

Was diejenigen, die mit dem Finger auf die Roma-Gemeinde zeigten, allerdings nicht sahen und auch nicht sehen wollten: Cervenak erklärte explizit, man habe zwangsadoptierte Kinder aus der EFR hierhergebracht. Und egal, ob das nun aus humanitärem Idealismus, finanziellem Interesse oder was auch immer heraus erfolgte: Es hätte jedenfalls unter keinen Umständen Sinn gemacht, Kinder von hier in die Gegenrichtung zu entführen und schon gar nicht Celja, deren Halskette in seinem Transporter gefunden wurde.

Um einen Erklärungsansatz für dieses Verhalten zu bekommen, brauchten wir zumindest ein paar ansatzweise aussagekräftige Angaben von seiner Schwester Djuliana.

KYRA.

Erich fand sich schnell und gut an seinem neuen Lebensmittelpunkt zurecht, und nicht zuletzt dank des wachen Auges seines Nachbarn Herbert Götzenberger gehörte es zu seinen ersten Verrichtungen, den Abfallkalender auswendig zu lernen und beim Verlassen des Hauses darauf zu achten, dass Zugangswege und Einfahrten frei von Unrat, Geäst oder ähnlichem wären. Da der Frühling erst am Anfang stand, mussten immerhin noch keine Rosen vor dem Haus geschnitten werden. Auch was das betrifft, musste Erich davon ausgehen, dass etwaiges verspätetes Tätigwerden dem wachen Auge des kritikfreudigen Nachbarn nicht verborgen bleiben würde. Um ehrlich zu sein, bereitete mir bereits der bloße Gedanke Kopfzerbrechen, konspirative Treffen bei Erich im Haus abzuhalten, denn dem pedantischen alten Querulanten von nebenan würde nichts verborgen bleiben.

Erich hatte mich einmal sogar gefragt, ob nicht einer wie Götzenberger als Informant für das Field Office prädestiniert wäre. Immerhin bleibe einem wie ihm nichts verborgen. Vom Ansatz her wäre der Gedanke auch nachvollziehbar, allerdings können wir auch keinen Zuträger gebrauchen, der am Ende in seine Berichte schreibt, wer seinen Müll falsch trennt oder sein Gras im Garten zu hoch wachsen lässt. Man könnte ihm allenfalls das Notieren von Autonummern anvertrauen und das Auflisten, wie lange welcher Anrainer oder Fremde wo geparkt hatte. Aber das hatte zu jenem Zeitpunkt eher keine Eile.

An jenem Tag war Erichs erster Einsatz fällig. Ich hatte ihm einen Tag zuvor noch Dienstkleidung übergeben in Form eines stylishen Hemds mit einer in einen der Knöpfe eingebauten Minikamera, die es mir ermöglichen sollte, Gespräche wie das in der Roma-Siedlung per Stream mitzuverfolgen. Allerdings musste er diesen dazu mittels seiner dazugehörigen Smartwatch aktivieren. Er wollte zu Fuß von der Weinertsiedlung aus ins Einkaufszentrum gehen, ich selbst wollte aus sicherer Entfernung zusehen, wie es mit der Kontaktaufnahme klappt. Deshalb hatte ich mich auch dazu entschlossen, mich auf einer Seite des überdachten Innenhofes in ein Café zu setzen, während Erich mir dies auf der gegenüberliegenden Seite gleichtun sollte und warten, bis Kyra Kováč zu ihm stoße.

Etwa 20 Minuten vor der vereinbarten Zeit des Meetings hatte er auch schon Platz genommen und sich noch einen Kaffee kommen lassen. Mit Erstaunen nahm ich wahr, dass auch Serpentina, die Tochter meines guten Freundes und Erichs Nachbarn Kurt Wagner, im Gebäude war. Sie besuchte die 11. Klasse des nur wenige hundert Meter entfernt gelegenen Könneraner Salanter-Gymnasiums und hatte offenbar gerade eine Freistunde, die sie nutzte, um sich in der Etage darüber auf der Sitzterrasse des Gaming-Cafés einen Milchshake zu genehmigen.

Ob Erich und sie einander im Laufe der vorangegangenen zwei Tage, die er nun schon hier war, über den Weg gelaufen waren, war mir nicht bekannt. Es war allerdings auch aus der Entfernung zu erkennen, dass die beiden schon bald Blickkontakt zueinander aufgenommen hatten und offenbar über die Etage hinweg sogar miteinander zu flirten begannen. Nicht, dass ich es den beiden nicht gegönnt hätte, aber ein wechselseitiges Kennenlernen Erichs und der Wagners während eines Einsatzes war nicht gerade das, was auf meiner Wunschliste ganz oben gestanden hätte. Zumal der Gute in seiner augenfälligen Begeisterung für die Nachbarstochter auch noch zu vergessen schien, die Aufnahmefunktion seiner Smartwatch zu aktivieren.

Mit einem mulmigen Gefühl registrierte ich, dass die beiden einander schon mal Blicke zuwarfen und dann auch noch anfingen, mithilfe des Tischkommunikationssystems, das es in dieser Ecke der Mall in den Cafés gab, miteinander zu schreiben.

„Hübsches Jackett…", oder irgendetwas in der Richtung muss Serpentina ihm zugetextet haben.

Erich blickte noch einmal hoch in die Etage darüber. „Ja, ich bin's. Bist wohl neu hier in der Stadt."

„Kann man so sagen, ja", textete er zurück. „Woher weißt du…?!"

„Unsere beiden Cafés gehören zusammen, die Gamer-Etage und die Etage für den Normalbetrieb. Und entsprechend auch das TiKo. Und dort, wo du jetzt sitzt, aß ich schon öfter zu Mittag. Deshalb kenne ich die Tischnummer."

„Ach so… übrigens auch: hübsche Sonnenbrille. Zockst du gerade was?"

„Danke. Nein, ich guck was wegen Geschichte, damit geht's in der nächsten Stunde weiter. Sokrates ist gerade dran."

„Der Grieche – oder der Brasilianer?"

„Brasilianer?"

„Ja, der Fußballer. Mein Großvater schwärmte mir immer vor, was für ein großartiger Mittelfeldstratege der gewesen wäre."

„Das war ja dann etwas vor meiner Zeit", Serpentina grinste über das gesamte Gesicht. „Ich spiele zwar auch Fußball, aber…"

„Auf der Konsole?"

„Nee, im Verein. SC Könnern. Gleich nebenan hier ist meine Schule, und darunter das Stadion."

„Ach so. Sieht man dir gar nicht an."

Serpentina grinste weiter. „Ach, du findest Frauenfußball strange? Ich mach das seit meiner Kindheit, mein Vater ist Trainer. Und bevor du fragst: Nein, ich bin auch nicht andersrum."

Jetzt grinste Erich. „Danach hätte ich mich jetzt auch nicht zu fragen getraut…"

„Das hätte ich dir auch nicht geraten." Nun lachten beide.

Wenige Augenblicke, bevor Kyra eintraf, schaffte ich es noch rechtzeitig, ihn anzurufen und daran zu erinnern, verbunden mit der Mahnung: „Schluss jetzt, und nimm deine Glotzaugen von Serpentina Wagner, die wirst du als deine Siedlungsnachbarin noch häufig genug sehen. Jetzt ist erst mal Einsatz."

Etwas konsterniert über meine strenge Ansage machte Erich sein Gerät bereit und dann stand auch schon Kyra Kováč vor ihm, begrüßte ihn kurz und bedeutete ihm, ihr ins Parkhaus zu folgen. Verstohlen signalisierte Erich Serpentina noch, dass er nun weg müsse, und trottete dann pflichtgemäß Kyra hinterher. Auf der etwa zwanzigminütigen Fahrt in Richtung Bebitz erläuterte diese ihm, dass Knut Thomas sie auf den aktuellen Stand gebracht habe und dass sie über all das im Bilde wäre, was auch wir zwei Tage zuvor in meinem Wohnzimmer besprochen hätten.

Kyra stellte den Wagen in der Zufahrt zur Siedlung am Straßenrand ab und bereitete Erich instruktiv auf den Ablauf des Besuchs vor.

„Am besten wird sein, du lässt mich hier reden, denn dich wird man hier erst mal mit großen Augen ansehen wie jeden Gadscho, der sich hierher verirrt, wenn es nicht gerade jemand vom Post- oder Paketdienst ist – und selbst dann sind die Leute nicht sehr gesprächig gegenüber Fremden."

Erich versuchte seinerseits, sein in den Tagen zuvor angelesenes Wissen über die Roma und ihre Eigentümlichkeiten anzubringen.

„Müssen wir uns bei einem Woiwoden oder so anmelden?"

„Bei wem? Am Ende noch dem alten Geza, den jeder aus der Zeitung kennt? Nein, der ist so weit ich weiß um diese Zeit noch nicht einmal da. Außerdem haben die, auch wenn es eingewanderte Gemeinden sind, dort weniger zu sagen als sich Außenstehende ausmalen. Meistens sind das Leute, die wissen, wie man mit den Gadsche verhandelt, weil sie die Sprache am besten beherrschen oder Rechtskenntnisse haben oder was auch immer. Aber in der Community selbst hat manches Sippenoberhaupt mehr zu sagen als sie."

„Was für eine Funktion hast du denn eigentlich genau in der Community?"

Kyra antwortet lachend: „Die ganzen Autoritäten und die, die es sein wollen, sind eigentlich alle ganz froh, dass ich die meiste Zeit weit weg in meiner Stadtwohnung bin. Eigentlich sehen mich einige in letzter Zeit nicht so gerne, weil sie meinen, ich wolle ihnen mit meinem staatlichen Amt reinreden. Manche glauben sogar, ich wollte ihnen die Kinder entfremden, weil ich versuche, ihnen allen staatlich anerkannte Abschlüsse zu ermöglichen. Da kommt einfach das Misstrauen in staatliche Behörden durch. Der alte Geza predigt immer und immer wieder, dass es wichtiger sei, unsere Kultur unverfälscht aufrecht zu erhalten, als Erfolg in der Gadsche-Welt zu haben. Womit er ja Recht hat. Aber ich zeige den Kiddies eben, wie sie dort den Kuchen nicht nur haben, sondern auch essen können."

„Zur Leiterin der Schulbehörde gewählt haben sie dich ja trotzdem…"

„Das ist halt dann doch der Stolz gewesen. Im Grunde sind die Autoritäten in der Community auch froh, dass ich ihnen dort den Rücken freihalte und ja schließlich auch wirklich etwas für die Leute erreiche. Und bei den Familien hat sich herumgesprochen, dass letztlich sie selbst es sind, die für ihre Kinder die Bildung organisieren müssen, und ich ihnen nur zeige, worauf man dabei achten sollte. Deshalb darf ich hier auch überall rein, wann immer mir danach ist. Unser Gespräch findet übrigens auch in meinem Caravan statt, der noch hier steht. Es ist der von meinem verstorbenen Mann. Obwohl so etwas unter Roma immer noch selten geschieht, hatte er ein Testament vor einem Notar errichtet. War vor allem wegen seiner Läden. Aber dann hat er mir dort drin auch den Caravan vermacht, auf den sich eigentlich meine Schwiegermutter Hoffnungen gemacht hatte. Fünf Leute mussten sie davon abhalten, den Wagen zu demolieren. Ich glaube, drei Fünftel der Roma, die mir bei der Wahl ihre Stimme gaben, taten dies aus Dankbarkeit dafür, dass die Alte daraufhin dauerhaft aus der Siedlung verschwunden ist."

Bald hatten die beiden die Siedlung erreicht. Kyra sprach eine Frau auf Romanes an. Dabei fragte sie nach einer „Suna" und die Frau antwortete etwas, bevor Kyra und Erich ihre Konversation fortsetzten.

„Was hatte sie gemeint?", fragte Erich.

„Suna ist Djulianas Roma-Name. Das heißt ‚Traum'. Wir haben alle hier eigene Namen. Djuliana ist ihr Gadsche-Name, also der, den man verwendet, wenn man mit Leuten von außerhalb zu tun hat. Viele vergessen den sogar oder müssen ihn sich aufschreiben, weil man ihn untereinander nicht verwendet. So, wir sind da, wir müssen erst mal ein wenig warten."

Sie gingen zusammen in den Wohnwagen. Kyra bat Erich, sich zu setzen.

„Kaffee?"

„Ich hatte vorhin im Einkaufszentrum schon einen, aber gut…"

„Keine Sorge, ich glaube nicht, dass du mich beleidigen willst", erwiderte Kyra mit einem Lachen in der Stimme. „Ich arbeite Tag für Tag mit Gadsche zusammen, ich weiß, dass nicht jeder von ihnen etwas, was wir ihm anbieten, ablehnt, weil er uns für unsauber hält. Außerdem müsste ich ihn ja ohnehin erst kochen."

„Wenn du einen machst, trinke ich einen mit. Andernfalls erspar dir einfach die Arbeit."

„Gut, Ausrede akzeptiert", flachste Kyra. „Sonst hättest du gleich noch einen Schnellkurs in unseren Geschirrreinigungs- und Darreichungsritualen verpasst bekommen."

„Obwohl das ja durchaus interessant klingt… Wie oft bist du denn hier? Lohnt sich so ein Wohnwagen eigentlich noch mit einer Stadtwohnung?"

„Natürlich könnte ich ihn auch verkaufen und das Geld in die Firma investieren. Aber es ist für uns immer gut, für alle Fälle etwas Mobiles zum Wohnen zu haben. Man weiß nie, was Europäern so einfällt, und bis vor ein paar Jahrzehnten waren das ja auch die Leute hier. Zehn Jahre sind keine lange Zeit, nicht einmal hundert. Die Ansgar Steinbichlers sterben nicht aus, und es könnte jeden Tag auch wieder ein Freiherr von Verschuer als wissenschaftliche Autorität anerkannt werden, wenn's für die richtigen Leute eine Win-Win-Situation schafft. Ich kenne viele Juden, die mir sagen, sie hätten zur Sicherheit immer einen fertig gepackten Koffer irgendwo in einer Ecke ihres Hauses stehen, einfach so als reine Vorsichtsmaßnahme. Und genauso ratsam ist es für unsereins, etwas Fahrbares in erreichbarer Nähe zu haben."

Als beide bei Tisch saßen, richtete Erich das Gespräch auf den eigentlichen Grund der Zusammenkunft:

„Jetzt mal unabhängig davon, was wir aus Akten und Berichten wissen: Was ist denn eigentlich deine Einschätzung darüber, was hier los ist?"

„Es ist schwer, die Punkte zusammenzuführen. Die ganze Stadt und das FBI jagen seit fünf Jahren ein Phantom oder vielleicht mehrere. Nur was eines betrifft, bin ich mir sicher: Niemand von hier aus der Community hängt da mit drin."

„Was macht dich da so sicher?"

„Noch nie haben wir Zigeuner anderen Menschen ihre Kinder verschleppt oder weggenommen", antwortete Kyra mit einer merklichen Strenge in ihrer Stimme. „Wir haben uns nur unsere eigenen zurückgeholt, die man uns vorher genommen hatte. Das war unter Maria Theresia so, das war nach dem Krieg in den ach so fortschrittlichen Wohlfahrtsstaaten so, das ist jetzt unter Malte Hoeft so. Entweder will man verhindern, dass wir Kinder bekommen, oder man ist scharf darauf, uns gegen unseren Willen von unserer Elternverantwortung zu befreien. Im Laufe der Geschichte gab es Herrscher, die uns vorschrieben, dass wir nur untereinander heiraten durften, und solche, die uns genau das verboten haben. Die können sich ja nicht mal für eins entscheiden…"

„Du wusstest von Cervenaks Aktivitäten?"

„Ich war selbst eine der Ersten, die noch sein Vater hierhergeholt hatte, in der Zeit der ersten Abspaltungstendenzen der MiK. Mich hatte man aus einem Nomenklatura-Haushalt in Dortmund hierher verbracht, bei Nacht und Nebel, während die Haushälterin schlief und meine Zwangs-Adoptivmutter, eine EFR-Beamtin im Gesundheitskommissariat, in Brüssel war. Bis die mein Fehlen bemerkten, waren wir schon längst jenseits der Grenze. Eine katholische Familie in der Siedlung hinter dem Klinikum in Bernburg hat mich aufgenommen und aufgezogen. Meine neuen Pflegeeltern haben mir auch nie verschwiegen, woher ich komme und wo ich hingehöre, und dafür gesorgt, dass ich alle unsere Festtage und Gedenktage mit den anderen begehe. Sie haben alles getan, damit ich nicht vergesse, dass ich ein Roma-Mädchen bin."

„Dann werden wir einander ja künftig häufig im Gottesdienst sehen, wenn du auch Katholikin bist…"

„Ja, willkommen in der Gemeinde. Meine leiblichen Eltern waren ja in einer Freikirche, das hatte es dem Regime noch leichter gemacht, mich ihnen wegzunehmen, von wegen religiöse Eiferer und so. Ich bin dann aber katholisch aufgewachsen und geblieben. Passt ja gut zu uns mit der Marienverehrung und der Bedeutung des Totenkults. Die Toten sind bei uns sehr präsent. Meine Eltern waren ja auch kurz nacheinander in den Jahren nach meiner Evakuierung verstorben."

„Hattet ihr auch mit den muslimischen Evakuierungsdiensten zu der Community nach Strenzfeld zu tun?"

„Ja, wir haben ein intaktes Verhältnis untereinander. Wir haben über Jahrhunderte hinweg gelernt, den Romanipen und die jeweilige religiöse Tradition in einen Zusammenklang zu bringen. Für unsere Belange hat's ja auch immer gereicht. Gott lässt uns Roma ja nicht im Stich, ob wir jetzt zu dem einen oder anderen Verein gehören. Und die

SS hat schließlich auch keinen früher oder später erschossen, nur weil er zu den Horahane oder Dassikane gehörte."

Erich und Kyra waren in ihr Gespräch vertieft, als zu hören war, wie die Tür aufgeht und eine sehr erregte Stimme im Wohnwagen zu hören, allerdings war es die einer älteren Frau. Sie konnte sich kaum beruhigen und redete auf Kyra ein, die versuchte, ihr zuzureden. Was sie sprach, weiß ich als nicht der Sprache Mächtiger bis heute nicht. „Suna" wurde manchmal erwähnt. Die beiden Frauen sprachen jedoch über mehrere Minuten hinweg miteinander und verließen dabei auch den Wohnwagen.

Als Kyra wieder zurückkam, kam die alte Frau auf Erich zu, umarmte ihn und redete in gebrochenem Deutsch auf ihn ein: „Sie sind gut' Mann, bitte bringen Sie uns Celja zurück. Sie muss zu Familie... bitte."

Die alte Frau sprach noch einige Sätze mit Kyra, wobei ihre Stimme tränenerstickt klang. Dann verabschiedete sie sich. Kyra schloss die Türe und kam zu Erich zurück.

„Das war Mama Mangalica, die Witwe von Zeljko, der in Ungarn als Schweinezüchter arbeitete, bevor die Familie hierher kam. Sie liest jetzt manchmal aus den Karten auf den Jahrmärkten in der Gegend und ist so was wie die gute Seele hier."

„Was hat sie gesagt? Sie war ja richtig panisch."

„Dass Suna Angst hat, zu reden. Sie will ihrem Bruder nicht schaden und sie will auch nicht mit Fremden über ihn sprechen."

„Wir glauben ja nicht, dass er mit der Sache zu tun hat, das wäre ja unlogisch. Und dass er zwangsadoptierte Kinder aus der EFR geschafft hat, weiß man doch."

„Es geht aber noch um mehr... und das muss auch unter uns bleiben. Also uns beiden, Knut Thomas und wer sonst immer befasst ist in der Operation." Kyra blickte sich um, als wolle sie noch einmal die unbedingte Vertraulichkeit dessen unterstreichen, was sie zu sagen im Begriff war. „Es hat einen Grund, dass Cervenak nach seiner

Verhaftung die Entführungen sofort zugegeben hat. Er wollte einfach, dass die Behörden in der EFR nicht noch weiter nachbohren."

„Was befürchtet er?"

„Es ist so… er und ein paar weitere Leute, einer oder zwei aus Strenzfeld und der Rest aus anderen Gegenden und Ländern über den gesamten Balkan bis hinunter nach Türkiye, die haben zusammen was Größeres am Laufen. Die fahren nicht nur hin und kommen mit evakuierten Kindern wieder zurück, sondern…", Kyra schaute sich noch einmal um und begann zu flüstern, „die haben manchmal auch Bauteile dabei für Waffen. Diese gehen dann an Untergrund-Einwanderermilizen in Großstädten der EFR. Die bauen diese dann zusammen und verwenden sie dort, wo bürgerkriegsähnliche Zustände herrschen."

„In Medien wurde so etwas hin und wieder geschrieben, dass die CIA oder die Regierung der MiK Aufständische in der EFR versorge, ich habe das aber für Propaganda gehalten."

„Ist es auch. Wenn sie was wüssten, hätten sie schon mehr Leute verhaftet und sie der Öffentlichkeit präsentiert. Aber manchmal hat Propaganda einen wahren Kern, und hier gibt es tatsächlich solche Formen der Unterstützung. Ob das von der CIA, Bratislava, den Russen, Israel, den Türken oder wem auch immer organisiert wird, weiß ich nicht, das ist aber auch nicht unsere Baustelle und mir ist das persönlich auch komplett egal. Würde die EFR ihre Minderheiten besser behandeln, würde so etwas auch keiner machen."

„Wenn die das wüssten, wäre das der Skandal des Jahrzehnts", meinte Erich. „Aber es ist gut, davon gehört zu haben. In der Öffentlichkeit nützt es allerdings nicht allzu viel. Dann wäre zwar das Gehetze wegen der verschwundenen Kinder vom Tisch, dafür würden die üblichen Kanäle die Roma aber als Waffenschieber und Terroristen hinstellen."

„Ja, dort wirken Jahrhunderte der Lügen gegen uns nach. Fängt schon im Kleinen an. Wenn ein Gadsche-Junge etwas klaut, kommt schnell raus, dass es eine Mutprobe oder jugendliche Unüberlegtheit war. Wenn ein Roma-Junge dabei erwischt wird, dann heißt es immer noch, das läge bei uns im Blut. Ich finde es anständig, dass der Gouverneur uns in Schutz nimmt und ein paar vernünftige Medien gibt's ja auch noch. Aber wenn wir mit der Wahrheit herausrücken, dann sind zwar die Roma hier entlastet, aber den Schaden haben alle anderen, vor allem die in der EFR."

Was mir an beiden von vornherein aufgefallen war, und warum ich sie auch rekrutiert hatte, war ihre Fähigkeit, bei aller Treue zum eigenen Standpunkt stets in der Lage zu sein, die Gesamtsituation nüchtern und realistisch einzuschätzen. Den Medien zu stecken, dass die „Evakuierungen", an denen Cervenak mitgewirkt hat, durch keinerlei Logik mit den Fällen verschwundener Teenager hier in einen Zusammenhang gebracht werden können, würde vielleicht ein paar Leuten, die sich noch keine abschließende Meinung gebildet haben, die Augen öffnen. Für alle andere wäre es aber nur ein Narrativ, und die Roma-Gegner würden nur das Thema wechseln und dem Gouverneur vorwerfen, „grenzüberschreitenden Terrorismus" zu begünstigen.

Uns allen konnte nur ein Entlarven der tatsächlich Verantwortlichen für die Entführungen helfen, und das hatten schon die Strafverfolgungsbehörden in all den Jahren nicht geschafft. Für uns als Field Office war die Information, dass Akteure von hier an einer gegen die EFR gerichteten Operation teilnahmen, aber ungemein wertvoll – und sie zeigte, wie klein die Welt sein kann. Wenn Personen aus dieser verschlafenen Ecke an einer internationalen organisierten Aktion gegen die EFR teilnahmen, war es natürlich auch denkbar, dass sich in deren Auftrag auch Leute von hier an Operationen gegen uns beteiligten. Oder auch im Auftrag anderer Akteure, etwa Chinas, das in der Links- wie auch in der Rechtsopposition gleichermaßen Bewunderer hatte, und das zudem die EFR wirtschaftlich so stark in der Hand hatte, dass man dort selbst dann nach Pekings Pfeife tanzen würde, wenn man es nicht ohnehin schon aus Gründen ideologisch bedingter Sympathie wollte.

Es stand aber ebenso im Raum, dass diese mysteriösen Fälle verschwundener Mädchen ganz andere Hintergründe hatten. Die Länder der Region hatten in den vergangenen Jahrzehnten schon alles Mögliche erlebt – vom Serienmörder über Personen, die Kinder über Jahre hinweg in ihren Kellern eingeschlossen hatten, bis hin zu Pädophilen-Ringen im Darknet. Fortschritte in der Technologie hatten den Strafverfolgungsbehörden zwar häufigere und wirksamere Schläge gegen die Akteure ermöglicht, andererseits hatten diese ihrerseits aber auch ausgeklügeltere Mechanismen entwickelt, um nicht entdeckt zu werden.

Einwandererkinder waren dabei stets bevorzugte Ziele: In vielen Fällen waren die Sprachkenntnisse der Angehörigen der Opfer nicht stark genug ausgeprägt, um wichtige Details auszuformulieren, außerdem misstrauten viele in den Communitys den Behörden oder hatten Angst, diese würden bei ihren Ermittlungen im Familienumfeld auf Verwandte oder Freunde stoßen, die sich illegal im Land befänden. Die MiK hatte zwar die Möglichkeiten zur legalen Einwanderung ausgeweitet, der Kongress oder einzelne Bundesstaaten verhinderten allerdings mehrfach generelle Amnestieregelungen für illegale Einwanderer, die sich bereits zuvor im Land aufgehalten hatten.

In unserem Fall kam das erste Opfer jedoch aus einer alteingesessenen und allseits bekannten Familie. Zumindest ein Täter musste also auch so weit Zugang zu dieser gehabt haben, dass es ihm gelang, über längere Zeit hinweg die Gewohnheiten der Tochter auszuspionieren. Die Wahrscheinlichkeit ist hoch, dass ein Täter aus einer Einwanderercommunity dabei Aufmerksamkeit auf sich gezogen hätte.

Kyra trieb jedoch noch eine andere Sache um:

„Der Gedanke, dass diese unschuldigen Wesen nicht mehr leben könnten, nimmt uns den Schlaf. Wir glauben, dass die Seelen von Toten, die nicht begraben worden sind, wie sie es verdient haben, keinen Frieden finden und noch unter uns sind. Sie können Schaden anrichten, sie können uns warnen, aber sie können auch einfach als verlorene Seelen um Erlösung schreien. Wenn diese kostbaren Seelen sie nicht finden, wird etwas Dunkles über unsere Stadt kommen."

Erich kam offenbar unser Erlebnis auf der Landstraße in den Sinn. Er berichtete Kyra darüber und erwähnte auch eigenartige Wahrnehmungen aus den ersten Tagen seines Aufenthalts, die er auch mir gegenüber noch nicht angesprochen hatte.

„Es liegt so eine Schwere und Düsternis über dem Land... ich dachte erst, das liege daran, dass es Ende März ist und kahle Bäume, schwere Wolken, menschenleere Dörfer, kleine Sonnenintermezzi, gefolgt von beigefarbenem Himmel über den Feldern hier immer um diese Zeit dafür sorgen..."

„Ja, das ist Frühlingsanfang in Bernburg", pflichtete Kyra ihm bei. „Im Sommer ist es hier dafür oft drückend und trocken, im Herbst erlebst du ein Farbenspektakel und in der kalten Jahreszeit ist es zwar auch hier trüb und sonnenarm, aber die Weite der Landschaft macht das alles erträglich. Jetzt sind außerdem die Forsythia und die Kupfer-Felsenbirne schon da."

„Ich hab's gesehen, sogar ganz in der Nähe von dort, wo ich wohne. Es hat etwas Paradiesisches hier. Aber es hat auch etwas Unheimliches. Ich wachte gestern Nacht auf und mir war, als hätte ich im Garten meines Hauses Kinderlachen gehört. Als ich auf den Balkon ging, um mit der Taschenlampe hinabzuleuchten, war es mit einem Mal weg. Und als ich mich heute auf den Weg zu unserem Treffpunkt gemacht hatte und die Weinertstraße entlang ging, begleitete mich ein Wintersturm, der mir neben allem erdenklichem Kleinmüll auch einen Plastikball hinterherwehte, den aber offenbar niemand vermisste. Als ich die Weinertstraße verließ, hörte auch der Sturm auf."

„Ich merke, du hast Antennen für die wesentlichen Dinge. Erlebe ich bei Gadsche nicht wirklich jeden Tag. Ich weiß nicht, ob das Schicksal für mich diesen Ort bestimmt hat, um für immer hierzubleiben, aber es ist, als sei hier etwas, was zu mir spricht, und ich denke, dass ich hier eine Aufgabe zu erfüllen habe."

„Ja, offensichtlich ist es so. Dein Bildungsunternehmen, jetzt noch die amtliche Funktion, zwei Kinder, die ihre Kindheit hier verbringen – Bernburg dürfte bis auf Weiteres dein Lebensmittelpunkt bleiben."

„Klar… aber ich habe das jetzt nicht nur in dem Sinne gemeint", erklärte Kyra. „Mich als Romni muss etwas Tiefes mit einem Ort verbinden, damit ich ihn auch als meinen ansehen kann, eine Art unsichtbares Band. Und das nehme ich wahr. Es gibt die Erzählung, dass die ersten eingewanderten Roma, die nach der Gründung der Mitropa-Konföderation hierhergekommen waren, hier geblieben sind, weil sie auf ihrer Reise Nachtlager hielten und auf Glühwürmchen stießen."

„Gut zu wissen, dass es die hier gibt. In Texas gibt's mehrere Dutzend Arten davon. Mein Vater ist mit mir im Frühsommer immer suchen gegangen, das waren so großartige Tage…"

„Für uns haben sie auch eine tiefe mystische Bedeutung. Wir nennen sie Grinda Somnákube. Roma glauben, dass diese Kreaturen, wenn sie sterben, sich zu Gold verwandeln, und dass deshalb dort, wo Roma sie finden, auch etwas Wertvolles für sie selbst zu finden ist. Das ist jetzt nicht der einzige Grund, warum nur wenige von hier weitergezogen sind und immer wieder neue Familien hier siedeln. Aber einer, der unterbewusst für viele eine Rolle spielt."

Kyra erzählte zudem, dass in der Nähe der Orte, an denen die Roma in der Gemeinde leben, auch Feldlerchen brüten, vor allem an den Mohnfeldern entlang der vielen kaum genutzten Schotterwege und Kopfsteinpflasterstraßen zwischen den Dörfern, die sich zwischen Bernburg und Könnern erstrecken. Tatsächlich waren in den vergangenen 50 Jahren mehrere modernere Verbindungsstrecken errichtet und Landstraßen ausgebaut worden, die ältere Verbindungen überflüssig machten. Diese werden heute fast nur noch landwirtschaftlich verwendet und hin und wieder verirren sich Ausflügler dorthin.

Die Feldlerchen gelten bei den Roma als heilige Tiere. Ihren Gesang erstmals zu hören, bringe Glück, Wohlstand und Weisheit. Eine zu verletzen oder zu töten, könne hingegen Verderben über eine Familie bringen.

„Die Lerche ist auch der Begleiter der Seelen Verstorbener, die noch nicht nach Hause gefunden haben", schilderte Kyra weiter. „Deshalb legen Roma am Pfingstmorgen Lercheneier an einen Baum für jeden Angehörigen, der im Jahr zuvor verstorben war. Celjas Familie weiß noch nicht einmal, ob ihre Tochter dazugehört. Sie hatten einen bitteren Streit letztes Jahr an Weihnachten, als es um das Totenritual ging. Für einen verstorbenen Angehörigen wird am Weihnachtstisch eingedeckt und Nahrung darauf gegeben, als wäre er noch unter ihnen. Die Schusters hatten eingedeckt, die Mutter wollte aber nichts auf den Teller geben, weil sie hofft, Celja könnte noch lebend gefunden werden."

Am Ende, so erzählte Erichs Gesprächspartnerin, hätte man sich darauf geeinigt, nur einzudecken, aber den Teller leer zu lassen, damit Celja ihn selbst benutzen könne, sollte sie während des Weihnachtsfestes durch die Türe zurück nach Hause kommen. Kyra schildert aber noch andere Gedanken, die nicht nur sie selbst, sondern die gesamte Roma-Community umtreiben:

„Wir glauben an eine ungebrochene Präsenz der Seele aller Verstorbenen in unserer Mitte, bis ein rituelles Begräbnis sie ihren Frieden finden und heimkehren lässt. Bis dahin sind sie aber unter uns und als Mulos, wie wir sie nennen, halten sie die Bande zu uns aufrecht. Sie können in Träumen zu uns sprechen, uns erscheinen, uns heimsuchen, uns warnen, uns Angst machen, uns trösten... und solange die Seelen unserer Toten nicht heimgekehrt sind, können sie uns etwas mitzuteilen haben."

„Ist denn bei dir schon etwas geschehen, was in diese Richtung geht?", fragte Erich.

„Es sind manche Dinge geschehen, von denen ich noch nicht weiß, wie ich sie deuten sollte. Und wenn du mir jetzt von dieser Sache auf der Landstraße erzählt hast, von dem Mädchen, das ihr vermeintlich überfahren hattet, das aber dann gar nicht da war, dann ist mir, als sollten wir den Rat der noch nicht heimgekehrten Seelen suchen. Vor allem den von Celja, sollte man ihr etwas angetan haben und wir konnten sie noch nicht beisetzen. Ihre Familie hat Gewissheit verdient und ihre Seele Frieden. Und die der anderen auch."

Eigentlich wollte ich den Kreis der Mitwirkenden an unseren Recherchen so gering wie möglich halten und vor allem wie üblich jeden Informanten auf seinen Zuständigkeitsbereich beschränkt wissen. Auch fehlte mir – abgesehen von meinem orthodoxen Glauben – eher der Sinn für das Transzendente. Im Fall von Kyra wollte ich, auch auf die Gefahr hin, mir den Vorwurf einzuhandeln, Klischees zu bedienen, ihren Eifer und ihr Interesse jedoch nicht unbelohnt lassen. Die Angelegenheit war dringlich, die bisherigen Versuche, ihr auf den Grund zu gehen, erfolglos, vor allem aber war Kyra Kováč eine ehrliche Haut, deren unkonventioneller Blick uns in dieser Lage mehr nutzen als schaden konnte. Sollten wir mit ihren Vorstellungen nicht weiterkommen, hätten wir ja immer noch unsere üblichen Wege zur Informationsbeschaffung. Außerdem stimmte zwischen Erich und ihr augenscheinlich die Chemie.

Deshalb suchte ich noch unmittelbar nach meinem Mittagessen beim „Beef Doctor" Knut Thomas in der Bibliothek auf und bedeutete ihm, dass wir Kyra Kováč in unsere Operation auch auf primärer Ebene einbinden könnten. Er solle deshalb künftig beide zu Besprechungen einladen. Mich würde Kyra allerdings weiterhin nicht persönlich kennen. Dies war Knut Thomas und Erich vorbehalten, den ich selbst rekrutiert hatte und der perspektivisch meine Position übernehmen sollte.

Ihm hatte ich am selben Tag allerdings im Vier-Augen-Gespräch zur Auswertung des Termins mit Kyra, das im Café Nico stattfand – um 18 Uhr, weil um diese Zeit kaum noch jemand dort ist – ins Gewissen zu reden.

„Erich, ich habe heute im Einkaufszentrum deinen kleinen Flirt mit Serpentina Wagner bemerkt…"

„Was, das ist die Nachbarstochter? Hab' die Leute noch nie gesehen..."

„Ist auch nicht das Thema. Dein Privatleben ist nicht mein Bier. Aber das Dienstliche hat auch dort bestimmte Konsequenzen. Eine davon ist, dass nicht unmittelbar vor einem wichtigen Termin auf Ablenkungen eingestiegen wird. Eine andere ist, dass auch vertrauliche private Kontakte nicht alles wissen dürfen. Am letzten Samstagabend im Monat, also am langen Wochenende zum 1. Mai, bin ich bei Wagners zum Grillen eingeladen. Du wirst auch kommen, aber nur als Nachbar, Unternehmensberater und Kunstagent. Kein Wort über die Field Office, auch nicht, um Serpentina zu beeindrucken. Capiche?"

„Alles klar, Chef, danke für die Ein..."

„Ich hab dich jetzt nicht eingeladen. Das wird schön dein Nachbar machen."

„Hast du...?"

„Nein, habe ich nicht. Aber ich kenne ihn gut genug, um zu wissen, dass er an dich herantreten wird. Er lädt sogar Götzenberger immer ein. Allerdings ist er froh, dass der Stinkstiefel nie wirklich dort aufschlägt. Aber wenn er ihn einlädt, ist die Wahrscheinlichkeit geringer, dass er uns wegen der Geruchsemissionen beim Grillen die Polizei auf den Hals hetzt und so die Stimmung versaut."

BLEIHALTIG.

Das Beste an den Tagen, die nun kamen, war, dass der April gekommen war und der Frühling ins Land zog. Kaum war das Gelb der Forsythien ergrünt, waren die Birken, die Kirsch- und die Birnbäume mit dem Erblühen an der Reihe. Die weiten Landstraßen entlang schossen die ersten Raps- und Weizenfelder empor und manchmal stieg ich am Abend nach getaner Arbeit einfach noch einmal spontan in meinen Wagen, sorgte für meine Unerreichbarkeit und fuhr durch die Dörfer und über die Landstraßen, einfach nur, um die Sonnenuntergänge über den endlosen Ebenen zu bewundern.

Auch Erich schien sich gut eingelebt zu haben, er hatte bevorzugte Einkaufszentren, Billardhallen oder Cafés für sich entdeckt, in denen wir einander auch ab und an zum Kaffee trafen. Seinen Dienstwagen hatte er erhalten, die noch ausstehenden Instandsetzungsarbeiten des Hauses waren abgeschlossen und er bemühte sich auch redlich, seine Tarnidentität als Kunstagent glaubwürdig erscheinen zu lassen. Die erste Veranstaltung mit Kyra, eine Vernissage über migrantische Kunst im Mitropa der Gegenwart im Schlossmuseum, war ein voller Erfolg und erhielt die Medienöffentlichkeit, die ich mir gewünscht hatte, um Erich im Bewusstsein der lokalen Öffentlichkeit als Kunstagent zu verankern.

Die Menschen in Bernburg, Könnern und allen anderen Teilen des Countys strömten in die Fußgängerzonen, Sportstätten, Kneipen, Einkaufszentren und Parks und unter normalen Umständen sollte die pure Lebensfreude die Szenerie bestimmen. Diesmal war es aber nicht wie sonst.

Es lag etwas Bedrückendes, Dunkles, Unheilschwangeres über dem Land und drückte auf die Gemüter der Menschen. Etwas, das in dieser Form seit der großen Seuche und der Zeit des neuen Elends nicht mehr da gewesen war, nicht einmal in der Zeit der Abspaltung, wo die Entschlossenheit am Ende die Angst besiegt hatte.

Kinder und Jugendliche, vor allem Mädchen, waren meist nur noch in kleineren Gruppen oder in Begleitung unterwegs. Schulen und Ordnungsämter kapitulierten vor den Sorgen der Eltern und mussten damit leben, dass sogenannte Elterntaxis jeden Morgen für ein kleines Verkehrschaos sorgten. Die Registrierung für die ersten Klassen lief nur schleppend an, weil mehr Eltern als gewohnt ihre Kinder selbst, durch Privatlehrer oder in selbst organisierten Nachbarschaftsprojekten unterrichten lassen wollten. Die Verfassung der Mitropa-Konföderation räumte ihnen dieses Recht ja ein.

Themen wie die ungeklärten Vermisstenfälle und die jüngsten ethnischen Spannungen beherrschten auch die Nachrichten, dazu kam noch der beginnende Wahlkampf für die Zwischenwahlen Ende September. Jeden Samstag baute die Nationale Aktion auf dem Platz gegenüber der Weltzeituhr in der Fußgängerzone von Bernburg eine Rednerbühne auf und Ansgar Steinbichler trat nach einem Bad in der Menge und einer kurzen Autogramm-Viertelstunde ans Mikrofon.

Dabei wurden seine Reden von Woche zu Woche gehässiger. Den „Moslems und Zigeunern", die „seit Jahren unsere Stadt überschwemmen", genüge es nicht, selbst „vom Kindes- bis zum Großelternalter jedes Jahr eine neue Brut zu gebären", sie würden zusätzlich auch noch „unsere Kinder verschleppen und in alle Himmelsrichtungen in die Prostitution verkaufen". Ärzte müssten, so Steinbichlers Forderung, per Gesetz angewiesen werden, künftig nach jeder Erstentbindung routinemäßig eine Sterilisation durchzuführen, nur so könnte man „unsere überlegene Zivilisation und unseren von rattenhafter Vermehrung gewisser Populationen bedrohten Planeten gleichermaßen bewahren".

Woche für Woche fanden sich hunderte Personen ein, um ihm Beifall zu klatschen, und es waren nicht immer nur dieselben. Meine berufsbedingte Angewohnheit, aufmerksam Gesprächen zu lauschen, die in meiner räumlichen Umgebung stattfinden, vermittelte mir ein Stimmungsbild in Cafés, an Verkaufstresen von Bäckereien oder unter Dachdeckern, die in diesen Tagen im Haus des Nachbarn zugange waren, das mich beunruhigte.

„Ich wähle den Steinbichler, das kannst du wissen", war häufig zu hören. Oder Vorwürfe an die lokalen Behörden oder den Gouverneur, um des inneren Friedens willen „dieses ganze Gesindel, das hier nicht her gehört", mit Samthandschuhen anzufassen. Es war zwar bei weitem noch keine Mehrheit, die so dachte, aber die Minderheit wurde immer größer und lauter.

Die Medien meldeten auch, dass die Zahl der verkauften Waffen im County in den vergangenen Wochen deutlich angestiegen war. Seit die MiK die amerikanische Verfassung fast wortgleich übernommen hatte, waren die Hürden diesbezüglich sehr niedrig geworden. Die Nachbarschaftswachen und die bewaffneten Patrouillen in den Innenstädten, die vor allem zwischen 20 Uhr und 5 Uhr morgens zum Einsatz kamen, mussten zusätzliche Freiwillige mobilisieren und schon an den ersten Aprilabenden kam es in mehreren Fällen zu brenzligen Situationen, als Gruppen von oft alkoholisierten Jugendlichen zu später Stunde in der Fußgängerzone mit anderen aneinandergerieten.

Schon am ersten Wochenende des Monats sollte die angespannte Situation eskalieren. In Bebitz, wo wenige Tage zuvor noch Erich und Kyra auf ihrer Erkundungstour in Sachen Cervenaks unterwegs waren, deutete sich ein deutlich unwillkommenerer Besuch in der Roma-Siedlung an.

Es war ein Samstag um etwa 21 Uhr und es war dunkel, als sich aus dem „Kulturhaus" nahe dem Bahnhof etwa zwei Dutzend grölende Gestalten, teils mit Fackeln und Schlagwaffen bewaffnet und viele von ihnen schon erheblich alkoholisiert, in Bewegung setzten. Erst machten sie sich in der Zufahrt breit und riefen Parolen.

Einige von ihnen sollen bereits am Vormittag in der Fußgängerzone von Bernburg gewesen sein, um Steinbichler anzufeuern und dessen Rede zu hören. Aufgestachelt von der Rede, enthemmt vom Alkohol und in der Gruppe übermütig geworden forderten sie in ihren Sprechchören die Bewohner der Roma-Siedlung dazu auf, die Gegend zu verlassen. Während sich einige unter bedrohlichen Gebärden auf die Wohnwägen, kleinen Hütten und Gartenhäuser zubewegten, warfen andere bereits Flaschen.

Mehrere junge Leute aus der Roma-Community und auch einige Väter verließen – ebenfalls nicht unbewaffnet – ihre Domizile und gingen ihrerseits mit Geräten und Schlagwerkzeugen dem Mob entgegen. Es war bereits eine wüste Schlägerei im Gange, als erste Mitglieder der Nachbarschaftswache, einige auch aus Baalberge und Peißen, eintrafen und versuchten, wieder Ordnung zu schaffen.

Sie hatten es jedoch schwer, den Tumult unter Kontrolle zu bekommen. Erst als drei Gewehrschüsse fielen und ein am Bein getroffener Angreifer laut aufschrie, entschloss sich der Mob zum Rückzug, wobei dem Großteil der Beteiligten die Flucht zurück ins Bahnhofsviertel gelang. Nur der durch den Schuss Verletzte und zwei seiner Begleiter liefen geradewegs der Polizeieinheit in die Arme, die nach etwa zehn Minuten ebenfalls eingetroffen war.

Im Verhör bestritten die Festgenommenen, dass es sich bei dem Aufmarsch um eine geplante oder gar von politischen Akteuren angeordnete Aktion gehandelt habe. Die Beteiligten hätten sich wie häufig an Wochenenden im „Kulturhaus" am Bahnhof von Bebitz aufgehalten und sich dort „die Kante gegeben". Unter erheblichem Alkoholeinfluss habe man sich dann irgendwann spontan dazu entschieden, „zu den Zigeunern hinüberzugehen und ihnen eine Lektion zu erteilen".

Ansgar Steinbichler, der Vorsitzender des Betreibervereins des „Kulturhauses" ist, sagte in einer ersten Erklärung, er billige „keine Eigenmacht", das „Problem der Parasiten und Schmarotzer im Land" müsse „politisch gelöst" werden. Es sei nach der Verhaftung Laszlo Cervenaks und in Anbetracht der „wahrscheinlichen Verwicklung" von Bewohnern der Siedlung in „das Verschwinden von Kindern und Jugendlichen" jedoch geboten, das Recht auf Waffenbesitz für Angehörige solcher „Problemgruppen" einzuschränken. Dass ein „anständiger Bürger" durch einen Schuss verletzt worden wäre, solle die Politik zum Handeln bewegen.

„Steinbichler macht die Opfer zu Tätern", meldete sich schon am darauffolgenden Abend Kyra Kováč, die sonst selten zu Themen abseits ihres Aufgabengebiets das Wort ergreift, in einer eigenen Erklärung zu Wort. Sie nahm die Roma-Community gegen „rassistische Lügen" in Schutz, die von Steinbichler und der Nationalen Aktion ausgingen. Diese hätten unmotiviert versucht, die Wohnsiedlung anzugreifen, nachdem ihr Kandidat sie dazu aufgestachelt hätte. Dieser solle sich, so forderte Kyra in ihrem Statement, dafür nach dem Anti-Jakobinismus-Gesetz verantworten, das auf der Grundlage einer auf 30 Jahre befristeten Ausnahmeklausel zum Ersten Verfassungszusatz eingeführt wurde und das helfen soll, Anstifter zu Straftaten, die aus politischem Fanatismus heraus erfolgen, zur Rechenschaft zu ziehen.

In den Tagen nach dem Vorfall hatten wir Knut Thomas darauf angesetzt, Sheriff Dr. Rantebihl nach regulärem Dienstschluss zum vertraulichen Gespräch ins Hinterzimmer der Bibliothek zu holen und über unseren Erkenntnisstand zu unterrichten. Bezüglich einer Beteiligung von Akteuren der EFR an den Entwicklungen hatten wir bislang keine belastbaren Indizien. Wir verfolgten die Medienberichterstattung, insbesondere jene in der EFR selbst und jene der ihr politisch nahestehenden Formate hier.

In der EFR selbst wurde über den Vorfall zwar berichtet, aber das Thema wurde auf kleiner Flamme gekocht. Es wäre propagandistisch eine zu heikle Angelegenheit gewesen, den versuchten Überfall der besoffenen Ultranationalisten als vermeintliches Beispiel für den tief sitzenden Rassismus in der MiK zu zelebrieren, während diese die Verurteilung Cervenaks in der EFR selbst zum Vorwand dafür genommen hatten. Zudem wollte man offenbar auch kein Thema hochkochen, das zum Eigentor hätte werden können – etwa wegen der eigenen Rolle in der „Operation Fichtelberg" oder der eigenen Kinder-Umverteilungspraxis.

Die hiesigen Medien der „Fünften Kolonne" schossen allerdings aus vollen Rohren und fügten ihren notorischen Kampagnen gegen die Roma, gegen die regierende Bürgerallianz und gegen Gouverneur Lancelot Huber auch noch neue Verschwörungstheorien hinzu. Demzufolge hätten diese dadurch, dass sie nichts gegen die „kriminellen Strukturen bestimmter Minderheiten unternommen" hätten, eine Strategie der Spannung verfolgen wollen, um einen Angriff wie jenen vom ersten Aprilsamstag zu provozieren und anschließend die Opposition verbieten zu können.

Man konnte nicht ausschließen, dass etwaige feindselige Akteure bluffen würden. Aber der Umstand, dass die von der EFR und deren fähigsten propagandistischen Köpfen gesteuerten Influencer in Anhalt in jener Zeit nichts Überzeugenderes zustande brachten als derartig fadenscheinige Spekulationen, sprach eher dafür, dass wir noch nichts übersehen hatten.

Der Schlüssel zu erfolgreicher nachrichtendienstlicher Aufklärungsarbeit besteht nicht nur darin, die richtigen Leute zu rekrutieren, die zur richtigen Zeit die richtigen Informationen liefern. Es ist auch erforderlich, bei Bedarf denken zu können wie der Feind und dessen aktuellen Informationsgrad und mögliche weitere Schritte antizipieren zu können.

Was hätte ich also in jenem Moment gemacht, wäre ich verantwortlich gewesen für eine Operation eines Staates, dessen

Ideologie sich nicht in ausreichendem Maße selbst reproduziert, dessen Bewohner das Weite suchen und der deshalb darauf angewiesen ist, sich sein künftiges Humankapital durch legale und illegale Formen der Inobhutnahme abzusichern?

Ich hätte, wenn ich eine solche organisiert hätte, spätestens jetzt auf jeden Fall das Operationsgebiet für die Verschleppungs-Op gewechselt, denn der Umstand, dass bereits einmal eine solche aufgeflogen ist und die Öffentlichkeit im Zielgebiet mittlerweile wieder hoch sensibilisiert ist, ließe das Risiko einer Enttarnung zu groß werden. Also würde ich das Zielgebiet in einer komplett anderen Ecke des Operationsgebiets und auch in einer anderen Zielgruppe ansiedeln. Schon im sächsischen Teil des Freistaatenverbundes würde eine Infiltration deutlich weniger Aufsehen erregen als mittlerweile hier, wo selbst auf dem Dorf mittlerweile kaum noch einer seine Türen unversperrt ließ. Strategisch noch rationaler wäre allerdings, die Füße stillzuhalten, bis sich der Pulverdampf verzogen hätte, oder die Aktion in ein komplett anderes Land zu verlagern, etwa Ungarn oder Polen.

Dass der EFR das möglich wäre, würde sie hinter dem Verschwinden der bisher abgängigen Jugendlichen stecken, hätte sie ja durch die bisherige Opferauswahl bewiesen – die Betroffenen stammten jeweils aus unterschiedlichen Communitys und die falschen Fährten wurden darauf abgestimmt. Die perfide Linie, dort zu operieren, wo bestimmte Minderheiten wohnten, und diese als Sündenbock zu instrumentalisieren, könnte eine solche Kommando-Op notfalls auch andernorts fortsetzen.

Zudem hätte ich, um Spuren zu verwischen und möglichst noch im Feindesland verbrannte Erde zu hinterlassen, Gelegenheiten gesucht, um den Fokus der Öffentlichkeit zerstreuen. So wäre beispielsweise jetzt eine gute Chance gewesen, die Waffenflüsse zu enthüllen, in die Cervenak offenbar verwickelt war. Das hätte zwar die Story platzen lassen, wonach die Roma-Community in Bebitz, der Cervenak entstammte, am Verschwinden der Kinder und Jugendlichen beteiligt gewesen wäre. Aber das hätte gleichzeitig auch den aus Sicht einer

EFR-Op günstigen Effekt nach sich gezogen, dass die öffentliche Aufmerksamkeit mit einem Mal vom Thema verschwundener Kinder abgelenkt gewesen wäre. Außerdem hätte die eigene Propaganda wenige Monate vor den Zwischenwahlen in der MiK die Chance bekommen, die Waffen-Story zu skandalisieren und der Regierung des abtrünnigen Staatenbundes vorwerfen zu können, vermeintliche oder tatsächliche Terroristen in den Großstädten der EFR zu beliefern.

Der Nutzen aus einem solchen Vorgehen wäre deutlich größer gewesen als der Imageschaden durch die Rehabilitation der Bebitz-Roma in Bezug auf die verschwundenen Kinder – zumal man mit den Verschleppungen an einer komplett anderen Stelle weitermachen hätte können. Sollte also die Waffen-Story nicht in den kommenden Tagen oder Wochen enthüllt werden, konnte man davon ausgehen, dass die EFR von den Waffenlieferungen, in die Cervenak offenbar involviert war, tatsächlich nichts wusste. Dies senkte allerdings auch die Wahrscheinlichkeit, dass etwaige EFR-Häscher nahe an der Community dran waren, als sie ihre Verschleppungen planten, denn in diesem Fall hätten sie mit Sicherheit Wind von dieser Sache bekommen. Wir mussten daher davon ausgehen, dass es für das Verschwinden der Kinder auch eine andere Erklärung geben könnte als eine neue „Fichtelberg"-Op.

In der Gegend selbst griff der County durch. Bis zum Monatsende wurden Sondereinheiten in der gesamten Stadt und schwerpunktmäßig in und um Bebitz platziert, gleichzeitig gab es eine Ausgangssperre von 22 bis 5 Uhr. Die Medien reagierten pikiert und die Festwiese in Baalberge musste unter einem massiven Aufgebot an Sicherheitskräften stattfinden. Um spätestens 21 Uhr mussten Buden und Fahrgeschäfte schließen, was empfindliche Umsatzeinbußen für alle Beteiligten bedeutete.

Ich selbst war über die Situation auch nicht begeistert, hieß dies doch, dass unser geplanter Grillabend im Garten der Wagners um drei Wochen auf das Pfingstwochenende verschoben werden musste. Es sollte sich als Glücksfall erweisen, denn das Pfingstwochenende war schon um einiges sonniger und wärmer als das ursprünglich geplante, wo es am Samstagabend sogar regnete und nur um die maximal 15 Grad hatte. Immerhin entschärfte Sheriff Dr. Rantebihl schon bald nach seinem vertraulichen Gespräch mit Knut die Lage. Nachdem die Staatsanwaltschaft eine groß angelegte Durchsuchungsaktion in mehreren Objekten der Roma-Siedlung von Bebitz und bei Verwandten der Cervenaks im Stadtgebiet veranlasst und die Ergebnisse ausgewertet hatte, verkündete Rantebihl offiziell in einer Erklärung, dass gegen Laszlo Cervenak und keines seiner Familienmitglieder mehr irgendein Anfangsverdacht im Zusammenhang mit dem Verschwinden von jungen Mädchen aus dem Gemeindegebiet von Bernburg bestehe. Auch in den sonstigen durchsuchten Objekten hätten sich keinerlei Anhaltspunkte ergeben, die einen solchen Verdacht begründeten.

Damit, dass Rantebihl gleichzeitig verkündete, dass infolge des „Beifangs" aus der Razzia drei Verfahren wegen des Verdachts auf Schmuggel von Zigaretten und in der EFR verbotenen Dieselgeneratoren eröffnet wurden, konnten auch die Roma leben. Das erwartungsgemäß von den ultrarechten Medien mobilisierte Narrativ, die Behörden würden die Community aus Erwägungen der politischen Korrektheit schonen und wegsehen oder Gouverneur Huber wollte sich seine Stammwähler warmhalten, verfing damit kaum noch. Dem Sheriff fiel es auch sichtlich schwer, so wenige Monate, bevor seine Wiederwahl anstand, öffentlich einräumen zu müssen, dass man mit den Ermittlungen zu den Vermissten wieder ganz am Anfang stehe. Immerhin war die Situation in der Gemeinde aber bald wieder so stabil, dass Sondereinheiten abgezogen und die Ausgangssperren aufgehoben werden konnten.

Dass auch abseits der Steinbichler-Filterblase nicht alle Bürger restlos von der Unschuld der Roma-Community überzeugt waren, merkte ich auf Wagners Party. Diese laufen für mich immer ähnlich ab. Ich führe mit zwei oder drei Gästen kurze Gespräche, dann begebe ich mich strategisch mit einem Bellini in einen Liegestuhl, sehe mir den

Sonnenuntergang an und belausche unbemerkt, was die anderen so reden. Das mag kein netter Zug von mir sein, aber berufsbedingt kann ich eben nicht viel anders und auf diese Weise habe ich schon die eine oder andere interessante Erkenntnis gewonnen.

Gert Krämer aka Claus Clement war unter den Nachbarn, die sich eingefunden hatten, und stand für eine Weile wenige Meter schräg hinter mir am Grill, während er mit Knut Thomas ein Bier trank. Dabei zeigte er sich ungläubig ob der Entlastung Cervenaks und machte Thomas darauf aufmerksam, dass es schon auffällig sei, dass die EFR für bestimmte Berufsgruppen, die üblicherweise mit größeren Transportfahrzeugen ausgestattet wären, so weitreichende Ausnahmen von der 1000-Euro-Sperre machen würde. Neben dem Sozialkredit-Punktestand zum Zeitpunkt der Sezession entschied die Hinterlegung des Geldes darüber, wer aus privaten Gründen die Grenze – oder „Kontaktlinie", wie sie EFR-offiziell hieß – überqueren durfte.

„Nun, mein Guter, das liegt wohl daran, dass bei denen bald das Licht ausgehen würde, wenn sie nicht massiv Importleistungen aller Art in ihr klimaneutrales Ideologiemuseum des 19. und 20. Jahrhunderts lassen würden", dachte ich mir angesichts seiner Verschwörungstheorien. Aber er ging wohl auch davon aus, dass sich die Methoden von Schmugglern, egal ob sie Waren oder Menschen transportierten, seit der Zeit seines Ausstiegs nicht weiterentwickelt hätten. Dass Clement so sehr im Ungefähren blieb, machte mich auch skeptisch, was die Belastbarkeit seiner Theorie von dem neuen „Fichtelberg"-Netzwerk anbelangte. Vielleicht war dem nach wie vor alleinstehenden Mann ja nur langweilig und er wollte sich wichtigmachen – obwohl er als mobiler Haus- und Grundstücksdienstleister, Hundezüchter und Freizeitfarmer beruflich eigentlich stark ausgelastet sein musste. Außerdem soll er häufig mit seinem Nachbarn Götzenberger den Kegel- und im Winter den Stockschützenverein besuchen. Aber beiden fehlte offenbar doch die passende bessere Hälfte im Haus.

Von den Field-Office-Informanten waren Halime Eren und Milan Markovic da. Kyra Kováč musste absagen, weil sie am selben Abend auf einem Symposium des Bildungsministeriums in Bratislava referierte. In den Wochen seit ihrem Einstieg ins Team hatte es einige Treffen mit Erich und Knut Thomas gegeben, auf denen vor allem die Fallakten noch einmal durchgegangen wurden. Ähnlich wie die anderen Informanten, die mit Thomas in Kontakt standen, konnten sie in den vergangenen Wochen keine Beobachtungen machen, die uns näher an Erkenntnisse gebracht hätten. Dies lag aber zweifellos auch daran, dass das starke Sicherheitsaufgebot das öffentliche Leben stark belastete und die Ausgangssperre das Nachtleben lahmlegte. Auch im Internet drehten sich die Debatten auf Nachrichtenportalen, Blogs und in sozialen Medien im Kreis. Die Hetzkampagnen gegen die Roma machten allmählich generellem Unmut über die Sicherheitsvorkehrungen Platz. Als diese aufgehoben waren und sich damit die Spekulationen, Lancelot Hagen könnte die Opposition mundtot machen wollen, zerstreuten, verlegte sich der Fokus der Debatten wieder auf allgemeine Dinge. Wenn es tatsächlich eine breit angelegte Operation der EFR zur Destabilisierung des Gemeinwesens im Grenzgebiet geben sollte, so mein Eindruck, war diese bislang ähnlich erfolglos wie ihre „Energiewende" oder ihr Bemühen, das Weltklima unter Kontrolle zu bringen.

Markovic sprach unterdessen über Gerüchte, die vor allem in seinem eigenen Wohnumfeld in der Siedlung rund um den Wasserturm nie verstummt waren, wonach Caspar Frucht, der seit Jahren flüchtige Ausbrecher aus der nahe gelegenen Forensik, von Zeit zu Zeit hierher zurückkehren und sich junge Frauen schnappen würde. Es wäre heute nicht schwierig, sein Äußeres durch Gesichtsoperationen und ähnliches zu verändern, und die Polizeibehörden hätten ihn jetzt nicht mehr im gleichen Maße auf dem Schirm wie noch vor einigen Jahren.

Auch das hielt ich jedoch für wenig überzeugend. Bei immer mehr Gelegenheiten im alltäglichen Leben sind beispielsweise Fingerabdrücke erforderlich, auch etwa an den Grenzen oder für

Reisedokumente. Selbst wenn er sich regelmäßig unbemerkt zwischen den Ländern hin und her bewegte, wäre sein Risiko hoch, mit gefälschten Dokumenten aufgegriffen zu werden, insbesondere in angespannten Verhältnissen, wie sie seit der Abspaltung der Mitropa-Konföderationsstaaten herrschen. Und dass die EFR einen geisteskranken Sexualstraftäter in ihre Dienste nehmen und mit einem falschen Pass ausstatten würde, traute ich den Diensten dort nicht zu. Auch wenn in dem Staatswesen schon lange vieles nach irrationalen Erwägungen entschieden wird, würden Sicherheits-, Geheim- und Infiltrationsdienste die letzten Institutionen sein, auf die das zuträfe. Ich war im Übrigen noch nicht einmal davon überzeugt, dass Frucht überhaupt das Land verlassen hat, auch wenn ich keinerlei Idee darüber hatte, wo er sein könnte. Seinen überschaubaren Freundes- und Bekanntenkreis hatte man damals nach seiner Flucht ja als Erstes abgeklappert. Dass im Umfeld von Markovic solche Ängste verbreitet sind, verwundert mich jedoch kaum. Immerhin ist die Forensik nur ein paar hundert Meter Luftlinie von ihnen entfernt.

Während ich es kaum geschafft habe, mich während Wagners Party mental in Feierabendmodus zu begeben, scheint Erich sich dort umso wohler gefühlt zu haben. Nach einem Begrüßungsdrink mit Gastgeber Kurt war er nur noch an der Seite von dessen Tochter Serpentina zu sehen, auf die er ja offenbar schon im Einkaufszentrum ein Auge geworfen hatte.

Ich hatte ihn in den Wochen zuvor nicht gefragt, ob und inwieweit er sich bereits mit den Nachbarn angefreundet hätte. Er berichtete mir bloß davon, dass Kurt Wagner eines Abends bei ihm angeklingelt und ihn offiziell zu seinem Grillabend eingeladen hätte. Dessen Tochter schien ihn jedoch ungleich mehr zu interessieren. Zeitnah nach dem Eintreffen der ersten Gäste machte er sich von sich aus erbötig, ihr bei Vorbereitungsarbeiten in der Küche oder dem Eindecken der Tische zur Hand zu gehen.

Ein paar Fetzen ihrer Gespräche bekam ich mit. Serpentina und er plauderten offenbar über Gott und die Welt, Erich stellte sich als

Katholik der alten Schule vor – er sei „noch einer mit Mundkommunion und Uromas Wundertätiger Medaille an der Halskette". Serpentina, Tochter unseres zur Orthodoxie konvertierten Gastgebers, zog ihn daraufhin mit Witzeleien über die Formosus-Reformen auf, Erich konterte mit solchen über Frauenfußball – immerhin spielte die Wagner-Tochter seit ihrer Kindheit aktiv im Team des SC Könnern, was auch wenig verwunderlich war, da Kurt Wagner selbst jahrelang als Spieler, Trainer und mittlerweile auch Vorstandsmitglied für den Verein tätig war. Dass es zwischen den beiden knisterte, merkte man zudem an Serpentinas mehrfachem Nachfragen, ob Erichs Beziehung zu Kyra Kováč tatsächlich nur beruflicher Natur wäre.

Irgendwann im Laufe des Abends kamen die beiden noch auf die Idee, an Götzenbergers Gartenzaun aufzutauchen, um ihm Grillgut zu bringen, nachdem der alte Stinkstiefel wieder einmal einer Einladung nicht gefolgt war. Nach zehn Minuten kamen sie unverrichteter Dinge wieder zurück und mussten ihre Steaks selbst essen. Serpentina sollte von Götzenberger auch noch ausrichten, dass sich alle Beteiligten des Grillabends an die geltenden ordnungsrechtlichen Maßgaben bezüglich des Schutzes der Nachbarschaft vor nächtlichen Lärm- und Geruchsbelästigungen zu halten hätten. Während das junge Pärchen sich von da an nur noch über den ungeliebten Nachbarn lustig machte, sagte Clement zu, seinem Kegelfreund, der „halt eben ein Pedant ist", noch einmal ins Gewissen zu reden. Er verabschiedete sich bei dieser Gelegenheit gleich vorzeitig von der Zusammenkunft.

Der Abend insgesamt war kurzweilig, gepflegt, nett und genau das, was man sich von einem Pfingstsamstagabend im Mai vorstellen würde. Dennoch endete er mit einem Erich Bruckner, der kurz vor Mitternacht schweißnass und kreidebleich aus seinem Wagen stieg und sich wortkarg in seine vier Wände begab. Erst Tage später zeigte er sich bereit, über die Gründe zu reden, und hätte ich nicht selbst mit ihm zusammen die eigenartige Begegnung vom Abend unserer gemeinsamen Rückreise aus Prag miterlebt, wäre es mir auch schwer gefallen, seinen Schilderungen zu glauben.

Um etwa 22.30 Uhr bat Serpentinas Mannschaftskollegin Elena Ryschkowa, die mit Serpentina am Nachmittag nach einem Spiel mit dem Teambus in die Weinertsiedlung gefahren war, darum, nach Hause gebracht zu werden. Elena lebte in Baalberge und hatte noch keinen Führerschein. Serpentina verfügte immerhin über einen für das Quad, das in der Garage ihres Vaters stand. Als sie sich anbot, Elena damit zurückzubringen, legte Kurt Wagner jedoch sein Veto ein. Er lasse es nicht zu, so erläuterte er, dass seine Tochter in einer Zeit, in der Mädchen verschwänden und gewalttätige Radikale in der Gegend ihr Unwesen trieben, allein durch die Nacht fahren würde. Elena könne in einem der Gästezimmer übernachten und tags darauf zurückkehren. Diese fand die Idee weniger gut, immerhin müsse sie ihren Eltern am nächsten Morgen helfen, eine Geburtstagsfeier vorzubereiten und habe zudem nicht einmal eine Zahnbürste mit dabei. Serpentina wandte sich daraufhin mit hilfesuchendem Blick an Erich, der diesem erwartungsgemäß nicht widerstehen konnte und sich umgehend bereiterklärte, den Job zu übernehmen. Er würde anschließend wieder zurück auf die Feier kommen, sagte er zu.

Tatsächlich stellte er eine knappe Stunde später seinen Wagen lieblos und schief am Wiesenrand neben den Parkflächen entlang der Weinertstraße ab, ignorierte sogar das darob aus dessen Wintergarten heraus anhebende Gepöbel von Götzenberger und versuchte sich unbemerkt ins Haus zu stehlen. Serpentina merkte, dass etwas nicht stimmte, und eilte ihm in den Zugang hinterher. Auf die Frage, was geschehen sei, erwiderte er nur, es täte ihm leid und er könne nicht darüber reden, wie sie ihrem Vater entgeistert berichtete. Auf die Nachfrage, ob es etwas wäre, das mit Elena zu tun habe, habe er versichert, dass dies nicht der Fall wäre. Er brauche jedoch eine Zeit für sich allein, er müsse sich wegen irgendetwas fassen. Und er wolle niemanden damit belasten.

Über den gesamten Sonntag hinweg verbarrikadierte Erich sich im alten Familienhaus, das er nun bewohnte. Auch am Pfingstmontag war von ihm nichts zu sehen und zu hören, er reagierte weder auf Anrufe noch auf die Klingel und bestätigte lediglich auf Nachfrage via Messenger, dass er zum vereinbarten Field-Office-Treffen, das für Mittag angesetzt war, erscheinen würde.

Weil ich dieses Gebaren nicht so einfach im Raum stehen lassen wollte und auch nicht konnte, wollte ich das erforderliche Vertrauensverhältnis innerhalb des Office nicht gefährden, machte ich mich am Montagabend noch einmal persönlich auf den Weg und hämmerte an seine Tür.

„Mach auf, verdammt, was ist eigentlich los?"

Ich merkte, dass Erich an der Innenseite der Tür stand und hämmerte noch einmal.

„Mach endlich auf oder willst du, dass Götzenberger dich bald mit einem Richtmikrofon abhört?"

Erich öffnete, er stand im Flur in schlabbrigen Freizeitklamotten, trug einen Vier-Tage-Bart und hatte offenbar über die vergangenen Tage einen guten Kasten Weizenbiers geleert, zumindest standen einige Flaschen über die Räume verteilt im Erdgeschoss und von ihm selbst ging penetranter Alkoholgeruch aus.

„What the fuck is going on here, was ist passiert?", fragte ich noch einmal entrüstet, während er auf der Eckbank im rustikalen alten Esszimmer Platz nahm und seinen Kopf in seinen Händen verbarg.

„Ich kann nicht darüber reden, ich weiß es selbst nicht…"

„Junge, reiß dich zusammen, wir haben einen Auftrag auszuführen und du hast mich gefälligst über alles zu unterrichten, was diesen auch nur in irgendeiner Weise gefährden könnte."

„Wenn mich jeder hier für komplett irre hält, hilft das dem Auftrag auch nicht."

„Ich will jetzt wissen, was los ist, und damit basta, also rede!"

Das tat Erich dann auch. Wie abgesprochen fuhr er seinem Bericht zufolge mit Elena Ryschkowa los und setzte diese an der Türe ihres Elternhauses nahe dem Eiscafé am Stadion in Baalberge ab.

„Ich wartete, bis sie im Haus war, dann fuhr ich los. Weil ich dachte, ich käme mit dem Weg schon klar, wollte ich den Güterweg hinter dem

Bahndamm nach Zepzig nehmen, denn um diese Zeit wäre auf der Dirtroad mit den vielen Schlaglöchern ohnehin keiner unterwegs."

„Ist ein Privatweg, eigentlich dürftest du dort nicht fahren, aber gut, machen viele... aber was war los?"

„Du kannst dich doch noch an den Abend erinnern, an dem du mich aus Prag abgeholt hattest."

„Ja, noch sehr wach."

„Diesmal stand keine junge Frau auf der Straße, die dann spurlos verschwand. Aber mitten auf der Strecke durch die Einöde zog mit einem Mal ein Nebel auf. Der wurde immer dichter. Ich fuhr schon im Schritttempo, was anderes geht auf der Strecke ohnehin nicht... doch irgendwann war der Nebel so dicht, dass ich kaum noch einen Meter weit sehen konnte, und mit einem Mal war ein diabolisches Gelächter um mich herum zu hören, das immer lauter wurde und es pochte etwas an die Scheiben und Gestalten schienen um den Wagen zu schleichen. Es war, als wären Arme zu sehen, die an die Seitenscheibe pochten und sich am Seitenspiegel zu schaffen machten."

„Was für Gestalten sollen das gewesen sein?"

„Ich weiß es nicht... ich sah nur Silhouetten... und die Arme. Einer ragte aus einem zerfetzten Hemd hervor und es war sogar, als ob Blut am Unterarm klebte. Auf der anderen Seite fasste nur eine Hand an die Beifahrer-Seitenscheibe. Ich konnte gerade noch die Verriegelung bedienen. Ich wusste nicht, was los war, ich hatte auch die Bordaufzeichnungsinstrumente nicht an. Ich hatte Todesangst in diesen Augenblicken und war nur noch am Beten. Irgendwann war der Nebel etwas weniger dicht, und ich trat ohne Rücksicht auf die schlechte Strecke auf das Gaspedal. Fast wäre ich noch im Graben gelandet, aber dann war ich zurück auf der Landstraße und machte nur noch, dass ich nach Hause kam."

Erich blickte mir tief in die Augen, als ob er von mir nun einen Rat verlangen wolle, wie er mit dem Erlebten umgehen solle.

„Dein Wagen ist ganz schön verdreckt", sagte ich ihm. „Er steht immer noch schief in der Einfahrt und der linke Seitenspiegel ist beschädigt. Ich würde an deiner Stelle heute früh schlafen gehen, um den Alkoholspiegel in den Griff zu bekommen. Räum erst noch auf und das Erste, was du morgen machst, ist dich zu rasieren, anständige Klamotten anzuziehen, den Wagen durch die Waschanlage zu bewegen, den Seitenspiegel austauschen zu lassen und den Müll zum Abholen rauszustellen, wenn du keine Probleme mit deinem netten Nachbarn haben willst. Und für die Zukunft: Egal, was es ist - was im Field Office besprochen wird, bleibt im Field Office. Also will ich, dass du mir alles brühwarm erzählst, was du in irgendeiner Weise wahrnimmst. Auswerten können wir es später immer noch. Aber Geheimnisse darf es hier keine geben."

„Aber was ist mir los, was war das? Bin ich übergeschnappt oder was ist hier los?"

„Wenn ich's wüsste, würde ich es dir sagen. Im Moment habe auch ich keine Antworten. Und nein, du bist nicht übergeschnappt, das damals im Regen auf dem Heimweg habe ich ja auch gesehen, und ich kann mir das auch noch nicht erklären. Aber was immer es ist: Wir erledigen unseren Auftrag."

„Kannst du noch bei den Nachbarn klingeln und ihnen sagen, dass es mir bloß nicht gut ging und jetzt wieder alles in Ordnung ist?"

„Das machst du mal schön selber… Ich fahre jetzt nach Hause und seh mir Fußball an. Schönen Abend noch und Mittwoch, 17 Uhr, an der bekannten Adresse."

FEUER.

Bei der Zusammenkunft im kleinen Team zwischen Kyra, Erich und Knut Thomas in dessen Archiv waren Erichs sonderbare Erlebnisse nur eines der Themen, die die Anwesenden bewegten. Das hatte auch einen guten Grund, denn die Lage in der Region hatte sich mittlerweile noch weiter zugespitzt. Seit dem Zusammenstoß nahe dem Bahnhof von Bebitz hatten mindestens drei Wohnwägen in der Umgebung Feuer gefangen – und in allen Fällen gingen Polizeiermittler eindeutig von Brandstiftung aus.

Zwei der Ziele waren alleinstehenden Frauen zuzuordnen, die dort offenbar der Prostitution nachgegangen waren, einer der Wägen wurde von einem Montagearbeiter benutzt. In allen Fällen ließ die Spurenlage keine Zweifel offen. Ob es einen Zusammenhang mit den Spannungen zwischen Communitys gab, war unklar.

Die mutmaßlich zur Prostitution genutzten Caravans, die jeweils auf nicht mehr genutzten Güterwegen entlang der Straße nach Können standen, waren auf Personen zugelassen, die bereits zuvor in gänzlich anderen Gebieten der MiK angetroffen worden waren und mit der Region augenscheinlich wenig zu tun hatten. Die Frauen, die sie angemietet hatten, waren Zentralasiatinnen, die illegal über die EFR eingewandert sein mussten. Es gingen schon bald Gerüchte um, dass

Ansgar Steinbichler ein Exempel an ihnen statuieren wollte. Sein angeblicher Kulturverein soll zumindest am Rande auch in Prostitution in der Gegend verwickelt sein, was die beiden „Freien" zur Konkurrenz gemacht hätte. Bis auf die Tatsache, dass einige Spender, Vorstandsmitglieder und regelmäßige Veranstaltungsgäste des „Kulturvereins" wegen einschlägiger Delikte vorbestraft waren, hatten die Behörden jedoch bis dahin keine belastbaren Indizien für die Stichhaltigkeit der Gerüchte zutage fördern können.

Der Arbeiter, den es getroffen hatte, lagerte auf einem Rastplatz am Rande einer kaum befahrenen Hoppelstrecke, die Lebendorf mit Bebitz verband und an der unter anderem auch Clements Farmgelände und Hundezucht liegen. Dieser hatte auch als Erster die Polizei auf verdächtigen Brandgeruch aus der Umgebung hingewiesen, den er bemerkt habe, als er gerade einen abendlichen Rundgang durch die Stallungen absolvieren wollte.

Der Caravan des Opfers gehörte dem Gastronomen Reinhard Laufer, der neben einer Gaststätte mit einfach ausgestatteten Zimmern für Montagearbeiter in der Zepziger Straße auch einen Verleih für mobile Nachtlager betreibt. Alle Betroffenen kamen mit dem Schrecken, leichten Verletzungen oder einer Rauchvergiftung davon. Der plötzliche und heftige Ausbruch von Gewalt und schwerer Kriminalität in mehreren Fällen sorgte jedoch in der Gegend für Unruhe und offene Fragen.

In der Teamsitzung herrschte Ernüchterung darüber, dass das erstmals in dieser Zusammensetzung tätige Team aus Erich, Kyra und Knut in ihrer Recherche über mögliche Einflussoperationen aus der EFR im Zusammenhang mit den verschwundenen Mädchen noch keinen Schritt weitergekommen waren.

„Wenn die ganzen Verschwörungsblogger wüssten, wie wenig Durchblick wir haben darüber, was hier eigentlich los ist...", scherzte Erich, der die eigenartigen Ereignisse der vergangenen Tage schon ganz gut verdaut zu haben schien.

Mit einer erstaunlichen Leichtigkeit redete er sich von der Seele, was ihn seit seiner Ankunft hier in der Gegend belastet hatte: der merkwürdige Zwischenfall auf der Heimfahrt, der kurze, aber unheimliche Wetterumschwung auf seinem Weg ins Salzland-Center, die Begegnung entlang der Hoppelstrecke, aber auch vermehrte Albträume, die ihn in all diesen Tagen verfolgt hatten.

„Immer wieder sehe ich darin das Mädchen auf der Landstraße, das mich mit leeren Augen anstarrt", schilderte er, „dann irre ich wieder einer Bahnstrecke entlang und ein Vagabund beobachtet und lacht hämisch über mich. Dann wieder ein Wind, der Staub auf abgelegenen Straßen aufwirbelt, und irgendwo inmitten der Einöde zwischen Kustrena, dem Angerbach und der Fernstraße nach Bebitz sehe ich mich dann umherirren, während es wie aus dem Nichts mit einem Mal Steine und Hagelkörner auf mich weht."

Während Knut meinte, dass dies alles damit zusammenhängen würde, dass Erich als Neuling im Team schon von Tag eins an ins kalte Wasser einer schwierigen, belastenden und fordernden Aufgabe geworfen worden wäre, gab Kyra zu bedenken, dass dies nicht der einzige Grund für diese Wahrnehmungen sein müsse.

Sie verwies darauf, dass es seit der Aufnahme der Arbeit des Teams in Sachen verschwundener Mädchen in durchaus kurzer Zeit für die sonst eher ruhige, ländliche Gegend sehr massive Eruptionen des Bösen in sehr kurzer Zeit gegeben hätte. Die Eskalation deute darauf hin, dass etwas Dunkles sich dagegen wehre, an Tageslicht gebracht zu werden, und dass die Aufgabe, vor der das Team, aber auch das Gemeinwesen insgesamt stehe, möglicherweise noch weit größer sei als es der eigentliche Auftrag erkennen lassen würde.

„Ich denke, dass diese Heimsuchungen die Folge einer Last sind, vielleicht einer Schuld, die entweder auf uns oder auf dieser Gemeinschaft insgesamt lastet", meinte Kyra, nachdem sie sich von Knut Thomas auf den aktuellen Stand hatte bringen lassen.

„Denkst du, die verschleppten Mädchen leben nicht mehr?", fragte Knut nach.

„Ich weiß es nicht", antwortete Kyra, „aber es ist auf jeden Fall, als ob ihre Seelen nach uns schrien, um Hilfe – oder um Sühne. Wir Roma sind überzeugt davon, dass alle Heimsuchungen Gründe haben, und wenn sie von Toten kommen, dann fordern diese meist eine Schuld oder Gefälligkeit ein, die wir ihnen gegenüber im Leben gehabt hätten. In diesem Fall vielleicht, sie zu finden oder den oder die Verantwortlichen zu stellen. Aber wir wissen ja noch nicht einmal, ob sie noch leben. Und für die Gewalt und die Brände gibt es ja auch sehr irdische Ursachen."

Knut erläuterte, er habe mit Sheriff Dr. Rantebihl den aktuellen Stand der polizeilichen Ermittlungen erörtert. An einem verregneten Frühlingsabend habe er sich im Anschluss an eine Aufführung von Dostojewskis „Dämonen" im Stadttheater mit diesem noch im nahe gelegenen Griechenlokal zusammengesetzt, um sich in ungezwungenem Rahmen auf den neusten Stand bringen zu lassen.

„Es passt alles nicht zusammen", fasste Rantebihl diesen zusammen. „Es lässt sich kein klares Täterprofil erkennen, auch das der Opfer bleibt oberflächlich und die Taten lassen ein eindeutiges Muster vermissen. Unterschiedliche Opfertypen, unregelmäßige Begehungszeiträume, mal werden falsche Fährten gelegt, dann wieder nicht. Und es gibt auch nichts wirklich Greifbares, wo die Lebensgewohnheiten aller verschwundenen Mädchen zusammenlaufen würden. Wir bemühen uns derzeit sogar darum, aus all den Jahren Radaraufnahmen aus der Luft auszuwerten, ob irgendwo verdächtige Bodenunebenheiten aufgetaucht sind, wo sie nicht hingehören, oder Überwachungskamera-Aufnahmen aufzutreiben, aber die Aussichten, daraus was zu gewinnen, sind zu gering, dazu liegen alle Fälle schon zu lange zurück. Ähnliches gilt für die Handyortung."

„Für wie wahrscheinlich hältst du eine grenzüberschreitende Sache?", fragte Knut bei ihm nach.

„Wir haben keine Beweise dafür, aber wir können das auch nicht ausschließen. Das Kabinett der EFR hat vor ein paar Wochen eine staatliche Pauschale zur Deckung privater Energiekosten für Beamte im Grenzeinsatz beschlossen mit dem Ziel, einen Anreiz für Korruption oder fürs Wegsehen bei illegalen Aktivitäten an der Grenze zu beseitigen. Bald soll es auch zehn Prozent Provision auf Strafgebühren für ertappte Übertreter der 1000-Euro-Sperre für die Grenzer geben. Bedingt durch die Inflation dort hat das aber keinen großen Erfolg – Schmuggler oder Schleuser bezahlen Bestechungsgelder dann eben häufiger in Kryptowährungen über Wallets in Ländern, mit denen es sich die EFR vergeigt hat und die deshalb nicht alle verdächtigen Transaktionen melden. Und das sind halt mittlerweile sehr, sehr viele. Was die Beamten dort illegal einsacken können, ist immer noch ein Vielfaches dessen, was sie an Anreizen von der EFR bekommen. Die Pauschale streichen sie selbstverständlich trotzdem ein."

„Und unsere Grenzüberwachung?"

„Die kontrolliert engmaschig, setzt Drohnen ein, Wärmebildkameras, Bewegungsmelder – und manchmal wird das eine oder andere Fahrzeug oder sogar Lufttaxi angehalten und gründlich durchgefilzt. Auch unsere Leute können aber nicht überall sein und uns interessiert eher, wer oder was reinkommt als das, was rausgeht. Klare Hinweise auf eine neue Fichtelberg-Sache haben sich aber auch in den vergangenen Monaten nicht ergeben."

Rantebihl betonte allerdings auch, dass man von einem klaren Zusammenhang zwischen den Vermisstenfällen ausgeht, da die statistische Häufung innerhalb des Zeitraumes von etwa fünf Jahren und einer Zielgruppe „weiblich und zwischen 10 und 16 Jahren" in einer definierten Gegend jedenfalls auffällig sei. Es deute auf jeden Fall etwas auf eine Serie hin. Man behandele die Sache auch so und es gäbe diesbezüglich auch eine klare Richtlinie noch aus der Zeit vor der MiK und EFR, als im damaligen Deutschland jahrelang eine neonazistische Gruppe in unregelmäßigen Abständen vor allem Einwanderer ermordet hatte, aber niemand ernsthaft in eine solche Richtung ermitteln wollte.

„Wenn wir von einem solchen Zusammenhang und einem möglichen grenzüberschreitenden Entführerring ausgehen, muss zumindest ein Beteiligter hier in unserem County leben oder arbeiten. Er muss Zeit und Gelegenheit haben, die potenziellen Opfer, deren Umfeld, deren Wohnorte und deren Tagesroutinen zu studieren."

So weit war unser Team auch schon mit seinen Überlegungen. Rantebihl hat Knut allerdings auch einige Informationen zugänglich gemacht, die noch nicht Teil offizieller Ermittlungen sind und auch den Medien noch nicht bekannt waren.

„Am Pfingstmontag sind ein paar junge Leute, Rucksacktouristen aus der Slowakei, über den Zaun der alten Ziegelei entlang der Straße nach Gröna geklettert, um sich an einer Geocaching-Challenge zu beteiligen", berichtete der Sheriff. „Das Ding steht seit Jahrzehnten leer und außer Gerümpel und verrosteten Maschinen ist dort auch nichts mehr zu finden."

„Ich kann mich erinnern", warf Knut ein. „Das Unternehmen ging zu EFR-Zeiten pleite und das Gebäude wurde enteignet, als die Betreiber ihre Zwangshypothek nicht mehr bezahlen konnten. Nach der Sezession hat das Amtsgericht auf Grundlage der MiK-Gesetze alle Zwangshypotheken und darauf gestützte Enteignungen für unwirksam erklärt, aber die Besitzer waren mittlerweile verstorben und die Erben lebten in Übersee und haben ihr Erbe nicht angetreten."

„Genau – und weil die Stadt keinen Sinn darin sieht, derzeit Millionen in einen Abriss oder eine möglicherweise nötige Bodendekontaminierung zu stecken, die vor einer anderweitigen Nutzung durchgeführt werden müssten, rottet das Ding vor sich hin, überwuchert und bleibt unbenutzt. Zumindest haben wir das bis vor kurzem gedacht."

„Bis vor kurzem?"

„Ja, bis zu jenem Montag. Da hatten die Jungs ihren Cache gesucht, der ihnen in einer Internetgruppe bekanntgegeben worden war, der sich aber nicht dort befunden hatte. Stattdessen sind sie auf etwas anderes gestoßen."

„Mach's nicht so spannend."

„Es fanden sich Kleidungsstücke, Reste einer Feuerstelle, Lebensmittelabfälle, aber auch Blutspuren in einer Ecke einer der verfallenen alten Werkshallen. Es sieht so aus, als hätte dort entweder phasenweise jemand gehaust, oder es sei dort irgendetwas vorgefallen."

„Weiß man denn schon, was es damit auf sich gehabt haben könnte?"

„Derzeit werten wir noch Spuren aus. Die Kiddies wollten erst gar nichts machen, aber es war ihnen dann doch alles so unheimlich, dass sie die Angst vor einer Anzeige vergaßen und sich zeitnah zum nächsten Polizeirevier begaben."

„Denkst du, dass das mit unserer Sache was zu tun hat?"

„Diese Caspar-Frucht-Geschichte lässt mir keine Ruhe", erläuterte Rantebihl. „Zu Beginn hielt ich diese Gruselgeschichten auch für Bullshit, die im Internet kolportiert wurden. Aber solche Dinge geben mir zu denken. Dass einer, der zuvor Jahre in der Geschlossenen saß und aus unerfindlichen Gründen ausbrechen konnte, schon so früh so komplett von der Bildfläche verschwinden konnte, ist mehr als suspekt. Und wir wissen auch nicht, ob er Helfer hatte, wohin er sich abgesetzt hat und ob er nicht hin und wieder hier auf Opferjagd geht."

„Die Ortskenntnisse hätte er ja."

„Definitiv. Die Frage bleibt bloß, wie er es schafft, unentdeckt zu bleiben. Er bräuchte Geld für kosmetische Operationen oder gefälschte Dokumente, und ich kann mir nicht vorstellen, dass einer wie er unerkannt über einen längeren Zeitraum hier bei uns Leute ausspähen könnte. Wir arbeiten daran, die Blutspuren einem DNA-Abgleich zu unterziehen. Es sind nicht viele, aber für den Zweck reichen sie aus."

„Weiß man etwas über denjenigen, der die Kiddies dort hingelockt hat?"

„Mit falscher Adresse angemeldet, von einem seit drei Jahren als gestohlen gemeldeten Tablet aus über ein öffentliches WLAN-Netz verschickt. Das könnte jeder gewesen sein. Zumindest jeder, der weiß, dass es dieses Gebäude gibt."

In der Teamrunde war man vorsichtig mit Spekulationen über etwaige Zusammenhänge, als zu wenig zwingend empfand man die Fäden, die hier zusammenliefen. Kyra kündigte an, nach einem eigenen Ansatz Informationen beschaffen zu wollen.

„Ich habe die letzten Wochen genutzt, um mich sehr intensiv in die Polizeiakten einzulesen, und mir ist aufgefallen, dass zumindest zwei der Verschwundenen in meiner Kundendatei auftauchen. Celja ohnehin, sie wurde zumindest über einige Jahre in einem Gemeinschaftsprojekt beschult, das von uns organisiert wurde. Interessanter ist jedoch, dass auch die Eltern von Merve Özdemir einige Male Material für ihre Tochter bei mir bestellt hatten, das im Nachhilfeunterricht verwendet wird. Ich werde mich mit ihnen in Verbindung setzen und mal nachfragen, wo und von wem sie diese erhalten hat. Möglicherweise lässt sich so etwas herausfinden darüber, welche Kontakte sie auf diesem Wege gehabt hatte, die in den Routinebefragungen bisher nicht aufgetaucht sind und uns weiterhelfen können."

„Denkst du, der Täter ist Nachhilfelehrer?", fragte Erich nach.

„Nicht unbedingt", erwiderte Kyra. „Ich vertraue meinen Mitarbeitern. Aber ich könnte auf irgendwelche Kontakte, Verbindungen oder Gemeinsamkeiten zwischen den Entführten stoßen, die sich in der Freizeit ergeben haben oder die sowohl Schule als auch Freizeit betreffen. Ich werde auch das Gespräch mit Schülern suchen, die bei mir im Unternehmen als Kunden auftauchen und jemanden von den Verschwundenen gekannt haben könnten. Es muss da irgendwo etwas zusammenlaufen, was dann Rückschlüsse darauf zulassen könnte, wer sie alle im Blick haben konnte, ohne dass ihn jemand im Blick gehabt hätte."

„Hast du da in den Ermittlungsakten was aufgespürt, was übersehen wurde?"

„Nein, eigentlich sind die recht systematisch vorgegangen, haben die Familie befragt, Mitschüler befragt, in Vereinen oder sonstigen Freizeiteinrichtungen gefragt, wo die sich aufgehalten haben, und dann die sozialen Medien gecheckt. Aber es ergab sich nirgendwo eine aussagekräftige Schnittmenge, die wirklich alle umfasst hätte."

„Was gedenkst du zu tun?", wollte Erich wissen.

„Ich werde mich – in einer möglichst ungezwungenen Atmosphäre – mit den Kunden im Unternehmen unterhalten, Eltern, Schülern, ich denke, wir richten zum Schulschluss eine kleine Abschlussparty aus, vielleicht im Freibad. Da könntest du dich auch mit umhören."

„Und wie sollen wir das machen? Willst du mich als Mitarbeiter vorstellen?"

„Du hilfst als Aufsichtsperson aus. Sollte dich wirklich einer von den Eltern oder sogar Schülern wiedererkennen, weil er Kunde in deiner Kunstagentur ist oder sich an dein Foto aus Medienberichten über unsere Kunstausstellung erinnern kann, machst du eben mit, weil du eine Wette verloren hast."

„Gut, wenn du meinst. Bis dato habe ich genau zwei Anrufe als Kunstagent bekommen, und beide kamen aus den USA. Die Wahrscheinlichkeit, dass mich da jemand von deinen Kunden kennt, ist gering."

„Parallel dazu werde ich in meiner Eigenschaft als gewählte Leiterin der Bezirksschulbehörde eine Sicherheitskampagne starten, die noch einmal Schüler und Eltern dazu aufruft, achtsam zu sein, nicht zu vertrauensselig zu sein und auf ungewöhnliche Beobachtungen zu achten. Wenn die angelaufen ist, würde es mir auch leichter fallen, noch einmal selbst die Familien an den Tisch zu bekommen."

„Du willst dort überall rein? Auch zu den Heubachers in die Bahnhofssiedlung?"

„Ja, auch dorthin. In meiner offiziellen Funktion bin ich ja auch für die zuständig. Versuchen will ich es in jedem Fall. Ich will sie ja weder davon überzeugen, nicht Steinbichler zu wählen, noch, uns Roma zu mögen. Ich will ihnen nur helfen, ihre Tochter wiederzufinden."

Erich und Knut bewunderten die Entschlossenheit der neuen Kollegin im Team, und ich tat dies auch, während ich das Treffen in Knuts Bibliotheks-Hinterzimmer von der Sitzecke meines Wohnhauses aus über die Mikrocam, die in Erichs Hemdknopf verborgen war, per Livestream mitverfolgte.

Dort suchte mich Erich unterdessen im Schnitt zweimal pro Woche auf, und wir tauschten uns über Hinweise aus, die wir aufgeschnappt hatten, und werteten gemeinsam die sozialen Medien aus, ob sich aus ihnen etwas gewinnen ließ. Mit der Dienstsoftware, die mir zur Verfügung stand, war ich in der Lage, Dinge zu finden, auf die der Normalbürger nicht so ohne Weiteres stoßen würde, nur analysierten sich diese Erkenntnisse auch nicht von selbst und wenn es etwas Brisantes sein sollte in irgendeiner Form, war es auch immer eine Abwägungssache, inwieweit wir von unserem Wissen sinnvollerweise auch Gebrauch machten.

So mag es zwar erhellend sein, beispielsweise auf Anhaltspunkte zu stoßen, die auf ein außereheliches Verhältnis des Büroleiters des Stadtkämmerers hindeuten. Das Wissen zu verwerten, um Entscheidungen oder politische Mehrheitsverhältnisse zu beeinflussen, war jedoch nicht unsere Aufgabe und verbot sich außerdem aus Gründen der Professionalität. Hingegen wäre es eine Abwägungssache, ihn diskret zu warnen, sollten wir auf Erkenntnisse stoßen, wonach feindselige Akteure, etwa Geheimdienste der EFR oder der Chinesen, auf diesen Angriffspunkt aufmerksam geworden sind und Anstalten machten, dies für ihre Zwecke zu nutzen. Um ehrlich zu sein, hielt ich es für durchaus möglich, dass man dort über diesen Sachverhalt informiert ist, aber einen Erpressungsversuch würde man auch dort allenfalls erwägen, wenn man den Stadtkämmerer selbst ins Visier nehmen könnte.

In dringlicheren Fällen suche ich Knut auf, um ihn zu unterrichten, und er entscheidet dann, welche weiteren Schritte auf dem kurzen Dienstweg veranlasst werden sollen. Vor zwei Jahren wurde ich auf Chatinhalte aufmerksam, die darauf hindeuteten, dass ein paar

Linksextreme aus Halle einen Angriff auf den „Autofrühling" im Sinn hätten. Ich setzte Knut darüber in Kenntnis, der lud Rantebihl auf einen Kaffee nach dem Dienst ein und weihte ihn ein. Zwei Tage später war die Veranstaltung und kein einziger von den Strolchen schaffte es weiter als bis zehn Kilometer vor die Stadtgrenze.

Vor einem halben Jahr informierte mich ein Kollege von der Datenauswertung des Militärgeheimdienstes in Wilsleben, dass sich ein Miteigentümer eines Bürokomplexes in der Siedlung unterhalb der Saalebrücke im Internet verdächtig stark für Sprengmittel sowie deren Beschaffung, Herstellung und Wirkung interessiert hätte, ohne dass ein beruflicher Bezug erkennbar gewesen wäre. Auch einige mögliche Zutaten für einen Sprengsatz wurden von seiner Adresse aus bei einer unserer Honigtopfadressen bestellt. Zusammen mit Knut recherchierte ich, dass der Mann drei Immobilien besitzt, die aber wenig Gewinn abwerfen, und gleichzeitig erhebliche betriebliche Schulden hat.

Der Gedanke, dass er sich auf höchst gefährliche Weise durch einen Versicherungsbetrug sanieren wollte, lag mehr als nahe, und möglicherweise wollte er dabei auch eine falsche Fährte legen. Knut bestellte unseren Field-Office-Mitarbeiter Turgut Demirbay zu sich, der offiziell eine Import/Export-Firma leitet, tatsächlich aber mehrere Onlineportale und Social-Media-Aktivitäten für den Nachrichtendienst der MiK koordiniert und uns als Helfer in der Not zur Hand geht. Er stellte sich als potenzieller Kunde bei unserem Möchtegern-Guy-Fawkes vor und hinterließ in einem unbemerkten Moment eine Nachricht bei ihm im Briefkasten, die ihm deutlich machte, dass jemand ahne, was er vorhätte, und dass er unter Beobachtung stünde. Zwei Tage später ließ er eine mutmaßliche Chemikalienlieferung zurückgehen und verhielt sich seit dieser Zeit lammfromm.

Was unseren eigentlichen Auftrag anbelangt, ergaben sich jedoch leider keine Hinweise, die uns weitergeholfen hätten. Nichts deutete mit hinreichender Deutlichkeit darauf hin, dass die EFR oder irgendjemand anderer gezielte Provokationen oder andere gravierende Aktivitäten im Sinn hätte. Auch die Wohnwagenbrände deuteten nicht auf etwas in dieser Art hin, zumal der propagandistische oder sonstige potenzielle Nutzen überschaubar wäre. Deshalb berichteten auch deren eigene Medien und jene der hiesigen fünften Kolonne nur wenig darüber. Die „Fortschrittsallianz" warf dem Sheriff vor, die Situation im County nicht im Griff zu haben, und die Sicherheit der Bürger zu vernachlässigen, die Nationalisten versuchten, Einwanderer, Roma oder Muslime mit den Taten in Verbindung zu bringen – allerdings auf kleiner Flamme, da es weit und breit keine greifbaren Indizien gab, die ihre Annahmen gestützt hätten.

Wollte Clement sich mit seinen Warnungen am Ende nur wichtigmachen oder einen Loyalitätsbeweis abliefern, nachdem er eine neue Identität als Kronzeuge in der Fichtelberg-Sache verpasst bekommen hatte? Möglich wäre es, aber man konnte eine neue Operation dieser Art immer noch nicht mit der erforderlichen Sicherheit ausschließen. Und erst dann könnten wir die Operation als erledigt abhaken und uns um anderweitige Angelegenheiten kümmern. Unterdessen bahnte sich der Sommer an im County und die Eissalons in der Fußgängerzone füllten sich ebenso wie das Freibad nahe dem Kaliwerk, von dem aus zwei Wege nach Gröna führen, wovon auf einem Saskia Jörgens spurlos verschwunden war.

Die Polizei war immer noch in deutlichem Maße präsenter an neuralgischen Punkten als in den Jahren zuvor, drehte Runden entlang der Fernstraßen, die aus den Stadtgebieten hinaus führten und hatte auch Zivilbeamte abgestellt, um an Badeplätzen, Skaterparks, in der Nähe beliebter Jugendtreffpunkte oder an Rummelplätzen mögliche verdächtige Subjekte ausfindig zu machen.

Erich hatte sich gut ins Team eingefunden, er war fleißig und hatte schnell einen Blick für Zusammenhänge gewonnen. Seine Albträume verflogen allerdings nicht, und ich hatte den Eindruck, er suchte häufig die Ansprache von Kyra, um mit ihr zu erörtern, welche Bedeutung so manche Ahnung oder eigentümliche Wahrnehmung haben könnte, die ihm auch im Alltag immer wieder begegnete.

Es waren einige unwillkommene Dinge, die ihn umtrieben und die er Kyra augenscheinlich bereitwilliger eröffnete als mir. Er maß ihnen nicht unbedingt Bedeutung zu, und hielt es selbst für möglich, dass schlechter Schlaf oder die seelische Belastung der vergangenen Wochen eine Rolle dabei spielen könnten. Dennoch fing er an, in ein Tagebuch zu notieren, was ihm widerfuhr, und es Kyra zu übermitteln: kurze, aber heftige Windstöße, während er gerade alleine eine Straße entlangging; Träume, in denen er eine der Häuserreihen in Zickzackhausen durchschritt und sich, statt dass diese endeten, am Ende noch eine neue und wieder eine neue anschloss, bis er nicht mehr wusste, wo inmitten eines Meeres an schrägstehenden Häuserfronten er sich gerade befand; eigenartige Stimmen, die dann aber wieder verschwanden; schattenhafte Gestalten in Fluren oder auf Gehwegen, die jedoch nicht mehr da waren, als er sich nach ihnen umdrehte; knarrende Geräusche aus anderen Teilen des Hauses, während er dort übernachtete; Aljona, die virtuelle Assistentin im alten Biedermeierzimmer, hinter dem er schlief, die in der Nacht manchmal eigenartige Geräusche von sich gab und einmal sogar ohne jeden Anlass „I'll Never Smile Again" in Dauerschleife zu spielen begann. Nichts davon erreichte die Intensität der verstörenden Ereignisse von unserer gemeinsamen Fahrt vom Flughafen oder seiner Heimfahrt vom Pfingstsamstag, aber in Summe nagten diese Wahrnehmungen an ihm.

Immerhin hatte auch Kyra ähnliche Erlebnisse, sie nahm bei Ausritten, die sie an Wochenenden mit ihren Kindern in der Umgebung von Lebendorf unternahm, ein eigenartiges Verhalten ihrer Pferde wahr, vor allem, sobald sie holprige Güterwege in Richtung Bebitz bereiten wollte. Einmal berichtete sie auch von einer schemenhaften Gestalt, die ihr im Traum in einem verwunschenen Haus begegnet wäre, das an jenes verlassene nahe dem Bahnhof von Baalberge erinnerte, in dem die Gothic-Jugendlichen das Fahrrad von Lena Boyko gefunden hatten.

Das enge Vertrauensverhältnis zwischen den beiden überschattete auch ein wenig die Zeit, die Erich mit Serpentina Wagner verbrachte, und es war unübersehbar, dass er versuchte, diese zu maximieren. So meldete er sich freiwillig, um sie bei ihrer Hausarbeit über „Moderne Methoden des Profilings in der Polizeiermittlung" zu unterstützen, die sie schon in Vorbereitung auf ihr Abitur in Sozialkunde in einem Jahr vorbereiten wollte – und dieses Thema hatte sie ihrerseits zuvor auch offenbar bewusst gewählt, um ihn um Rat und Unterstützung fragen zu können.

Manchmal wurde Erich sogar seiner angestammten Kirche untreu und begleitete die Wagners in den orthodoxen Gottesdienst. Und an Wochenenden überwand er sogar seine ästhetischen Bedenken und schaute zu, wenn Serpentina für ihre Frauen-Fußballmannschaft auflief. Serpentina blieb dennoch argwöhnisch und sah in Kyra eine mögliche Konkurrentin, zumal diese altersmäßig näher an Erich angesiedelt war und zumindest auf lokaler Ebene eine gewisse Prominenz entwickelt hatte.

Um die Bedenken Serpentinas zu zerstreuen, musste Erich sie in die ominösen Erlebnisse und Wahrnehmungen einweihen, die ihn umtrieben, ohne seine Geheimhaltungsverpflichtung über das Field Office zu brechen. Da er auch noch befürchtete, sie entweder damit zu belasten oder aber gar von ihr als verrückt wahrgenommen zu werden, scheute er augenscheinlich davor zurück und besprach solche Erlebnisse lieber mit Kyra – was aber Serpentina erst recht argwöhnisch machte.

Um die Situation zu beruhigen, wies ich Knut Thomas an, Kyra, Erich und Kurt Wagner an einem Donnerstagabend im Juni zur Teilnahme am Vortrag des Noachidischen Arbeitskreises in Gröbzig abzukommandieren – und Kurt sollte Serpentina als Gast mitbringen. Ich wollte dann offiziell als als guter Bekannter mitkommen. Das Thema war „Das Verständnis des Unerklärlichen im Judentum" und Rabbi Jitzchak Edelman würde das Hauptreferat halten. Kurt überredete Serpentina, mitzukommen, indem er ihr vorschlug, den Vortrag zur Grundlage für ein Referat im Religionsunterricht zu machen, der in der MiK an Schulen wieder eingeführt wurde, nachdem die EFR ihn wenige Jahre vor der Spaltung per zentralem Dekret aus Brüssel als „in einer aufgeklärten und säkular-humanistischen europäischen Gesellschaft obsolet" abgeschafft hatte.

Wenige Tage zuvor, als an ihrer Schule wegen der Abiturprüfungen des aktuellen Jahrgangs kein Normalbetrieb war, sprach Serpentina Erich auch persönlich darauf an, als dieser den Vormittag mit ihr auf Wagners Terrasse verbrachte, um mit ihr die Englisch-Jahresabschlussarbeit vorzubereiten.

„Mein Dad will mich unbedingt mitnehmen zu einem Vortrag über unerklärliche Phänomene aus Sicht des Judentums, und meinte, du würdest auch mitkommen... Warum will er mich unbedingt mit dabei haben?"

„Ich hab ihn gebeten, dich zu überreden", flunkerte Erich. „Ich dachte, wir könnten so wieder einen gemeinsamen Abend zusammen verbringen. Ich hätte mich halt gefreut, wenn du mitkommst."

„Gut, am Donnerstag ist kein Training, und die Englischarbeit ist auch vorbei. Aber wir könnten ja auch ins Kino gehen, oder über die Dörfer fahren, wenn schönes Wetter ist..."

„Ja, aber der Vortrag ist doch interessant. Außerdem lernt ihr euch auch besser kennen, du und die Leute, mit denen ich so oft zu tun habe. Archivar Knut Thomas zum Beispiel..."

„Den kenn ich doch, der war schon öfter zu Grillpartys da."

„Ja, oder Kyra Kováč..."

„Was will die schon wieder?", fuhr Serpentina hoch. „Weicht die dir eigentlich irgendwann auch mal von der Seite?"

„Hey, ich hab mit der beruflich zu tun, da ist sonst nix...", versuchte Erich zu beruhigen und fasste dazu ihre Hand.

„Das sagen sie alle", erwiderte Serpentina mit einem traurigen Blick.

„Ja, aber es ist wirklich so, die vermittelt mir Agenturaufträge. Und ich bin froh, wenn ich welche habe nach gerade mal einem Vierteljahr hier."

„Wie kommt die überhaupt auf dich?"

„Knut Thomas hat das eingerührt, er meint, sie kenne die Kulturszene hier gut. Diese Agentur war meine Gelegenheit, wieder ins Haus unserer Familie zurückkehren zu können. Jetzt muss ich auch zusehen, dass daraus was wird und sie Geld abwirft. Wenn nicht, kann ich das Ding dichtmachen und muss nach Texas zurück."

Serpentina schien diese Erklärung vorerst zu genügen. Dennoch bereitete es mir Sorgen, dass Erich davor zurückscheute, mit ihr die Dinge zu teilen, die ihn belasteten. Mir war klar, dass er ihr imponieren wollte, als der Starke vor ihr dastehen wollte, und da passte ein Eingeständnis dieser Art nicht dazu. Und von unserem Field Office durfte nicht einmal Kurt Wagner seiner Tochter erzählen. Wie lange das aber noch gutgehen konnte, wenn die beiden sich näherkamen, stand in den Sternen. Dafür zu sorgen, dass Serpentina auf den Vortrag mitkommt, war aus meiner Sicht zumindest eine Chance, es Erich zu erleichtern, ihr über das, was ihn umtrieb, reinen Wein einzuschenken, ohne natürlich Dinge zu verraten, die niemand wissen sollte.

Erichs Stelldichein bei der Nachbarstochter fand an jenem Tag ohnehin ein jähes Ende, als Herbert Götzenberger vorne am Tor Sturm klingelte und sich über nicht vollständig ausgewaschene Jogurtbecher aufregte, die er in Erichs zur Abholung bereitgestelltem Mülleimer bemerkt haben wollte.

„Bei Ihnen in Amerika, wo ganze Stadtteile im Müll versinken, mag man darauf nichts geben", pöbelte Götzenberger, nachdem man ihm die Tür geöffnet hatte. „Aber ich habe als junger Mensch noch erlebt, wie die Bernburger Fußgängerzone von einer Rattenplage heimgesucht wurde. Das lasse ich hier in unserer Siedlung nicht zu, und wenn ich mich dafür ans Ordnungsamt wenden muss."

Als Erich gerade der Kragen zu platzen drohte ob dieses ihm sichtlich lächerlich erscheinenden Anliegens und er anhub, dies auch in möglicherweise unangemessenen Worten zum Ausdruck zu bringen, legte Serpentina von hinten den Arm um seine Schulter, grinste Götzenberger an und sagte: „Schön, dass Sie aufpassen, Herr Götzenberger, dass es in unserer Nachbarschaft sauber und hygienisch bleibt. Das war sicher nur ein Missverständnis und Herr Bruckner wird sich sicher sofort um die Sache kümmern."

Erich blieb in dieser Situation nun kaum eine andere Wahl, als sich von Serpentina zu verabschieden, um seinen Müllbeutel noch einmal zu entnehmen, die Jogurtbecher herauszufischen, sie in der Spülmaschine noch einmal auszuwaschen und in keimfreiem Zustand wieder zurück zur Abholung bereitzulegen. Am Nachmittag war er zu mir nach Waldau bestellt und auch in den darauf folgenden Tagen sollte er kaum Gelegenheit finden, Serpentina persönlich zu treffen. Aber immerhin erhöhte das auch ihre Bereitschaft, am Donnerstag darauf mit nach Gröbzig zu kommen.

DER URBEXER.

Ein wenig durchdringend war der Blick schon, den Serpentina Kyra bei der Begrüßung zuwarf, als sich unsere kleine Abordnung am Donnerstagabend in der Weinertsiedlung in der Zufahrt zu den Häusern der Wagners und Erichs einfand, um gemeinsam mit Kurts Kleinbus nach Gröbzig zu starten. Ich war diesmal auch persönlich mit von der Partie, denn dass ich regelmäßig den Noachidischen Abenden beiwohnte, war ohnehin kein Geheimnis – und es war auch bezogen auf meine Funktion für das Field Office unverdächtig, gerade weil es verdächtig war. Verschwörungsblogs hatten dem Arbeitskreis schon lange angedichtet, eine Art Geheimregierung zu bilden, aber die Erzählungen, die sich auf diese Theorien gründeten, waren so hanebüchen, dass man eine tatsächlich konspirativ arbeitende Organisation gut hinter diesen verstecken hätte können.

In der Siedlung selbst sorgten wir natürlich, wenn wir uns trafen, bei den unmittelbaren Nachbarn für waches Interesse. Herbert Götzenberger hatte seinen Wintergarten verlassen, nachdem sich immer mehr Mitfahrer im der Zufahrt eingefunden hatten, aber an den leichten Bewegungen des Vorhangs in einem der Erdgeschosszimmer bemerkte ich, dass er uns beobachtete. Ebenso wie auf Wagners Seite der Einfahrt der Sohn von Frau Kopper verstohlen aus dem Fenster blickte und dann schnell davon verschwand. Ich glaube, der Gute heißt Robert, wie Götzenberger ist er jedenfalls ein höchst komischer Kauz, der mit knapp 40 Jahren noch allein mit seiner Mutter lebt, nicht grüßt und auch noch nie einer Einladung von Wagner gefolgt war. Im Unterschied zu Götzenberger belehrt er jedoch seine Mitmenschen nicht unentwegt, sondern scheint sich selbst zu genügen. Ich hätte aber darauf wetten können, dass beide heimlich Verschwörungsblogs lesen, möglicherweise sogar dieselben, und sich vielleicht sogar unter falschen Namen miteinander in Foren austauschen, ohne voneinander zu wissen.

„Hat jemand Clement gefragt, ob er mitkommen will?", warf Knut Thomas in die Runde. „Der ist um diese Zeit noch unterwegs", meinte Kurt Wagner. „Ich verteile immer, wenn ich mit Mira in der Siedlung Gassi gehe, Einladungen zu den Vorträgen in die Briefkästen. Bislang habe ich noch nie jemanden gesehen, der gekommen wäre. Schade eigentlich, denn ich glaube, ein bisschen Tora-Weisheit könnte auch die Nachbarschaft hier enger zusammenbringen."

Rabbi Edelman hatte nicht nur Entscheidendes geleistet, um das jüdische Leben hier in der Gegend nach so vielen Jahrzehnten wiederzubeleben, er hatte sich in den turbulenten Jahren seit der Abspaltung auch als jemand erwiesen, der durch weise und überlegte Ansagen half, das Gemeinwesen zusammenzuhalten. Deshalb lassen sich nicht nur Verantwortungsträger hier im County und Leute wie Gouverneur Huber regelmäßig bei ihm blicken. Er wird auch mindestens einmal im Jahr zu einem Empfang der Präsidentschaftskanzlei der MiK auf die Burg in Bratislava eingeladen, wo ihn dann Entscheidungsträger aus allen Ecken der Konföderation belagern und um Rat in allen erdenklichen Dingen fragen. Ich kann es gut nachvollziehen, denn ich kann mich selbst an keinen Vortrag, ob live oder auf diversen Online-Plattformen, von ihm erinnern, nach dem ich nicht den Eindruck gehabt hätte, etwas Substanzielles daraus mitgenommen zu haben.

Generell hatte sich der noachidische Gedanke nach den Wirren der Abspaltung als stabilisierender Faktor des daraus entstandenen plurikulturellen und multireligiösen Gemeinwesens erwiesen. Die sieben Gesetze Noahs als Leitlinien für einen Minimalkonsens unter allen unterschiedlichen Bevölkerungsgruppen halfen, die säkularistische Assimilationslogik zu durchbrechen, die in EFR-Zeiten vorgeherrscht hatte, aber hebelten gleichzeitig auch den religiösen Bekehrungseifer aus, der die Geschichte Europas so lange geprägt hatte. Viele, die eigentlich angesichts des Auseinanderbrechens der EFR von einer „abendländischen Restauration" geträumt hatten, in der das Christentum allein die Leitkultur prägen sollte, was aber nicht eintrat, konnten sich auf diesem Wege immerhin mit dem Gedanken an eine Koexistenz anfreunden, die insbesondere der muslimische Bevölkerungsanteil in der MiK erforderlich machte. Das Schulministerium der Regierung von Lancelot Huber hat die Sieben Noachidischen Gebote zum verbindlichen Unterrichtsinhalt in der Grundschule erklärt. Natürlich hat man nicht alle damit erreicht, und deshalb spielen immer noch Parteien wie die „Nationale Aktion" eine gewisse Rolle. Sie konnten aber nie mehr die Bedeutung und die Dynamik entfalten, die sie vor der Abspaltung entwickelt hatten. Gleichzeitig fiel es Einwanderern leichter, sich mit dem Gemeinwesen zu identifizieren, da sie wussten, dass ihre kulturelle und religiöse Identität respektiert und ihre Community als Teil des Gesamtgefüges anerkannt wird.

Der letzte Abend dieser Art vor der Sommerpause war von ein paar Dutzend Leuten besucht, an anderen konnten auch schon mal an die 150 Personen zusammenkommen. Allerdings gab der Frühsommer zu jenem Zeitpunkt schon sein Bestes und die Menschen strömten eher in die Bäder, Eissalons und Open-Air-Konzerte in der Region, als von Vortragsabenden überhaupt Notiz zu nehmen. Das vergrößerte aber immerhin die Chance, mit Rabbi Edelman am Rande der Veranstaltung vielleicht auch noch in kleinerer Runde ein paar Worte wechseln zu können.

Mir gelang das an jenem Abend auch noch vor der Veranstaltung, nachdem Knut Thomas ihm die Neuen in der Runde vorgestellt hatte, die mitgekommen waren. Unter vier Augen sprach ich ihn auf das an, was Erich und Kyra mir über Erscheinungen und Albträume anvertraut hatten, die sie in den Wochen zuvor heimgesucht hatten, und der Rabbi kündigte mir an, in seinem Vortrag auch dieses Thema anzusprechen, ohne konkrete Namen oder Beispiele zu nennen. „Sie sind nicht der Erste, der mir von solchen Wahrnehmungen berichtet", eröffnete er mir. „In den vergangenen Jahren hat das zugenommen. Nicht nur mir berichten Menschen zunehmend über verstörende Dinge, die sie erlebt haben. Wenn ich mit geistlichen oder spirituellen Führern aus anderen Communitys spreche, wissen die ähnliches zu berichten. Es ist eine Zeit der Prüfung, die über unser Land kommt, und es gibt etwas, was wir in Ordnung bringen müssen, damit hier wieder ein normales Leben zurückkehrt."

Bevor es mit dem Vortrag losging, beobachtete ich noch ein wenig die anderen beim Kontakteknüpfen. Samara, die Frau des Rabbis, die auch die Bildungs- und Familienaktivitäten der Gemeinde leitet, hatte gleich Kyra und Serpentina gemeinsam in Beschlag genommen und zeigte ihnen die Anlage. Mit Kyra hatte sie bis dahin vorwiegend in deren Eigenschaft als Chefin der Schulbehörde zu tun. Kurt Wagner, der in seinem Brotberuf Ausbilder im Kaliwerk ist, unterhielt sich mit Fußball-Freunden am Buffet und Knut Thomas stellte Erich einige Leute aus der Gemeinde oder aus dem Arbeitskreis vor.

Dann begann der offizielle Teil des Abends, und Arbeitskreisleiter Kuni Horowitz übernahm die Begrüßung. Dabei verlor er einige Worte über die Aktivitäten der Noachidischen Runde in den vorangegangenen Monaten und zeigte sich zufrieden darüber, dass es auch durch die Arbeit ihrer Mitglieder in den unterschiedlichen Communitys gelungen war, Unruhen und Hetzkampagnen entgegenzuwirken, die sich gegen einzelne Bevölkerungsgruppen gerichtet hätten. Man sei alarmiert über die neuerlichen Fälle verschwundener Mädchen und über die Brandserie, die den County heimsuchte. Die religiösen Gemeinden und gemeinnützigen Vereine und Organisationen, deren Spitzen in der Noachidischen Runde mitwirkten, hätten übereinstimmend angekündigt, Maßnahmen zum Schutz ihrer Mitglieder zu ergreifen und diese dazu aufzufordern, die Augen offenzuhalten und ungewöhnliche Beobachtungen zu melden.

Mit Fortdauer der Veranstaltung – und auch deshalb waren diese Veranstaltungen über die Konfessionen und Communitys hinweg so beliebt – verflogen die Anspannung und die Beklommenheit, die viele Bewohner des Countys in diesen Tagen befiel, auch wenn sich strahlender Sonnenschein und Wärme über die weiten, erblühenden Felder, die Dörfer und die altehrwürdigen Gassen der Kleinstädte gelegt hatten.

Rabbi Edelman sprach an, dass in den Gemeinschaften Verunsicherung und Angst herrsche, dass viele Menschen beunruhigende Beobachtungen und Erlebnisse meldeten und dass einige sogar an ihrem Verstand zu zweifeln begännen. Anschließend ging er auf die Debatten großer jüdischer Gelehrter ein, die sich bereits mit Fragen wie jenen auseinandersetzten, ob es übersinnliche Mächte gäbe, die sich in den Alltag einzelner Menschen oder ganzer Gemeinschaften drängen könnten.

„Es sind nicht unsere Körper, die unsere Seele besitzen, es sind unsere Seelen, die von Anbeginn der Zeit existiert haben und die jetzt in unseren Körpern wohnen", erläuterte er. „Sie sind das, was wir wirklich sind. Unsere Körper ziehen sie an, wenn sie hier auf die Erde kommen, als eine Form der Arbeitskleidung, die sie hier benötigen, um in dieser Realität wirken zu können. Das ist auch der Grund, warum wir Juden Kleidungsstücke zerreißen, wenn wir unsere Lieben beerdigen – es soll uns daran erinnern, dass die Seele bestehen bleibt und weiterwirkt."

Dass Seelen von Menschen, wenn sie vor ihrer Zeit den Körper verlassen, ohne diesen weiterwirkten und versuchten, sich bemerkbar zu machen, sei angesichts dieser Eigenheit der Schöpfung durchaus denkbar, erklärte er weiter. Manchmal entschwänden sie dennoch hinauf in den Raum des Spirituellen, manchmal müssten sie sich aber noch von etwas reinigen, einen Auftrag erfüllen oder etwas in Ordnung bringen.

Deshalb könnten auch die Seelen Verstorbener einen neuen Körper aufsuchen oder sich in einer unkörperlichen Weise um uns herum gruppieren, um uns etwas mitzuteilen oder etwas zu bewirken. Wir dürften sie nur nicht bewusst herbeirufen.

„Während wir in diesem Raum stehen, gibt es so vieles, was sich hier abspielt, dessen wir uns nicht bewusst sind", erläuterte Rabbi Edelman weiter. „Und das ist dort draußen nicht anders. In unseren Gemeinschaften, in vielen Familien dieses Gemeinwesens vermissen Menschen ihre Töchter, und wir wissen nicht, ob sie noch leben und ob es ihre Seelen oder die verstorbener Angehöriger sind, die uns auf etwas hinweisen wollen."

Der Rabbi ging anschließend auf die Bedeutung von Träumen in der Tora ein und auf das, was die Weisen darüber durch die Geschichte hindurch geäußert hätten. Diese, so hieß, müssten nicht zwangsläufig eine tiefere oder gar prophetische Bedeutung haben, und nicht jeder Traum enthalte eine Botschaft – auch wenn er uns aufrütteln oder beunruhigen sollte.

Es sei aber nicht ausgeschlossen, dass es so etwas gäbe, immerhin gäbe es von Joseph aufwärts zahlreiche Beispiele in der Geschichte, wo dem so gewesen wäre.

Ob es unwirklich anmutende Erscheinungen, unheilvolle Träume oder Zeichen seien: Wer immer sie erfährt, so Rabbi Edelman, sollte versuchen, zu ergründen, welchen Ansatzpunkt ihm dies alles geben könnte, um im eigenen Leben Dinge zum Besseren zu verändern. Selbst ein Albtraum oder eine unheilvoll erscheinende Wahrnehmung solle so nicht zum Anlass für Furcht oder Einschüchterung werden, sondern lenke vielleicht nur die eigene Aufmerksamkeit auf eine bestimmte Aufgabe oder Eigenschaft, an der es sich zu arbeiten lohne.

Als die Veranstaltung endete, waren gerade die letzten Überbleibsel der Abenddämmerung dabei, hinter den weiten Horizont zu verschwinden. Serpentina schien ihr Misstrauen gegenüber Kyra abgelegt zu haben, beide hatten sich den gesamten Abend über angeregt miteinander unterhalten und Serpentinas Blick verdunkelte sich auch nicht mehr, wenn Erich in ihrer Nähe war. Auf der Rückfahrt nahmen sie zu dritt auf der hintersten Bank von Kurts Kleinbus Platz und ich saß bereits vorne auf dem Beifahrersitz, während wir darauf warteten, dass auch der Rest der Gruppe langsam, aber sicher eintrudeln würde.

So konnte ich dem Gespräch der drei lauschen, wobei vor allem Serpentina auftrumpfend von ihrem vor vier Jahren verstorbenen Großvater Anselmus Wagner erzählte, der das letzte halbe Jahrzehnt vor der Abspaltung der MiK-Länder von der EFR in Halle im Gefängnis verbracht hatte. Ursprünglich hatten dem Witwer wiederholte kritische Äußerungen zur Politik der dortigen Führung in Öffentlichkeit und sozialen Medien eine Verurteilung wegen „Klimaleugnung" und „Unterminieren des Staates durch Hetze gegen das Gemeinwohl" eingebracht. Er hatte Proteste gegen hohe Energiekosten organisiert, die Geburtenkontrollpolitik angeprangert, öffentlich der These von der Bedrohung des Planeten durch die „Überbevölkerung" widersprochen und mit Personen des öffentlichen Lebens nicht unter Verwendung der von ihnen gewünschten Pronomina kommuniziert.

Seine Anklage und Verurteilung hatte er mit Verhöhnung und Missachtung des Gerichts quittiert, und als er darob aus dem Saal entfernt wurde, in Richtung einer im Saal angebrachten Europafahne gespuckt, was ihm ebenso weitere Verurteilungen einbrachte wie der Umstand, dass er selbst im Strafvollzug noch Kontakt mit Gleichgesinnten hielt. Da die Katholische Kirche, der die Wagners und viele ihrer Mitstreiter damals noch angehört hatten, sie in dieser Situation völlig im Regen stehenließ und der zuständige Bischof sogar verbot, für Petitionen für Anselmus Wagners Freilassung in den Gemeinden zu werben, wechselten sie alle geschlossen zur Orthodoxie und wurden später zu den Stützen der Gemeinde im County. Mit Ausnahme von Kurt Wagners damaliger Frau Anne, die auch

Serpentinas Mutter war, und die sich von der Familie distanzierte – offenbar, um ihren Posten in der Stadtverwaltung behalten zu können. Noch am Tag der Unabhängigkeitserklärung Anhalts wurde Anselmus Wagners Verurteilung vom Gouverneur aufgehoben, Anselmus wurde freigelassen und wie viele andere aus konfiszierten Vermögenswerten der örtlichen „Direktion für Sozialkredit der EFR" entschädigt, die aufgelöst und deren Tätigkeit auf dem Staatsgebiet Anhalts für illegal erklärt wurde.

Nach der Abspaltung vertraute man ihm die Umstrukturierung der Schulbehörde an. Die meisten Beamten, die EFR-loyal waren, gingen von selbst und setzten sich in die dort verbliebenen Regionen ab. Anne Wagner heiratete schon kurze Zeit nach ihrer Scheidung einen Abteilungsleiter im EFR-Kommissariat für Finanzen und zog nach Brüssel. Anselmus Wagner hatte jedoch während seiner Haftzeit umfangreiche Dateien darüber angelegt, wer in besonders gravierender Weise sein Amt missbraucht hatte – und den Betreffenden stellte er nun entweder persönlich den Stuhl vor die Türe oder veranlasste ihre Versetzung an Positionen, in denen sie keinen Schaden mehr anrichten konnten, vorzugsweise auf solche im Hinterzimmer der Veterinär- oder Friedhofsverwaltung. Das Angebot, bei der ersten Direktwahl zum Leiter der Schulbehörde zu kandidieren, schlug er aus, obwohl er die Wahl wahrscheinlich überlegen gewonnen hätte. Anselmus Wagner wollte jedoch lieber seine Rente genießen und seinem Sohn bei der Betreuung der Kinder zur Hand gehen – neben Serpentina, der Jüngsten, waren das noch Heerbrand, Lindhorst und Veronika, die mittlerweile jedoch alle bereits seit einigen Jahren aus dem Haus sind. Er schrieb noch drei Bücher, machte einige Reisen, wurde sogar einmal persönlich im Moskauer Patriarchat empfangen, aber er hatte in den Jahren seiner Freiheit am Ende erhebliche Probleme mit dem Alkohol – was zu seinem verhältnismäßig frühen Ableben beitrug. Für Serpentina war er trotzdem zeitlebens ein Held, und das kam auch an jenem Abend wieder zum Ausdruck, als sie Erich und Kyra seine Lebensgeschichte erzählte.

„Ach, deshalb kannst du uns Katholen nicht leiden?", fragte Erich scherzhaft. „Euch kann ich doch leiden", erwiderte Serpentina, die zwischen ihm und Kyra Platz genommen hatte, legte jeweils einen ihrer Arme um beide und senkte ihren Kopf auf Erichs Schulter. „Und dich ganz besonders."

„Ihr seid ja ein süßes Paar", wandte Kyra sich zu beiden. „Ich habe Anselmus Wagner noch persönlich gekannt, obwohl er sich dann bald schon zurückzog. Manchmal hatten wir miteinander zu tun, wenn es um Fragen der Minderheitenbeschulung ging. Er hatte mich immer ermuntert, einen freien Bildungsdienstleister zu gründen, und später habe ich das auch gemacht. Vieles, was heute hier bei uns in Salzland funktioniert, verdanken wir ihm. Es freut mich sehr, jetzt mit deiner Familie wieder Kontakt zu haben, Serpentina."

Dann wandte sie sich jedoch auch an Erich und sagte in bestimmtem Ton und mit ernstem Blick: „Und du solltest deiner Freundin erzählen, worüber wir in den letzten Wochen so oft gesprochen haben. Ich denke, der heutige Abend ist da gerade der passende Rahmen."

„Kyra, ich habe dir gesagt, ich will sie damit nicht belasten…", gab Erich ebenso entschlossen zurück.

„Du belastest sie, wenn du stillhältst. Serpentina glaubt, wir verbringen so viel Zeit miteinander, weil du mich ihr vorziehen würdest."

„Aber das müsste sie doch wissen, dass…"

„Was ist hier los, was will wer mir erzählen oder nicht erzählen…?", platzte Serpentina da schon rein und sah Erich mit entgeisterten Augen an. Der blickte erst starr auf die Vorderbank, auf der schon zwei weitere Mitfahrer Platz genommen hatten, dann holte er tief Luft und begann zu erzählen.

„Serpentina, ich habe schlimme Albträume, und nicht nur das: Ich meine Dinge zu sehen und wahrzunehmen, die eigentlich nicht sein können. Unheimliche Dinge. Dinge, die dich beunruhigen würden. Und weil Kyra damit Erfahrung hat und so etwas vielleicht deuten oder erklären kann, habe ich oft mit ihr darüber gesprochen. Ich hatte Angst, du würdest mich für irre oder einen Lügner halten, oder es würde dich dann auch belasten."

Serpentina sah ihm tief in die Augen und nahm seine Hand. „Ich halte dich nicht für irre und ich glaube dir, was du sagst. Ich will aber wissen, was dich bewegt. Ich will nicht außen vor bleiben, hörst du? Nicht außen vor. Verschweig mir nichts."

„Wollen wir mal ganz unter uns in Ruhe reden?", fragte Erich. „Vielleicht auf der Terrasse bei einer Virgin Colada, am Wochenende oder so? Oder im Einkaufszentrum im Hofcafé?"

„Akzeptiert. Aber du lässt nichts aus."

„Versprochen."

Mittlerweile war Knut Thomas als Letzter nach seinem Abschied von den Schluchim zurück in den Kleinbus gekommen und Kurt hatte ihn in Bewegung gesetzt. Es war mittlerweile fast komplett dunkel geworden, und es lag eine etwa dreiviertelstündige Fahrt durch die Dörfer vor uns, wo ein Gast nach dem anderen abgesetzt werden sollte und ich gleich nach Knut Thomas, zwei Gästen aus Baalberge und Kyra zu Hause ankommen sollte, ehe die Wagners und Erich zurück in ihre gemeinsame Nachbarschaft in der Weinertsiedlung in Könnern kehren würden.

Das Abendrot, das an Abenden wie diesen den Himmel über den weiten Ebenen mit ihren Windparks, Gerstenfeldern und Straßendörfern in eindrucksvollen Lichtspielen erglühen lässt, hatte weitgehend dem Nachthimmel Platz gemacht und war nur noch in Form letzter Ausläufer am Horizont zu sehen, als wir gedankenversunken über die stille Landstraße fuhren.

Kurt Wagner hatte den Jazzsender angemacht und ließ ihn leise vor sich hindudeln, als nach wenigen hundert Metern ein Grollen, begleitet von Gothic-Rock-Klängen der späten 1980er Jahre, von hinten an uns herandrang und schon bald eine etwa zwanzigköpfige Bikergruppe an uns vorbeibretterte.

An Frühsommertagen wie diesen waren sie in allen Ecken des Countys zu bemerken, und viele von ihnen waren wohl Personen aus der EFR, die wohlhabend genug waren, um die 1000-Euro-Gebühr für den Grenzübertritt zu stemmen und sich einige Wochen am Stück Urlaub nehmen konnten, um durch die Landschaft zu kurven. Viele stellten ihre Bikes, deren Besitz und Betrieb auf dem Gebiet der EFR teuer und mit starken Restriktionen bedacht ist, das Jahr über bei Landwirten oder Lagerhausbesitzern in der Gegend ab, die auf diese Weise noch zusätzliche Einkünfte aus Verwahrungsentgelten und häufig auch noch aus der Privatzimmervermietung erzielen können.

Kurt Wagner, der sein wenige Jahre altes Quad in der Garage stehen hatte, regte an, bei Gelegenheit auch einmal einen motorisierten Ausflug in die Botanik zu machen – eine Idee, der zumindest Knut Thomas und die Baalberger einiges abgewinnen konnten. Kyra richtete an Kurt die Frage nach vorne, ob er die Biker zuordnen könne. Dieser ging davon aus, dass es keine organisierte Vereinigung sei, wie sie ebenfalls in einigen Ländern über die Jahre verboten worden waren.

Einige organisierte Bikergruppen machten auch im County ab und an Schwierigkeiten, so gab unter anderem auch solche, die sich gerne im Umfeld Ansgar Steinbichlers und seiner Etablissements aufhielten. In den frühen Morgenstunden konnte es da schon mal zu Schlägereien oder Fällen von Vandalismus in Nachtlokalen, auf Festwiesen oder in Innenstadtlagen kommen, weshalb die Überwachungskameras dort, wo sie waren, auf scharf gestellt und die Polizeistreifen verstärkt wurden. Da es in diesem Jahr ohnehin eine angespannte Lage gab, machten jedoch offenbar auch die problematischeren Gangs lieber einen Bogen um die Gegend.

Den Bikern, die uns überholt hatten, sollten wir allerdings schon wenige Kilometer weiter wieder begegnen – nämlich an einer Straßensperre kurz vor Cörmigk, die unsere ungeteilte Aufmerksamkeit erregte. Verwundert hatte uns nicht nur das gewaltige Aufgebot an Einsatzfahrzeugen, sondern auch, dass mindestens zwei Dutzend Beamte hinter einer Absperrung umherschwirrten und gleichzeitig kaum ein Pkw, der von der

Sperrung überrascht wurde, kehrtmachte und stattdessen über Gerlebogk oder Dohndorf auswich.

Die Szenerie hatte etwas Absonderliches, und erst diskutierten die Mitfahrer unseres Kleinbusses darüber, ob wir das Ende der Straßensperre abwarten oder umkehren und über einen Umweg zurückfahren sollten. Mit einem Mal fasste sich Kurt Wagner ein Herz, brach aus dem Stau aus und steuerte den Wagen an den Sperrposten heran. Etwa 20 Meter davor ließ er ihn an der Straßenseite stehen und forderte mich auf, ihn zu begleiten.

„Das ist Pofistal Rittenschober", deutete er mir an, während er den Polizeibeamten hinter der Absperrung ansteuerte und diesen durch Winken begrüßte. „Er ist Chefermittler und leitet häufig die Einsätze entlang der Landstraßen im County. Wir kennen uns vom Fußball, er ist Trainerkollege in Baalberge."

„Kurt, ich begrüße dich", rief dieser ihm schon entgegen.

„Was geht, Pofi? Das hier ist übrigens Will Carrier, ein alter Freund der Familie, vom amerikanischen Schüleraustauschdienst in Bernburg", stellt er mich vor, „vielleicht ja auch was für deine Tochter..."

„Angenehm..."

„Ebenso... Einen schönen guten Abend..."

„Danke, aber von schön kann keine Rede sein", erwiderte Rittenschober. „Ist sogar eine ziemlich hässliche Geschichte heute hier."

Von der Absperrung aus betrachtet wurde das Bild klarer. Es waren nicht nur Polizei und Feuerwehr vor Ort, auch ein Wagen der Gerichtsmedizin war da und deren Leiter Tabithi Waweru war zu sehen, wie er Mitarbeiter dirigierte und der Spurensicherung Anweisungen gab. Dass der ursprünglich aus Kenia stammende und vor einigen Jahren aus der EFR geflüchtete Arzt persönlich am Ort eines Vorfalls anwesend war, verhieß ebenso wie der Brandgeruch und die Montur der Spurensicherer, dass es hier nicht um einen bloßen Verkehrsunfall gehen konnte.

„Was ist da los?!", wollte Kurt Wagner wissen.

„Wieder ein Brand in einem Wohnwagen, der am Straßenrand nahe dem Ortseingang abgestellt war", erläuterte der Einsatzleiter. „Aber diesmal gibt's auch eine Leiche. Der Sheriff wird sich noch persönlich ein Bild von der Lage machen, einstweilen hat er mich hierher beordert, um den Tatort abzusichern."

„Ach du Scheiße...", erwiderte Kurt konsterniert. „Weiß man schon, wer der oder die Tote ist?"

„Bislang noch keine Erkenntnisse, Kurt... das wird auch noch länger dauern und ich muss auch schon wieder zur Spusi. Bitte fahrt nach Hause und sagt es auch den anderen hier überall, dass es nichts zu sehen und bis mindestens morgen Vormittag auch keine Durchfahrt mehr gibt. Je weniger das hier jetzt noch zum Aufmarschgebiet wird, umso ungestörter können wir unsere Arbeit machen. Sobald wir mehr wissen, geben der Sheriff und der Gerichtsmediziner eine Pressekonferenz."

„Alles klar, danke erst mal für die Info... Man sieht sich..."

„Ja, mach's gut. Spätestens beim Derby..."

Wir kehrten zurück ins Auto und unterrichteten die anderen darüber, was geschehen war. Während Kurt alle nach und nach an ihren Wohnstätten ablud, herrschte Totenstille, auch ganz hinten, wo Serpentina, Erich und Kyra zuvor noch fast den ganzen Kleinbus unterhalten hatten.

Bevor ich mich schlafen legte, checkte ich noch einmal ab, ob es schon irgendwo auf Newsseiten oder in sozialen Medien Informationen oder Diskussionen über den Vorfall gab. Tatsächlich hatten schon die ersten Seiten Bilder von der abgesperrten Fundstelle veröffentlicht und dass es eine Leiche gab, veranlasste Social-Media-Nutzer zu Spekulationen.

Wirklich substanzielle Erkenntnisse brachten jedoch erst die darauf folgenden Tage. Über etwa eine Woche hinweg zog eine Wolkenfront über das Land und Petrichor erfüllte die zuvor durch mehrere heiße Tage aufgeheizten Straßen und kopfsteingepflasterten Wege in der

Stadt und im County. Als ich eines Tages bei strömendem Regen daran vorbeifuhr, erinnerte ich mich an Kyras Traum von einer schemenhaften Gestalt in einem Abbruchhaus, das an das verwunschene Haus nahe dem Bahnhof in Baalberge erinnerte, in dem einst das Fahrrad von Lena Boyko von den Goths aufgefunden worden war.

In der ersten Pressekonferenz mit Rittenschober und Dr. Waweru im vollbesetzten großen Saal des Kurhauses war die Rede davon, dass es sich bei dem Aufgefundenen um den Leichnam einer männlichen Person Anfang bis Mitte 20 handeln musste. Waweru wies darauf hin, dass einige Untersuchungen noch ausstünden und Rittenschober ersuchte darum, der Forensik noch einige Tage Zeit zu geben, um die gesicherten Spuren weiter auszuwerten. Waweru hielt es jedoch auf Grundlage seiner bisherigen Erkenntnisse für unwahrscheinlich, dass der noch Unbekannte an den Folgen des Feuers starb. Der wahrscheinliche Todeszeitpunkt und der Zeitpunkt des Brandes lägen mindestens 48 Stunden auseinander. Es deute nach aktuellem Stand eher sehr viel darauf hin, dass der junge Mann anderswo verstorben und später in den Wohnwagen verbracht worden sei. Dieser wurde anschließend offenbar in Brand gesetzt. Noch sei, so Waweru, nicht mit vollständiger Sicherheit davon auszugehen, dass Fremdverschulden die Ursache für den Tod des noch nicht Identifizierten wäre. Die Wahrscheinlichkeit dafür sei jedoch als sehr hoch zu veranschlagen. Rittenschober gab an, dass der Wohnwagen einem örtlichen älteren Ehepaar gehörte, das sich jedoch zum Tatzeitpunkt auf einer mehrwöchigen Schiffsreise im Mittelmeer befunden habe. Es deute viel darauf hin, dass der Caravan zufällig ausgewählt worden wäre, weil er seit längerer Zeit ungenutzt am Straßenrand gestanden hätte.

Zwei Tage später ließ einer der beiden größeren Lokalsender eine Bombe platzen. Zur Prime Time sendete „Salzland TV" ein Liveinterview aus dem ungarischen Nyíregyháza. Dort sprach man mit zwei slowakischen Rucksacktouristen, die mittlerweile in der Gegend gelandet waren und nach eigenen Angaben über Hinweise aus sozialen Medien von den Entwicklungen in Bernburg erfahren hatten.

Es handelte sich augenscheinlich um jene jungen Leute, die auf Geocaching-Trip waren, zuvor illegal in der Alten Ziegelei vor Gröna Quartier bezogen und die seltsamen Spuren gefunden hatten, von denen Dr. Rantebihl im Gespräch mit Knut Thomas berichtet hatte. Sie hatten ursprünglich gezögert, zur Polizei zu gehen, um die dortigen Beobachtungen zu melden, weil sie befürchteten, für die illegale Betretung des verlassenen Ziegeleigeländes zur Verantwortung gezogen zu werden. Nun, da sogar Mord im Spiel sein könnte, wollten sie erst von Ungarn aus mit dem Lokalsender sprechen, weil sie befürchteten, in die noch größere Sache hineingezogen zu werden.

Sie erzählten, dass sie über drei Tage hinweg auf dem Weg von Polen nach Anhalt ein junger Kerl namens Jaroslav begleitet habe, ein Tscheche, der als Urbexer auf dem Weg durch mehrere Länder verlassene Objekte auffinden und in Bildern für die sozialen Medien aufbereiten wollte. In Bernburg hätten sie sich jedoch getrennt, so die Tramper. Während sie nach dem unheimlichen Fund in der Ziegelei und der Aussage bei der Polizei auf dem schnellstmöglichen Weg aus der Gegend verschwinden wollten und den ersten Zug in den Südosten genommen hätten, wäre der Urbexer erst auf den Geschmack gekommen und wollte noch weitere Objekte erkunden. Nachdem er sich in das Thema etwas eingelesen hatte, sprach er nur noch von den unheimlichen Vorfällen der vergangenen Jahre. Er habe eine regelrechte Obsession entwickelt, jene Plätze aufzusuchen und zu fotografieren, die mit dem Verschwinden der Mädchen in der Gegend in Verbindung gestanden hätten, und er wollte Bilder und Videos davon für die sozialen Medien anfertigen. Er wollte irgendwo am Rande eines Güterweges sein Zelt aufschlagen und noch einige Tage im Salzland bleiben, so seine Begleiter.

Die Social-Media-Auftritte der jeweiligen Akteure widerlegten die Angaben der Rucksacktouristen zumindest nicht. Die Geocacher hatten mindestens einen Livestream aus Österreich zu einem Zeitpunkt online gestellt, der vor dem Abreißen der Postings eines gewissen Jaroslav Suchy aus Brünn lag. Dieser hatte zuvor über mehrere Tage hinweg Aufnahmen entlang der gleichen Route wie die beiden Geocacher online gestellt, die letzten vom Eulenspiegelturm in Bernburg. Die beiden jungen Männer identifizierten Jaroslav Suchy anhand seines Profilbildes und einiger Aufnahmen in den sozialen Medien als ihren temporären Begleiter.

Das konnten alles Zufälle sein, aber die Ermittlungsbehörden hatten zumindest einen ersten Anhaltspunkt dafür, um wen es sich bei dem Toten handeln könnte. Nun ging es für sie darum, Kontakt zu Angehörigen von Suchy aufzunehmen und eine DNA-Probe zu beschaffen, um diese mit den sterblichen Überresten des jungen Mannes in der Pathologie zu vergleichen. Dr. Waweru hoffte zudem, nach der abschließenden Auswertung aller Ergebnisse der Obduktion mehr über die genaue Todesursache sagen zu können – obwohl das Feuer bereits viele Spuren beseitigt hatte. Anschließend würde die eigentliche Ermittlungsarbeit beginnen: Wo, wann und warum ist der Urbexer zu Tode gekommen? Und da vieles auf Fremdverschulden hindeutete: Konnte es sein, dass er in seiner Neugier auf etwas gestoßen war oder etwas entdeckt hatte, was nicht für seine Augen bestimmt war?

WOLDEMAR AUS DESSAU.

Nicht nur der Tod des Urbexers bewegte in den Tagen darauf die Gemüter in der Stadt und im County. Die Gespräche in den Cafés, in den Sportstadien oder auf den Baustellen kreisten hauptsächlich darum. Sheriff Dr. Rantebihl und Stadtmarketingdirektorin Lana Städtler gaben eine gemeinsame Pressekonferenz, um die Öffentlichkeit über die zusätzlichen Sicherheitsvorkehrungen in und um Bernburg zu informieren und deutlich zu machen, dass Urlaub in der Region weiterhin gefahrlos möglich sei.

Dennoch stornierten einige auswärtige Gäste ihre Arrangements für den Sommer, ein für Juli geplantes Jugend-Leichtathletiklager in Baalberge wurde kurzfristig ins 30 Kilometer entfernte Aken an der Elbe verlegt. Sogar das traditionelle Weinfest, mit dem jedes Jahr Ende August der Indian Summer in der Stadt eingeläutet wird, wackelte. Vor allem in den Abendstunden leerten sich Kneipen und Sitzterrassen schnell. Alarmsystemhersteller verzeichneten einen starken Anstieg der Aufträge, Waffengeschäfte gingen dazu über, Termine zu vergeben, weil sie sonst kaum in der Lage gewesen wären, den Andrang an Interessenten zu bewältigen.

Die Gerichtsmedizin konnte in der Zwischenzeit eine weitere Erkenntnis präsentieren, die nicht zwingend geeignet war, die Lage zu beruhigen. Die Spuren in der Alten Ziegelei waren mittlerweile ausgewertet, und sowohl die Kleidung als auch das Blut stammten – wie der Vergleich mit den gespeicherten Daten aus der Straftäterdatei zeigte – vom flüchtigen Pädosexuellen Caspar Frucht. Es war demnach sicher, dass dieser sich zu irgendeinem Zeitpunkt dort aufgehalten hatte. Allerdings war nicht mehr exakt zu bestimmen, wann dieser gewesen sein soll. Es ließ sich lediglich sagen, dass der Aufenthalt Fruchts schon längere Zeit zurückliegen musste. Zudem musste er sich verletzt haben. Allerdings war die Menge an Blut zu gering, um davon ausgehen zu können, dass die Verletzungen schwer waren.

In Reaktion auf die Erkenntnisse der Gerichtsmedizin wollte „Saaletal News", der größte lokale Konkurrenzsender von „Salzland TV", diesem den Coup der Woche zuvor nachmachen, den dieser mit seinem Interview mit den Geocachern gelandet hatte.

Noch am Abend des Tages, an dem Dr. Waweru verkündet hatte, dass das Phantom Caspar Frucht nach seiner Flucht aus der Forensik zumindest zeitweise noch in der Stadt gewesen sein muss, präsentierte der Sender einen überraschenden Stargast in seinem Sendestudio nahe dem Yachthafen.

Ein adrett im bordeauxfarbenen Anzug gekleideter, etwas korpulenter, merklich transpirierender und mit einer leicht überspannt wirkenden Mimik ausgestatteter etwa 35-jähriger Blondschopf hat sich im Studiosessel platziert. Der Moderator stellt ihn als „Woldemar Schönmann" aus Dessau vor – und, was möglicherweise nicht nur mich in diesem Augenblick besonders konsternierte, als „Berater des FBI", der hier und in mehreren anderen Ländern bereits erfolgreich an der Aufklärung von Kriminalfällen mitgearbeitet habe.

„Ich habe bis dato nur praktisch hobbymäßig die Ereignisse der jüngsten Zeit mitverfolgt, weil noch niemand in dieser Sache an mich herangetreten ist", erläuterte Schönmann. „Aber wenn Dr. Rantebihl oder andere mit den Ermittlungen befassten Behörden Bedarf anmelden, bin ich gerne bereit, meine langjährige Berufserfahrung zur Verfügung zu stellen."

Die ersten Minuten der Sendung waren kaum vorbei, da griff ich zum Telefon und setzte mich mit Knut Thomas in Verbindung.

„Siehst du gerade dasselbe wie ich?", fragte ich, und Knut, der eigenen Angaben zufolge bereits seine Bibliothek verlassen und es sich auf der Terrasse seines Bungalows in der Siedlung nahe dem Keßlerturm gemütlich gemacht hatte, schien sofort erkannt zu haben, worauf ich anspielte.

„Ich denke, ich weiß, worauf du hinaus willst. Und nein, ich habe noch nie irgendwas über diesen Mann gehört, obwohl ich durchaus ein paar Leute dort kenne."

„Wenn das so weitergeht, können wir unser Geschäftsmodell bald einstampfen", ätzte ich. „Aus dem Nichts bringen sich irgendwelche Leute ins Fernsehen und erledigen an einem Abend die gesamte Arbeit, die Polizei und Nachrichtendienste in Wochen und Monaten nicht auf die Kette kriegen."

„Hör ihn dir halt mal an, was er zu sagen hat", mahnte Knut. „Koscher wirkt der auf mich jetzt auch nicht, aber Vorurteile helfen uns jetzt auch nicht weiter. Erinnere dich, wie wir die Hände über dem Kopf zusammengeschlagen hatten, als Lancelot Huber Gouverneur wurde – und dann machte er anständige Arbeit."

„Du hast Recht, ich hatte auch mal in der Ausbildung einen Mentaltrainer, den ich für einen absoluten Poser hielt – und später schickte ich sogar meine eigenen Kinder dorthin. Aber wenn's ums Rekrutieren geht, lasse ich Rantebihl gerne erst mal den Vortritt."

Was Schönmann in seinem Interview vorbrachte, klang auf den ersten Blick nachvollziehbar. Er schien seine Hausaufgaben gemacht und viel Zeit in die Beschäftigung mit dem Thema investiert zu haben. Meine Skepsis konnte auch aus einem Blick herrühren, der getrübt war durch Erfahrungen mit Personen, die sich selbst von sich aus in Ermittlungen von Polizeibehörden drängen oder für ideale, aber bislang verkannte und übersehene Nachrichtendienst-Profis halten.

Manchmal sind es auch Täter oder Tatbeteiligte selbst, die sich in Ermittlungen einschalten, um herauszufinden, wie weit die Polizei schon wäre und welche Spuren sie schon aufgenommen hätte. Das war aber in diesem Fall fraglich, denn diesen Mann kannte, wie mir auch diverse Nachfragen in den darauf folgenden Tagen bestätigen sollten, in Bernburg und dem gesamten County kein Mensch. Das Verschwindenlassen der Mädchen oder den wahrscheinlichen Mord an dem Urbexer konnte aber nur jemand bewerkstelligt haben, der entweder selbst über gute Ortskenntnisse verfügt oder über Kontakte mit Personen, auf die dies zutrifft.

Kontakte wollte Schönmann allerdings viele haben, in alle Bereiche, in alle Richtungen – dies betonte er zumindest in seinem Gespräch mit dem Sender, und begründete auf diese Weise, warum Polizeibehörden oder Nachbarschaftswachen aus der Gegend mit ihm zusammenarbeiten sollten.

„Ich arbeite gerne unter dem Radar", erläuterte er. „Das ist für mich gut, weil zu viel an Öffentlichkeit manchmal der Erkenntnis nicht gut tut. Das ist aber auch für meine Informanten gut, die sich jederzeit auf meine Diskretion verlassen können."

„Was genau glauben Sie, zu den Ermittlungen beitragen zu können, wozu der Sheriff und das FBI bisher selbst nicht in der Lage waren?", hakt der Moderator nach.

„Ich finde Wege, mit Menschen zu reden, die sich genau überlegen, wem sie was anvertrauen, die ungern mit Medien sprechen und auch als mögliche Zeugen nicht auf den Schirm der Polizei geraten."

„Was für Menschen sollen das sein?"

„Wenn ich Namen nennen würde, hätte ich diese Gesprächskanäle die längste Zeit gehabt. Einer meiner Auftraggeber ist der designierte Sicherheitschef einer großen Unternehmensgruppe, zu der sich einige der größten Konzernchefs der Konföderation demnächst zusammenschließen wollen."

„Wie kommen Sie an solche Quellen?"

„Einfach, indem ich unvoreingenommen auf Menschen zugehe und mit ihnen das Gespräch suche. Den designierten Sicherheitschef kenne ich, weil ich mit ihm einmal im gleichen Abteil eines Fernzugs von Wien nach Leipzig gefahren bin. Ihm hat imponiert, dass ich mich gerade um einen Versicherungsanspruch eines Ehepaares aus Reppichau gekümmert hatte, das Notstandsunterstützung bezieht. Er erzählte mir daraufhin, wie sozial seine Oberen eingestellt wären und empfahl mich in weiterer Folge, um als Berater tätig zu werden. Seither bin ich nicht nur wie zuvor Wirtschaftsberater, sondern auch Sicherheitsberater."

„Sie deuten da Dinge an, für die sich unsere Wirtschaftsredaktion durchaus interessieren dürfte. Trotzdem bleibt die Frage: Was hat das mit der Situation hier zu tun? Warum wollen Sie sich jetzt speziell in die Ermittlungen zu den Vorfällen hier im County einbringen?"

„Die Unternehmensgruppe, von der ich sprach, will nicht nur wirtschaftlich neue Akzente setzen und dort große Vorhaben realisieren. Sie wird auch die Sicherheit im Land neu definieren. Mehr will und kann ich dazu nicht verraten, und ich will hier ja auch keine Werbung machen, aber Polizei und Nachrichtendienste werden bald einen schlagkräftigen externen Partner haben, und ich möchte schon einmal Zeichen in diese Richtung setzen."

Es dauerte lange, ehe das Gespräch auf seinen eigentlichen Anlass kam. Seinen Informationen zufolge habe die Familie von Jaroslav Suchy diesen bereits als vermisst gemeldet, erzählte Schönmann. Dies mache es wahrscheinlich, dass es sich bei der aufgefundenen Leiche tatsächlich um den szenebekannten Urbexer handele. Auf Nachfrage, woher die Angaben stammten, gab er an, es sei eine „sichere Quelle".

Außerdem halte er es für unwahrscheinlich, dass Caspar Frucht je das Land verlassen habe. Er sei sich jedoch sicher, dass er mindestens einen Helfer aus der Bevölkerung habe, und er auch schon bei seiner Flucht Hilfe gehabt hätte.

„Es ist noch viel zu früh, um davon auszugehen, dass es zwischen dem Verschwinden der Kinder, dem Ausbruch Caspar Fruchts und dem mutmaßlichen Mord, der jetzt im Raum steht, überhaupt einen Zusammenhang gibt, aber wer zwei und zwei zusammenzählt, glaubt nicht an bloße Zufälle", dozierte der mysteriöse Studiogast weiter. Bisher waren es eher Binsenweisheiten, die er von sich gab, wenn auch auf einem hohen Informationsstand.

Zu denken gab mir jedoch, was er dann sagte. Der Moderator fragte ihn: „Halten Sie es für möglich, dass Caspar Frucht von einem Kinderpornoring unterstützt wurde und diesem jetzt Opfer zuführt?"

„Es ist eine mögliche Richtung, in die jetzt verstärkt ermittelt werden sollte", antwortete Schönmann. „Aber nicht die einzige. Wenn wir an die sogenannte Operation Fichtelberg zurückdenken, liegt diese jetzt zwar zehn Jahre zurück. Es wäre jedoch möglich, dass es Strukturen von damals heute noch gibt und diese, nachdem diese Geschichte aus dem Bewusstsein der Öffentlichkeit verschwunden war, ihre Tätigkeit wiederaufgenommen haben. Es muss auch nicht zwingend von der EFR ausgehen, wenn auch die räumliche Nähe zur Grenze das wahrscheinlicher macht. Es sind aber schon einige Kontakte, die ich kenne, dran, diese Spur zu verfolgen. Und damit meine ich nicht nur diverse Nachrichtendienste, die sich hier in der Region bewegen."

Was weiß der Typ und warum? Oder blufft er? Clement, der Knut Thomas den Tipp gegeben hatte, könnte sich verquatscht haben und nun machte es als Gerücht die Runde? Aber woher kennen die beiden sich? Hat Schönmann einen Hund von ihm gekauft? Oder betreibt er Sportstätten, die Clements Dienstleistungsservice betreut? Ist er einfach davon ausgegangen, dass die EFR ernst macht, nachdem Malte-Sören Hoeft mit Blick auf den Prozess gegen Laszlo Cervenak mehrfach getönt hatte, man werde sich „die gestohlenen Kinder zurückholen"? Im Juni wurde Hoeft – bei 35 Prozent Wahlbeteiligung – in seinem Amt bestätigt. Jetzt könnte Schönmann davon ausgehen, dass er liefern will. Obwohl das streng genommen in einem System gar nicht nötig ist, das fähige Leute mit gesundem Menschenverstand durch ein engmaschiges Netz aus Gesinnungsprüfungen und bösartige gelenkte Medien erfolgreich von der Politik fernhält – und die Wähler durch ein arbeitsteiliges Geflecht aus systemloyalen Block- und besonders extremen „Vogelscheuchenparteien" als nicht systemische Opposition von der Wahlurne fernhält.

Wie dem auch sei: Ich ging davon aus, dass Schönmann nicht nur in den kommenden Wochen und Monaten auf allen Kanälen seine Analysen präsentieren würde. Auch sein Werbefeldzug dürfte bei den Sicherheitsbehörden Wirkung hinterlassen haben. Immerhin konnten die jeden Erfolg gebrauchen. Vielleicht würde das aber auch ein wenig Druck von uns nehmen – und vor allem Aufmerksamkeit, die wir nicht gebrauchen konnten.

Es wäre in jenen Tagen auch leicht übertrieben gewesen, von einem befriedigenden Fortgang unserer Operation zu reden. Am allerschlimmsten hat es dabei Kyra erwischt, die unter wüsten Beschimpfungen und Pöbeleien aus dem Bebitzer Bahnhofsviertel vertrieben wurde.

Sie hatte ihre Bemühungen intensiviert, im Umfeld jener Schülerinnen, die ihre Bildungseinrichtung genutzt hatten, noch einmal mit den Eltern und Angehörigen über Freizeitgewohnheiten, Bekanntschaften und Hobbys zu sprechen. Sie wollte im Zusammenhang mit ihrer Sicherheitskampagne anschließend aber auch im Bebitzer Bahnhofsviertel mit Eltern reden und dabei insbesondere jenen von Daniela Heubacher. Sie hoffte, auf diesem Wege vielleicht noch auf einige mögliche Berührungspunkte zwischen den Opfern zu stoßen.

Knut und Erich hatten sie mehrfach gewarnt, zumal wir den Einfluss Ansgar Steinbichlers in dieser Ecke kannten und die Zusammenstöße von Anfang April noch nicht weit zurücklagen. Sie rechnete auch mit einer reservierten bis feindseligen Stimmung, die sie empfangen könnte. Um zu deeskalieren, nahm sie Elisa Stechenberger aus Poley mit, die vor einigen Monaten die Nachbarschaftswacht für ihren Stadtteil übernommen hatte und nun im Koordinationskomitee der entsprechenden Einrichtungen für alle Außenbezirke vertreten war.

Es war ein Montagvormittag, an dem die beiden Damen am verfallenen Bahnhofsgebäude parkten und sich direkt auf den Weg in jenen Block machten, in dem die Heubachers wohnten. Mutter Cassy öffnete ihre Wohnungstüre. Die stark tätowierte, beschäftigungslose Mittvierzigerin, deren drei übrige Kinder ebenfalls im Block wohnten, begrüßte Kyra und ihre Begleiterin überraschend höflich, lud sie auf ihre mit Kissen und Kleidungsstücken übersäte Wohnzimmerbank ein und bot ihnen einen Kaffee an.

Die Wohnung war stark verwahrlost, es standen Dutzende Bierflaschen umher und es roch nach Rauch und Katzenurin. Kyra und Elisa Stechenberger ließen sich ihr Unbehagen nicht anmerken und sprachen Cassy Heubacher auf ihr Sicherheitskonzept an, das helfen sollte, zu verhindern, dass noch mehr Mädchen wie ihre Tochter Daniela so einfach verschwinden könnten.

Elisa Stechenberger erläuterte, welches System sich die Nachbarschaftswachen einfallen ließen, um möglichst rund um die Uhr flächendeckend ein Auge auf mögliche zweifelhafte Elemente haben zu können. Kyra sprach ihre Idee nachbarschaftlicher Fahrgemeinschaften an, zu denen sich Anwohner der unterschiedlichen Siedlungen verabreden könnten – oder notfalls ihre Aktivitäten mit den Nachbarschaftswachen koordinieren.

Cassy Heubacher hörte etwas geistesabwesend, aber großteils interessiert zu und erzählte, welche Schwierigkeiten es gäbe, alle Kinder aus der Nachbarschaft für Fahrgemeinschaften zusammenzubringen. Um etwa 11 Uhr stand offenbar gerade ihr Lebensgefährte auf und trat grußlos in Unterwäsche aus dem Schlaf- in das Wohnzimmer. Auch er war stark tätowiert und roch nach Alkohol. Er warf erst Kyra und der Nachbarschaftswächterin einen musternden Blick zu, dann verließ er die Wohnung.

Nur wenige Minuten später kam er mit einem anderen, etwa gleichaltrigen und ähnlich ungepflegten Mann zurück, der später als Cassy Heubachers Cousin Rico Holm identifiziert wurde. Mit einem Mal begann dieser aggressiv auf die Besucherinnen zu schimpfen und schleuderte sogar eine Flasche nach ihnen. „Ihr verdammtes Zigeunerpack, verpisst euch aus unserem Land…", brüllte er, „ihr habt sie entführt, ihr habt unsere Kinder entführt und spielt euch jetzt auch noch auf. Wir sind deutsch und wir bleiben deutsch, und ihr könnt von mir aus alle verrecken." Cassy Heubacher bemühte sich, ihn zurückzuhalten, während sie Kyra und ihrer Begleiterin signalisierte, dass sie besser die Wohnung und die Nachbarschaft verlassen sollten.

Beim Verlassen der Wohnung wurde Kyra von Cassys Lebensgefährten noch mit großer Wucht gegen die Wand des Flurs gestoßen. Wahrscheinlich lag es nur am augenscheinlich durch Restalkohol beeinträchtigten Zustand der beiden Männer, dass die beiden Frauen verhältnismäßig heil und schnell aus dem Haus und der Siedlung fliehen konnten, wo sich in einigen Hauseingängen bereits grimmig dreinblickende Anwohner versammelt hatten, von denen einige möglicherweise schon an Provokationen in der unweit davon gelegenen Roma-Siedlung teilgenommen hatten.

Um die Lage nicht noch weiter anzuheizen und das Aufsehen gering zu halten, erstattete weder Kyra noch Elisa Stechenberger Anzeige, es gab auch niemand eine Erklärung heraus. Kyra meinte später zu Erich und Knut, es wäre den Versuch wert gewesen, nun wisse man zumindest, dass man nicht mit Hilfe aus diesem Umfeld rechnen könne. Außerdem helfe das hohe Maß an Voreingenommenheit und sozialer Kontrolle in der Siedlung vielleicht, eine Vielzahl möglicher Täter auszuschließen. Mit einem Nichtweißen oder phänotypischen Ausländer hätte sich Daniela Heubacher mit großer Wahrscheinlichkeit nicht auf ein Gespräch eingelassen oder wäre zu ihm in ein Fahrzeug eingestiegen – allein schon mit Blick auf die wahrscheinliche Reaktion ihres Vaters oder Onkels, wenn die etwas bemerkt hätten.

Es dauerte etwa eine Woche, bis anhand des aus Tschechien übermittelten genetischen Vergleichsmaterials von Dr. Waweru und seinen Mitarbeitern endgültig bestätigt werden konnte, dass der Tote, der in Cörmigk aufgefunden wurde, der Urbexer Jaroslav Suchy war. Man musste Schönmann zugestehen, dass seine Aussage im Interview, der Tscheche sei als vermisst gemeldet worden, zutraf. Ob er das gleichsam erraten hatte oder ob er tatsächlich verlässliche Quellen hatte, die ihn mit dieser Information versorgten, blieb offen. Mir war das in jenem Moment auch egal. Für die Familie brach eine Welt zusammen. Ihr Sohn stand zwei Semester vor dem Abschluss seines Maschinenbau-Studiums. Er wollte noch einmal durch ein paar Länder reisen und seinem Hobby, dem Aufspüren verlassener Orte, frönen, ehe er über mehrere Monate in Klausur gehen würde. Seiner Familie hatte er zugesagt, sich mindestens alle drei Tage telefonisch oder über Livechat zu melden. Als er sechs Tage nachrichtenlos geblieben und auch keine neuen Fotoposts mehr erfolgt waren, schöpften die Eltern Verdacht.

Der Gerichtsmediziner erklärte auch, dass sich die Hinweise verdichtet hätten, wonach der junge Mann durch Fremdverschulden und dabei genauer durch erhebliche Gewaltanwendung zu Tode gekommen wäre. Hinsichtlich der exakten Ursache seien jedoch noch Fragen offen.

In diesem Zusammenhang kam mir ein Gedanke – und zwei Tage später saßen Knut Thomas, Erich und erstmals auch Kyra, die ich entgegen meiner ursprünglichen Absicht bei dieser Gelegenheit persönlich und offiziell in den inneren Kreis unseres Field Office aufnahm, gemeinsam auf dem Sofa meines Wohnzimmers in Waldau.

„Ich habe gestern mit Rantebihl telefoniert", leitete Knut Thomas seinen Tätigkeitsbericht über die vergangenen Tage ein. „Deine Einschätzung, Will, war korrekt: Dieser Schönmann stand schon zwei Tage nach dem Fernsehinterview in seinem Büro auf der Matte und man hat ihn offiziell als Berater für vorerst acht Wochen verpflichtet. Über das Honorar wollte er keine Auskunft geben, ich stelle mir vor, es wird nicht zu knapp bemessen sein."

„Ich trau ihm nicht", platzte Erich heraus. „Irgendwas am Auftreten dieses Menschen finde ich eigenartig, und ich habe mal das Internet nach ihm durchforstet – ohne zählbares Ergebnis. Allenfalls Profile, die in Nichts führen, oder die zu völlig anderen Personen führen."

„Ist mir auch schon aufgefallen. Angeblich hätten seine Auftraggeber und deren Anwälte dafür Sorge getragen, dass er nicht auffindbar bleibt", erläuterte Knut. „Wenn es stimmt, hat er seine Hausaufgaben gemacht. Das Problem ist, dass Rantebihl sich nicht sicher ist, ob die ausbleibenden Ermittlungserfolge vielleicht sogar darauf zurückzuführen sind, dass in seinem eigenen Stab jemand obstruiert oder ein Maulwurf ist – und da sei ein Blick von außen besonders wichtig."

„Jetzt ergreift die allgemeine Paranoia auch schon das Sheriffsbüro... das sind ja nette Aussichten."

„Umso wichtiger, dass wir dranbleiben", schaltete ich mich in die Debatte ein. „Deshalb habe ich auch eine Überraschung für euch, gerade frisch von ein paar Kollegen aus der IT in Wilsleben bekommen, die ich dafür kontaktiert hatte. Aber die waren mir auch noch einen Gefallen schuldig."

Ich verband den Laptop mit dem Fernsehgerät, um ein größeres Bild zu bekommen, und öffnete den Ordner, in dem ich die Dateien abgespeichert hatte, die ich von ihnen erhalten hatte.

„Ich habe extra auf euch gewartet und noch gar nicht selbst reingeschaut", erklärte ich weiter. „Wenn sich Rantebihl jetzt lieber von diesem Geheimniskrämer zutexten lässt als sich mit uns kurzzuschließen, ist das sein gutes Recht, aber wir haben auch einen Auftrag – und wir können unsere Stärken nutzen."

„Was sind das für Dateien?", fragte Kyra.

„Das, meine Lieben, ist der Inhalt der Cloud, die dem Mobiltelefon von Jaroslav Suchy zugeordnet war, heute angekommen und noch jungfräulich, extra für euch noch nicht einmal von mir gesichtet. Meine Kumpels vom Militärgeheimdienst hatten an einem Nachmittag mal richtig Langeweile und sich auf mein Ersuchen und gegen die Zusage der Lieferung von drei Kästen Pils in diese hineingehackt. Und das ist das Ergebnis."

Einige der Dateien waren anhand des Datums erkennbar. Andere klickte ich wahllos an, und es kamen ein paar wenig spektakuläre

Reisebilder aus der Hohen Tatra oder aus dem Erzgebirge. Auf einigen waren auch die beiden Geocacher zu sehen und auch Bilder aus dem Inneren der Alten Ziegelei. Auch einige Videos waren zu sehen, von denen einige wie herkömmliche Urlaubsreels wirkten, wie man sie tagtäglich in den sozialen Medien präsentiert bekommt.

Da die erste grobe Durchsicht keinen Hinweis auf speziell interessante Inhalte gab, ordnete ich die Dateien absteigend nach Datum. Die letzte in der Cloud abgespeicherte Aufnahme verriet in ihrem Titel nur, an welchem Tag sie aufgenommen wurde. Ich bedauerte insgeheim schon den zeitlichen Aufwand, der mit der Beschaffung des Materials verbunden war, und setzte meine Hoffnung darauf, in einer ruhigeren Stunde bei der Detailanalyse der Dateien vielleicht etwas zu finden, was uns weiterbringen könnte. Ich rechnete auch schon mit einer Blamage vor meinem Team, insbesondere vor Kyra, die mir zum ersten Mal im Wissen um meine Eigenschaft als Leiter des Field Office gegenübersaß. Da klickte ich auf gut Glück das offenbar letzte Video an, das Jaroslav Suchy aufgenommen hatte.

Es war sofort zu erkennen, wo er sich befand. Nahe dem Bahnhof von Baalberge und die Abenddämmerung hatte bereits eingesetzt. Es war sonst niemand zu sehen, keine Züge waren zu hören, keine Autos, zu Beginn Geräusche wie offenbar das Zirpen von Feldgrillen, die von der Jahreszeit her etwas früher dran sind als die übrigen.

Der Filmer, offenbar Suchy selbst, nähert sich dem verlassenen Haus, in dem einst das Fahrrad von Lena Boyko aufgefunden worden war. Er tritt durch das Loch in der Gartentüre hindurch, läuft durch hohes Gras, das den früheren Zugang überwuchert, und betritt das Gebäude, dessen Eingangstüre schon seit Jahrzehnten aus ihren Angeln gehoben war.

Mittlerweile war das Zirpen nicht mehr zu hören, stattdessen kehrte eine in Anbetracht der Bilder fast schon bedrückende Stille ein. Es waren noch umherliegende Bretter und sonstiger Abfall zu sehen, die über den Boden verstreut lagen, an den Wänden waren Schmierereien zu sehen. Diese reichten von politischen Symbolen über Herzen und

Nachrichten von Personen, die irgendwann offenbar schon mal dort gewesen waren, bis hin zu Pentagrammen und einem aufwändig an eine Mauer gemalten Baphomet.

Der Filmer hält auf die Schmierereien drauf und auf einige Gegenstände, die am Boden liegen. Mittlerweile ist sein Atem zu hören. Er steuert auf die halbverfallene Wendeltreppe zu, die in den ersten Stock führt. Je weiter er sich hoch bewegt, umso dunkler wird es und umso weniger von dem, was er mit seiner Kamera erfasst, ist noch zu erkennen. Trotzdem erklimmt er noch eine weitere Wendeltreppe, um in den zweiten Stock zu gelangen.

Unterdessen ist ein Poltern zu hören, das offenbar aus einem der unteren Stockwerke kommen muss. Der Filmer macht kehrt, bewegt sich nach wie vor mit vorgehaltener Kamera in den ersten Stock zurück, allerdings ist die Sicht dort mittlerweile noch schlechter. Zudem scheint ein Brett den zuvor offenen Zugang zur Wendeltreppe zurück ins Erdgeschoss zu versperren.

Nun sind wieder Atemgeräusche zu hören – allerdings eindeutig von zwei unterschiedlichen Personen. Der Filmer scheint nervös zu werden. „Hello, somebody here?", ruft er. „Who are you? What the fuck's going on here?" Der Filmer geht im Raum umher, hält mit seiner Kamera in die Ecken, aber es ist nichts zu erkennen außer Gerümpel und Wandschmierereien. Die Kamera fängt eine kaputte Puppe ein, die am Boden liegt und über die der Filmer offenbar zuvor gestolpert ist. Wieder ist sein Atem zu hören und dazwischen wieder der andere.

Offenbar beschleicht den Filmer nun sogar Panik. Er stürzt auf die Wendeltreppe zu und versucht, das Brett wegzuziehen, das den Abgang versperrt. Darunter scheint es noch hell genug zu sein, um die Umgebung deutlich erkennen zu können. Als der Filmer das Brett entfernt und sich den Zugang zur Treppe freigemacht hat, fängt die Kamera jedoch ein paar Augen ein. Sie gehören zu einem mächtigen Tier, einem Wolf oder Hund, und während dieses bedrohlich knurrt und sich auf den Filmer zubewegt, lässt dieser sein Phone fallen.

Das Gerät stürzt ins Erdgeschoss und dort auf den Boden. Da es mit der Objektivseite nach unten aufschlägt, ist nur noch dieser zu sehen, während von oben noch erst ein Knurren und dann ein verzweifeltes Schreien zu hören ist. „No, no, go away, go away… help, help…" Dann sind Geräusche wie von zwei dumpfen Schlägen zu hören. Anschließend nur noch Stille. Die Aufnahme läuft noch etwa 90 Sekunden weiter, dann scheint der Speicherplatz des Phones verbraucht zu sein.

Eine gewisse Schockstarre erfasste unsere kleine Runde. Dann gab Erich als Erster zu bedenken, dass es noch erforderlich wäre, die Authentizität des Videos und der Cloudaufnahmen generell zu prüfen. Theoretisch könnte das auch eine gestellte Aufnahme sein oder jemand könnte die Cloud-Inhalte manipuliert haben – auch wenn dies aufgrund der zeitlichen und übrigen Umstände nicht als sehr wahrscheinlich erschien.

„Knut, du weißt, was zu tun ist?", fragte ich rhetorisch.

„Ich sichere die Dateien und morgen präsentiere ich sie Rantebihl. Vielleicht finden sich verwertbare Tatortspuren oder ist dieses Vieh ein Anhaltspunkt. Schlimme Aufnahme. Immerhin haben wir das aber schneller beschaffen können als Schönmann-Superstar und seine geheimnisvollen Hinterpersonen, um es geschlechtergerecht zu formulieren."

„Sehr gut… ich versuche weiterhin, mehr über ihn rauszubekommen. Jeder in dieser Runde ist eingeladen, mir das in einer Mußestunde gleichzutun. Kyra soll es erst mal langsam angehen lassen und ihr Schulabschlussfest im Freibad vorbereiten, sie hat für diese Woche schon genug erlebt mit ihrem Besuch bei den räudigen Leuten in Steinbichlers Revier. Ich habe allerdings auf dich da noch einen Anschlag vor, Erich…"

„Ok, was steht an?", erwiderte dieser.

„Ich möchte, dass du dich unter irgendeinem Vorwand, über den wir noch sprechen, in das sogenannte Kulturhaus in der Bahnhofssiedlung in Bebitz begibst und dich ein wenig umsiehst und umhörst.

Irgendeinen Aufhänger rund um Kultur lassen wir uns einfallen, deine Tarnidentität als neu angesiedelter Kunstagent bietet da Spielraum."

„Alles klar, und was versprichst du dir davon?"

„Ich will mal genau wissen, was dort los ist, wer dort verkehrt und welche Leute dort abhängen. Sollte es tatsächlich eine Einflussaktion geben, dann könnte dieses eigenartige Projekt eine gute Tarnung sein – zumindest würde ich so etwas zu einem solchen Zweck nutzen, wenn ich eine Einflussaktion planen müsste."

„Ein Kulturverein inmitten wenig kultivierter Leute und Gerüchte über Verwicklungen Steinbichlers in Menschenhandel, das riecht eigenartig, stimmt", sinnierte Erich. „Glaubst du, die entführten Mädchen könnten verschleppt und zur Prostitution gezwungen worden sein?"

„Von vornherein ausschließen würde ich es nicht... auch wenn es jetzt keine zwingenden Anhaltspunkte dafür gibt. Man sollte zumindest versuchen, ein Bild von dem Laden zu bekommen."

„Aber würden die auch jemanden wie die Heubacher-Kinder dazu missbrauchen?"

„Komplett undenkbar ist es nicht. Ein Milieu, in dem schnell Hemmschwellen fallen, bei der Gewalt, beim Alkohol, sexuell... so etwas entfaltet schnell eine Eigendynamik. Oder denk mal an diese uralte Geschichte im Saarland, irgendwas mit Tosca oder so..."

„Tosa-Klause...", berichtigte Knut Thomas.

„Danke, genau die meinte ich. Dass es in diesem Umfeld nicht annähernd so treudeutsch-sittenstreng zugeht, wie die es selbst gerne darstellen, ist doch mit den Händen zu greifen."

Bevor ich in die Detailplanung für die darauf folgenden Tage überging und anschließend den offiziellen Teil des Treffens beendete, verabredete ich mit Erich noch einen eigenen Termin zur Vorbereitung seines Besuchs im Kulturhaus.

Die Zeit davor wollte ich noch nutzen, um zumindest ansatzweise etwas über die aus dem Nichts gekommene Lichtgestalt Woldemar Schönmann zu erfahren, die mit einem Mal Hoffnungen weckte, alle

Ermittlungsdynamiken zu revolutionieren. Aber alle Bemühungen und Ansätze, um das Phantom greifbar zu machen, scheiterten. War Schönmann am Ende ein Einflussagent – der EFR, der Eurasier, vielleicht gar der Chinesen? Wer sich so unsichtbar machen kann, der könnte schon einen professionellen Apparat hinter sich haben, der sich dabei auskennt. So war zumindest mein Eindruck. Schon bald sollte sich jedoch zeigen, dass wir alle viel zu kompliziert gedacht hatten.

Knut Thomas brachte Dr. Rantebihl am Tag nach unserem Treffen die Dateien vorbei, die ich mithilfe der Kollegen in Wilsleben organisiert hatte. Er hoffte, Schönmann persönlich kennenlernen zu können, allerdings befand dieser sich zu diesem Zeitpunkt, wie es hieß, in einem vertraulichen Gespräch in dem Büro, das man eigens für ihn im Sheriff's Office eingerichtet hatte, und wollte nicht gestört werden.

Wenige Tage später kam Knut noch einmal ins Büro – diesmal nicht aus dienstlichen Gründen, sondern um Dr. Rantebihl zum Mittagessen abzuholen. Zu seiner Überraschung war das Zimmer, das für Schönmann eingerichtet worden war, komplett leer, und das augenscheinlich nicht nur, weil das Wochenende bevorstand.

„Wir haben unsere Zusammenarbeit mit Woldemar Schönmann mit sofortiger Wirkung beendet", erläuterte Rantebihl noch an Ort und Stelle. Die Entscheidung sei ihm noch auf dem Rückweg von einem zweitägigen internationalen Profilerseminar in Wien mitgeteilt worden, auf das er sich auf Kosten des Sheriffsbüros hatte einladen lassen. Schönmann musste noch am selben Tag alle Unterlagen abholen und den Büroschlüssel zurückgeben.

„Schönmann hatte Pofistal Rittenschober nach dem Dienst zum Tennis nach Gröna eingeladen", erläuterte Rantebihl die Gründe. „Anschließend tranken die beiden in der Kantine noch ein Bier zusammen. Dabei machte er Rittenschober das Angebot, für ein Jahresgehalt von 150.000 Kronen – also etwa das Siebenfache seines derzeitigen Gehalts – in den geheimen Ermittler- und Rechercheverbund zu wechseln, den die ominöse Unternehmensgruppe, die Schönmann beraten will, im Begriff sei, aufzubauen. Rittenschober würde in Wien eingesetzt und die Unternehmensgruppe würde dort sogar ein Haus für ihn und seine Familie zur Verfügung stellen."

„Das ist schon etwas unverschämt", kommentierte Knut Thomas und fragte, ob Rittenschober denn schwach geworden sei.

„Ich hätte es ihm nicht verdenken können", antwortete Rantebihl. „Er erbat sich zuerst Bedenkzeit, wollte mit seiner Familie darüber reden – und ich hätte es sogar verstanden, denn wie oft kommt es denn vor, dass ein Headhunter auf einen zukommt und einem ein solches Angebot unterbreitet?"

„Und wie ging es dann weiter?"

„Auf dem Seminar ging Schönmann in den Pausen auf sein Zimmer und erklärte, er müsse wichtige Gespräche führen. Dann trat er nach dem Mittagessen an Rittenschober heran und erklärte ihm, er könne schon im kommenden Monat anfangen, allerdings verlange die Unternehmensgruppe im Vorfeld eine Art Fähigkeitentest, um zu erkunden, wie er unter Stress arbeite."

„Und was wollten sie?"

„Rittenschober sollte bis zum Mittag des darauffolgenden Tages ein vollständiges Konvolut schreiben über – so war das Thema formuliert – ‚Das Recht in Anhalt, Sachsen, Tschechien, Polen, der Slowakei, Österreich und Ungarn'. Und zwar Versicherungsrecht, Kartellrecht, Verfassungsrecht und Polizeirecht."

„Ok, und was über welchen Bereich genau...?!"

„Eben nichts genau. Nichts Spezifisches. Alles. Schönmann erklärte, dies sei in nur einer Nacht möglich, und er solle sich darauf einrichten, diese am Ende des Seminartages durchzuarbeiten. Er müsse dafür allerdings wohl seinen Schlaf opfern."

„Hat er?"

„Nein. Das war der Augenblick, wo Rittenschober sich verarscht fühlte. Er rief mich noch vom Seminar aus an, schilderte mir den Sachverhalt, und ich teilte Schönmann umgehend mit, dass er seine Unterlagen abholen kann. In diesem Moment war ich mir sicher, dass der Typ ein lupenreiner Hochstapler ist. Ich wies noch eine Mitarbeiterin an, ihm unauffällig nachzufahren, nachdem er das Büro verlassen hatte. Sie folgte seinem Smart bis zu einem unscheinbaren, wenn nicht sogar heruntergekommenen Haus im Dessauer Auenweg. Möglicherweise ist der Typ Notstandshilfeempfänger und wahrscheinlich heißt er nicht einmal Woldemar Schönmann, und er nutzt seine Tagesfreizeit, um sich bei seinen Mitmenschen als erfolgreicher Strippenzieher zu inszenieren. Aber manipulieren kann er, das muss man ihm echt lassen..."

Rantebihl und Rittenschober war es augenscheinlich peinlich, über mehrere Tage hinweg auf den Lügenbaron hereingefallen zu sein. Noch mehr ärgerte sie aber, dass aufgrund des Mummenschanzes möglicherweise wichtige Tage verlorengingen, die Ermittlungserfolge hätten bringen können.

Erich berichtete zum Ende der Woche, dass er ein Videotelefonat mit seinem Vater in Stephenville geführt und sie sich auch über die Ereignisse hier ausgetauscht hätten. Dieser habe die Berichte ein wenig verfolgt und die Mimik und Gestik Schönmanns im Fernsehinterview hätten ihn an etwas erinnert. Nach einigem Nachdenken fiel ihm auch wieder ein, was es gewesen wäre. In seiner Kindheit habe es einen Comedian gegeben, der sogar eine Fernsehserie mit mehreren Staffeln produziert hätte. Sein eigener Vater – also Erichs Großvater – hätte diese mit ihm einige Male angesehen. Schönmann habe diesen Comedian offenbar kopiert, allerdings kenne diesen kaum noch jemand, weshalb auch niemand auf diesen Gedanken gekommen sei.

Auf „Saaletal News" ließ sich der vermeintliche Experte auch nicht mehr blicken. Dass Schönmann nicht mehr als Analyst zur Verfügung stehe, wurde dort damit begründet, dass sich der Sender mit ihm über künftige Gehaltsforderungen nicht einig werden konnte. Dass 700 Jahre nach dem „falschen Woldemar" am Askanischen Hof erneut ein Blender Sicherheitsbehörden und Medien zum Narren halten würde, diesmal in der Eulenspiegelstadt, sollte dann doch unterhalb der Wahrnehmungsschwelle der breiten Öffentlichkeit bleiben.

DER WURSTKÖNIG.

Das jüngste gemeinsame Mittagessen von Knut Thomas mit Rantebihl hatte einen weiteren angenehmen Nebeneffekt nach sich gezogen. Der Sheriff sagte Thomas zu, ihm auch die Berichte zu den Handyauswertungen zukommen zu lassen, die das FBI im Zusammenhang mit den verschwundenen Mädchen vorgenommen hatte.

Leider waren auch diese wenig ergiebig, was aus mehreren Gründen nicht verwunderlich war. Zum einen waren einige bereits gelöscht, weil die Aufbewahrungsfrist für die Dienste abgelaufen war und bei den ersten Fällen die Bundesbehörden noch gar nicht oder nur teilweise eingeschaltet waren.

Die Handys der Verschwundenen wurden entweder zeitnah manipuliert oder blieben im Bereich von zwei Funkzellen – was bei einer Reichweite von 30 oder 40 Kilometern ebenfalls keine Sensation war, denn alle wahrscheinlichen Tatorte lagen innerhalb eines Radius von nicht einmal zehn Kilometern.

Auch was potenzielle Täterhandys anbelangte, war die Analyse nicht aussagekräftig. Dort, wo Nummern zu mehreren Tatzeiten im gleichen Funkzellenbereich oder in einem benachbarten auftauchten, gab es nachvollziehbare Gründe dafür, weil die betreffenden beruflich oder privat entlang der Fernstraße zwischen Bernburg und Können oder in einem der Außenbezirke unterwegs waren.

Außerdem war nicht gesagt, dass der oder die Täter bei der Tatausführung ihre Mobiltelefone überhaupt mit dabei hatten. Das alles brachte die Ermittlungen nicht weiter, sowohl Täter aus dem Umfeld selbst als auch auswärtige Täter mit Helfern in der Gegend konnten Vorkehrungen getroffen haben, um unerkannt zu bleiben. Sollten sich jedoch anderweitige Hinweise ergeben, könnten die Daten in der Zusammenschau damit möglicherweise aber noch Bedeutung erlangen.

Die Polizei hat das verlassene Haus in Baalberge durchsucht. Es wurden Blutspuren gefunden, die offenbar von Suchy stammten. Man hoffte auch auf Tierhaare, Schuhabdrücke, Fingerspuren oder andere Beweismittel, die noch in dem Haus geblieben sein konnten. Allerdings wären die auch erst von Bedeutung, sobald sich Vergleichsabdrücke in Dateien fänden und überhaupt ein klarer Zusammenhang mit der Tat hergestellt werden könnte. Nach Jahrzehnten, in denen das Haus leer stand und alle erdenklichen „Gäste" sich dort unerlaubt Zutritt verschafft hatten, waren jede Menge von Spuren zu erwarten, die nichts mit dem Fall zu tun hatten. Das Phone des Mordopfers war nicht mehr am Tatort, und es wurde auch anderswo noch nicht gefunden.

Der Schuljahresabschluss im Freibad, den Kyra und Erich nutzen wollten, um mit einigen Familien ins Gespräch zu kommen und mögliche weitere Gemeinsamkeiten zwischen den Verschwundenen und ihren Mitschülern zu erkunden, brachte auch kaum neue Erkenntnisse. Zu allem Überfluss zog im Laufe des Nachmittags ein heftiges Gewitter auf, das zum vorzeitigen Ende der Veranstaltung führte.

Mittlerweile waren die Sommerferien angebrochen, und eine Reihe von Kindern und Jugendlichen, die zur potenziellen Zielgruppe des oder der Verantwortlichen gehörten, waren verreist. Andererseits war das Täterverhalten unberechenbar, und sie konnten auch in den Ferien jederzeit zuschlagen.

Erich musste in den ersten zehn Tagen der Ferien ohne Serpentina auskommen, weil Kurt Wagner sie, während er selbst auf einer orthodoxen Gemeindefortbildung in Archangelsk weilte, in ein Mädchenfußball-Trainingslager nach Leipzig geschickt hatte. Zwar hätte sich Serpentina mit ihren fast 18 Jahren auch problemlos selbst oder notfalls mithilfe der Großtante aus Trinum im Haus in der Weinertsiedlung versorgen können. Der Gedanke, dass Erich und sie in diesem Fall einander etwas zu schnell zu nahe kommen könnten, veranlasste Kurt, obwohl er kein grundsätzlicher Gegner früher Familiengründungen ist, jedoch gegen ihren Protest, sie für diese Zeit ebenfalls wegzuschicken. Im Gegenzug sagte er ihr zu, am Samstag nach ihrer Heimkehr die nächste Grillparty im eigenen Garten auszurichten. Kurt mochte Erich, deshalb hatte er auch kein Problem damit, dass auch seine Tochter an dem fast zehn Jahre älteren Nachbarn Gefallen gefunden hatte. Dennoch handelte er, was die Einhaltung orthodoxer Moralvorstellungen durch seine Tochter anbelangte, nach dem Grundsatz „Vertrauen ist gut, Kontrolle ist besser".

Für mich war das eine mehr als glückliche Fügung, denn an dem Wochenende, an dem Serpentina weg war, sollte Erich seine Erkundungsmission im Kulturhaus Bebitz starten. Bei einem gepflegten Weizenbier in meinem Garten am Pool hatte ich mit ihm mögliche Vorgehensweisen und Strategien erörtert. Er würde wie gehabt seine versteckte Kamera im Hemdknopf mitführen, und ich könnte auf diese Weise die Szenerie mitverfolgen, notfalls Screenshots anfertigen und dann in weiterer Folge versuchen, Besucher zu identifizieren. Da Serpentina in jener Zeit kaserniert wäre, müsste ich auch kein Verpassen der Smartwatch-Aktivierung befürchten, bevor es losgeht.

Zur Tarnung sollte er auch seine Aktentasche mitnehmen – mit Geschäftsunterlagen, Visitenkarten, Katalogen und anderen Dokumenten mit drin. Uns beiden war klar, dass das kein wirklicher Kulturverein war und das Publikum dort mit Kultur auch wenig am Hut hatte. Es sollte aber so wirken, als wäre Erich naiv genug, tatsächlich über Publikumsevents oder Kunstausstellungen reden zu wollen.

Am Samstagabend parkte Erich seinen Wagen dann vor dem verfallenen Bahnhofsgebäude und lief die etwa 150 Meter bis zum Kulturhaus zu Fuß. Das erlaubte ihm auch, die Smartwatch zu aktivieren und mit ihr die Kamera und meinen Stream. Meine größte Sorge zu diesem Zeitpunkt war, dass dieser auch halten würde und keine Störfaktoren in den Räumlichkeiten ihn unterbinden würden.

Schon, als Erich das Gebäude betrat, beschlich mich bald ein ungutes Gefühl. Von hinter dem Tresen der Bar wurde er trotz eines freundlichen „Guten Abend" seinerseits von einem grimmig dreinblickenden, kahlköpfigen Gorilla gemustert. Er trat an diesen heran, bestellte eine Virgin Colada und stellte sich vor.

„Erich Bruckner mein Name, ich bin seit April hier im County als Kunstagent tätig und habe erfahren, dass hier dieses Kulturhaus besteht. Wäre es möglich, mal kurz mit dem Inhaber zu plaudern."

„Hör mal, Junge, Virgin gibt's hier nix und der Chef ist im Wahlkampf", blaffte ihn der Barkeeper an. „Ohne Termin gibt's nicht einmal eine Visitenkarte."

„Das tut mir leid, wann könnte ich denn dann wiederkommen…?"

„Am besten ist, du machst hier auf Nimmerwiedersehen die Flie…", hub der Gorilla an, zu sagen, da wurde er von einem jungen Mann unterbrochen, der etwa in Erichs Alter sein musste, gerade um die Ecke kam und in Schlips und Anzug unterwegs war.

„Jürgen, sei höflich zu unseren Gästen", meinte er in Richtung des Barkeepers. Anschließend wandte er sich Erich zu und schüttelte ihm die Hand. „Gestatten, Manuel Weidemann mein Name. Ich führe sozusagen die Geschäfte, wenn unser Chef, Herr Steinbichler, nicht im Haus ist."

„Angenehm, Erich Bruckner, ich bin…"

„Ich habe eben mitgehört, und ich kann mich erinnern, im Lokalfernsehen mal etwas über eine Vernissage gesehen zu haben. Frau Kováč von der Schulverwaltung war dort auch zu sehen und ja, ich kann mich erinnern, dass in dem Beitrag auch die Rede war von einem Amerikaner mit anhaltischen Wurzeln, der in die alte Heimat zurückgekehrt ist, um eine Kunstagentur zu führen. Ein interessantes Vorhaben, willkommen im Salzland, bitte setzen Sie sich doch..."

Der ausgesucht freundliche Schlipsträger führte Erich an einen größeren Tisch, nicht ohne zuvor dem Barkeeper Bescheid gegeben zu haben: „Jürgen, der Herr ist heute mein Gast. Bring uns zwei Virgin Caipirinhas, und bereite das Abendprogramm vor."

Ich war in meinem Studio zu Hause überrascht – nicht nur, weil ein so großer Kontrast zwischen dem Empfang durch den Barkeeper und jenem des Schlipsträgers zu bemerken war. Dass er gleich die Rede auf den Abend mit Kyra richtete und von einem „Abendprogramm" sprach, war mir jedoch schin ziemlich suspekt. Ebenso wie die Runen und hakenkreuzähnlichen Symbole, die, wie immer deutlicher erkennbar wurde, auf den Holztafeln an der Wand zu sehen waren. Was auf den Schwarz-Weiß-Fotos war, die dort ebenfalls hingen, war für mich via Stream nicht gut erkennbar, aber vielleicht wollte ich das auch gar nicht wissen.

Ich hatte den Namen Manuel Weidemann irgendwo schon einmal gehört, eine kurze Recherche auf Vistasearch wies ihn als rechte Hand Steinbichlers aus: als Stadtratskandidat knapp den Einzug verpasst, offiziell im Wahlkreisbüro als Mitarbeiter beschäftigt, hält internationale Kontakte zu radikalen Nationalisten mehrerer Länder in- und außerhalb Europas.

„Was kann ich für Sie tun, Herr Brückner?", fragte Weidemann, der sich Erich gegenüber platziert hatte und sich bei der Gelegenheit seinen Aktenkoffer bringen ließ.

„Bruckner..."

„Sorry..."

„Kein Thema... nun, als Kunstagent möchte ich meine Kontakte im Kulturbereich hier in der Region weiter ausbauen und das in alle Bevölkerungsgruppen und alle Richtungen der historischen Gegenwartskunst. Von Ihrem Kulturhaus habe ich erst vor wenigen

Tagen erfahren und ich habe ehrlich gesagt überhaupt kein Bild von Ihrem Tätigkeitsprofil. Deshalb wollte ich die Gelegenheit nutzen, um Sie mal kennenzulernen und mit Ihnen über mögliche Formen der Kooperation zu sprechen."

Ich saß zu Hause vor dem Rechner und schüttelte den Kopf, während der Stream weiterlief. Erich sollte naiv wirken, aber von der Existenz des „Kulturhauses" erst vor Tagen zufällig erfahren zu haben – das würde ihm keiner abnehmen, fürchtete ich. Immerhin war es in allen Nachrichten, dass von dort aus der Mob Anfang April in Richtung Roma-Siedlung gezogen war. Allerdings hoffte ich, dass er sich mit seiner Zeitangabe gerettet hätte, als er zu Beginn erklärt hatte, seit April hier zu sein. Theoretisch könnte er da im Umzugsstress etwas von den Nachrichten verpasst haben.

„Ich freue mich, dass Sie uns hier so unvoreingenommen begegnen, das macht hier nicht jeder, weil wir es doch, und dazu stehe ich auch, bedauern, dass Deutschland in seiner alten Form nicht mehr existiert; und Europa ist für uns auch etwas anderes als EFR und MiK", antwortete Weidemann. „Ich habe aber auch einige gute Kontakte in die USA und in die dortige Kulturszene…"

Anschließend zählte er einige „weiß-nationalistische" Autoren, NSBM-Bands und andere Künstler von dort aus diesem Spektrum auf, die Erich wahrscheinlich tatsächlich kein Begriff waren.

„Mir ist, als wäre mir der eine oder andere Name einmal untergekommen, aber so richtig was zu tun hatte ich damit noch nicht", erklärte er.

„Verwundert mich nicht, sind wirkliche Geheimtipps, die noch nicht im Mainstream angekommen sind", fuhr Weidemann fort. „Ich stell sie Ihnen gerne bei Gelegenheit vor. Hier im Haus machen wir auch hin und wieder Konzerte von Nachwuchsbands."

Um welche es sich dabei handelte, konnte man unschwer aus dem Gesamtzusammenhang schlussfolgern.

„Malerei und Grafiken stellen Sie auch aus?"

„Bisher noch nicht…"

„Ich frage deshalb, weil das mein Arbeitsschwerpunkt ist. Ein Bild ist ja auch schneller an ein Zielpublikum in Amerika geschickt als ein Konzert inklusive einer Band von dort hier organisiert..."

Chapeau, Erich, dachte ich... der Junge hält sich besser als erwartet. Ich hatte insbesondere nach dem Empfang so meine Ängste, dass er Nerven zeigen könnte. Bisher aber noch keine Spur davon. Das sollte sich jedoch schon bald schlagartig ändern.

„Was nicht ist, kann ja noch werden...", sagte Weidemann. „Allerdings trifft es sich gut, dass Sie da sind, denn wir können Sie gut gebrauchen als einen vom Fach."

Auch ich begann mich verwundert zu fragen, was jetzt kommen könnte. Die Kamera wies plötzlich in Richtung Eingangstüre, und es war zu sehen, wie Jürgen, der Barkeeper, diese versperrte und den Schlüssel abzog. Da beschlich mich zum ersten Mal an diesem Abend ein so richtig mieses Gefühl.

Wenig später nahmen Jürgen und ein weiterer stämmiger, aber langhaariger Gorilla mit Erich und Weidemann zusammen am Tisch Platz. Der Langhaarige erklärte in weiterer Folge, wie Erich seinen Namen dafür hergeben solle, Scheinveranstaltungen zu organisieren – also Vernissagen, Ausstellungen oder ähnliches behördlich anzuzeigen, Pressemitteilungen zu verfassen, und notfalls auch Privatgutachten zu verfassen. Die Veranstaltungen würden zu keiner Zeit real stattfinden, aber es so darzustellen, als wäre dies der Fall gewesen, solle helfen, zusätzliche Fördermittel und Subventionen für den Verein zu lukrieren, der hinter dem „Kulturhaus" stehe.

„Also eigentlich würde ich es bevorzugen, reale Events durchzuführen, ich könnte da bestimmt auch was Gewinnbringendes organisieren... vielleicht sogar was Klassisches, Altdeutsches, mit passgenauer Zielgruppenansprache...", erwiderte Erich spürbar verlegen auf die Darlegungen des Unbekannten.

„Was du bevorzugen würdest, interessiert niemanden", kläffte Jürgen zurück. „Kein Mensch interessiert sich hier für Kultur, wir wollen Kohle sehen, und du wirst uns dazu verhelfen, kapiert...?!"

„Also ich denke, da gibt es in Ihrem Bekanntenkreis bestimmt geeignetere..."

„Wir wollen aber dich dafür", beharrte Weidemann. „Unseren Bekanntenkreis kennt hier jeder, und es würden Leute nachforschen und dumme Fragen stellen. Du aber bist ein unbeschriebenes Blatt und keiner würde irgendeinen Verdacht schöpfen. Eine kleine Gewinnbeteiligung gibt's natürlich auch für dich... Jürgen, hol uns noch einen Drink, aber diesmal was Richtiges."

Mit einem Mal war Erich in der Defensive und versuchte, aus der Nummer herauszukommen.

„Gut, ich werde es mir wirklich überlegen, verlockend klingt es ja. Trotzdem würde ich jetzt langsam erst mal wieder nach Hause fahren, um darüber mal zu schlafen..."

„Aber der Abend fängt doch gerade erst an, mein Guter", meinte der Langhaarige mit drohendem Unterton. Auf sein Fingerschnippen hin kamen zwei leicht bekleidete Frauen aus dem Nebenzimmer und nahmen zielsicher zur Linken und zur Rechten Erichs Platz.

„Wirklich, Leute, ich bin müde, ich habe heute den ganzen Tag Buchhaltung..."

„Du bist heute mein Gast, das sagte ich doch", ergriff Weidemann grinsend das Wort. „Auch Erika und Cindy gehen heute aufs Haus. Sie gefallen dir doch, oder?"

„Ich habe eine Freundin, danke... und die würde auch gerne heute noch mal anrufen. Deshalb muss ich jetzt auch wirklich los."

Unterdessen hatte Jürgen einen weiteren Cocktail gebracht, und während Erich sich bemühte, die Zudringlichkeiten einer der Prostituierten abzuwehren, begann die andere, seine Arme festzuhalten. Schon bald beteiligten sich auch die übrigen Anwesenden, während Erich sich immer heftiger wehrte. Als es der Gruppe gelungen war, Erichs Arme und Beine unter Kontrolle zu bekommen, flößte einer der Gorillas ihm den Cocktail ein.

„Wann du hier rauskommst, und ob überhaupt, entscheiden wir. Du glaubst wohl, wir können uns an die Visage nicht erinnern", brüllte

Jürgen Erich an, dessen Bewegungen schon bald unkoordinierter erschienen und dem mit dem Drink offenbar irgendeine bewusstseinsverändernde Substanz eingeflößt wurde. „Deine Freundin ist bestimmt die Zigeunerschlampe Kováč. Der haben wir vor ein paar Tagen erst gezeigt, dass sie hier im Viertel nichts zu suchen hat. Die hätte dir mal besser Bescheid sagen sollen, wer weiß, was sie noch vor dir verbirgt?"

„Der werden wir jetzt eine nette Überraschung bereiten", kündigte der langhaarige Gorilla an, „mal sehen, wie sie die Freizeitaktivitäten ihres Freundes so findet… Erika, Cindy, macht das Zimmer schon mal zurecht!"

Irgendjemand versuchte offenbar, Erich das Hemd auszuziehen. Eine der Prostituierten machte sich derweil an der Smartwatch zu schaffen. Ich schoss einen Screenshot nach dem anderen und überlegte, wie ich die Situation für ihn jetzt retten könnte. Wie es aussah, wollten sie ihn entkleiden und kompromittierende Fotos zusammen mit den Prostituierten anfertigen. Sie hielten ja fälschlicherweise Kyra für seine Freundin.

Ich konnte um keinen Preis selbst die Polizei verständigen, sonst wäre wahrscheinlich aufgeflogen, dass Erich im Rahmen eines überwachten Auftrags dort war. Ich konnte zudem schon bald nicht mehr über den Stream verfolgen, was weiter geschah. Erichs Hemd mit der Kamera lag auf dem Boden, immerhin schienen sie sich dafür nicht zu interessieren. Und von der Smartwatch selbst hatten sie nicht viel Nutzen, die meisten Funktionen mussten ja durch einen Code aktiviert werden. Und da sie Erich ja offenbar mit ihrem Drink schachmatt gesetzt hatten, schied vorerst auch die Option aus, diesen aus ihm rauszuprügeln. Aber sollte jemand auf die Idee kommen, diese an Leute zu verkaufen, die in der Lage wären, solche zu knacken, wäre dies höchst unvorteilhaft – abgesehen davon wollte ich nicht schon wieder neues Equipment anfordern müssen.

Bald schon brach die Übertragung ab, weil der Sicherheitsmechanismus so programmiert war, dass ein automatischer

Abbruch erfolgt, sobald die Watch mehr als zehn Meter von der Kamera im Hemdknopf entfernt würde – erst eine Reaktivierung mit Fingerprint und Codeeingabe würde die Aufnahme und den Stream wieder in Gang setzen.

In diesem Augenblick kam mir aber eine Idee zur möglichen Schadensbegrenzung. Ich hatte ja noch einen verschlüsselten Zugang zu einem Caller-ID-Spoofing-Kanal, den Kollegen vom Militärgeheimdienst gerne nutzen, wenn ein Telefongespräch mit Personen geführt werden soll, die sich in fremdem oder feindlichem Territorium befinden. Praktischerweise bot der neben dem Kapern der Rufnummer auch die Möglichkeit, die eigene Stimme zu verzerren. Sollte Rantebihl sich die Mühe machen, dem Call nachzugehen, den ich zu tätigen im Begriff war, würde ich mir einen Weg einfallen lassen müssen, das informell zu bereinigen. Jetzt war aber Hilfe für Erich angesagt.

Ich suchte mir zum Spoofen die Rufnummer eines Anwohners auf der gegenüberliegenden Seite des Bebitzer Bahnhofs heraus – am liebsten hätte ich Heubacher genommen, um Unruhe unter den Steinbichler-Freunden zu stiften, aber auch das wäre potenziell auffällig gewesen. Deshalb musste ein Unbekannter herhalten.

Es klingelte zwei Mal, dann meldete sich die Journalbeamtin.

„Sheriffsbüro Salzland, was kann ich für Sie tun?"

„Guten Abend, Fröhn, Landstraße gegenüber vom Bebitzer Bahnhof… bitte schicken Sie zeitnah jemanden vorbei, ich habe gerade einen versuchten Einbruch beobachtet."

„Sagen Sie mir bitte, was passiert ist?"

„Gegenüber am Bahnhofsgebäude machte sich jemand an einem dort abgestellten Wagen zu schaffen. Als ich das Fenster öffnete, um hinunterzurufen, rannte die Person weg in Richtung Kulturhaus."

„Können Sie den Täter beschreiben?"

„Es war schon recht dunkel und die Landstraße ist dazwischen, aber er war groß, stämmig und hatte ungepflegte lange Haare. Hier in der Nähe wohnt jemand, der ähnlich aussieht, ich bin mir aber nicht sicher, ob es der war. Möglicherweise ist der Täter noch in der Siedlung oder im Kulturhaus."

„Vielen Dank, wir werden uns darum kümmern."

Damit hatte ich mein Möglichstes getan, um Erich aus der Schusslinie zu bringen. Polizeipräsenz im Viertel und möglicherweise auch am Kulturhaus selbst würde die Strolche stören und was immer sie mit ihm vorhatten, sie mussten nun umplanen.

Ich konnte jetzt nur noch meine Screenshots und Mitschnitte gruppieren, mir einen Long Drink im Garten gönnen, dazu meinen Countrystream hören und warten, bis mir irgendjemand zuträgt, wo Erich abgeblieben wäre. Wenn Serpentina von der ganzen Aktion erführe, könnte ich mich bei Wagners nicht mehr blicken lassen. Auch deshalb hatte ich ihm eingebläut, kein Wort über unsere Tätigkeit zu ihr zu verlieren.

Es dauerte bis zum späteren Sonntagvormittag, ehe Knut Thomas mich anrief, als ich gerade in meinem Arbeitszimmer ein Systemupdate durchführte. Er setzte mich darüber in Kenntnis, dass ein Hundebesitzer in den frühen Morgenstunden Erich nur mit Unterhose bekleidet und in nicht ansprechbarem Zustand in einer Gondel des Riesenrades auffand, das nahe dem Stadion in Baalberge für das Sommerfest aufgebaut war, das ebenfalls an jenem Wochenende stattfand.

Er sei zur Kontrolle ins Krankenhaus gebracht worden, wo er noch bis Montag zur Beobachtung bleiben sollte.

„Wie hast du davon erfahren?", fragte ich Knut.

„Oberarzt Rosenbaum hat mich angerufen und darum gebeten, ins Klinikum zu kommen. Er ist bei Chabad und wir kennen einander von den Noachidischen Gesprächsrunden. Er hatte sich Erichs Gesicht gemerkt vom letzten Mal – und dass er mit mir dort gewesen war. Gut, dass das auf diesem Wege geklärt werden konnte. Ich werde ihn heute Nachmittag besuchen. Noch kann er sich nicht an alles erinnern."

„Ist eine toxikologische Untersuchung veranlasst worden?"

„Ja, und es deutet viel darauf hin, dass ihm etwas verabreicht worden ist. Es wäre wohl besser, die Polizei aus der Sache herauszuhalten."

„Sehe ich auch so, ich denke, das weiß er aber auch. Wenn das Krankenhaus Anzeige erstatten sollte, ist sie ohnehin von Amts wegen dran. Dann muss er eben sagen, jemand hätte ihn auf dem Sommerfest abgefüllt. Bei mehr als 1000 Gästen an zwei Tagen kann das ja schnell mal einer gemacht haben. Grüße ihn von mir und sag ihm, ich bin stolz auf ihn, er ist so smart aufgetreten gestern... Am kommenden Donnerstagabend können wir bei mir ja noch einmal den ganzen Einsatz nachbesprechen."

„Geht klar."

Tatsächlich stand Erich schon am Dienstag bei mir auf der Matte. Man habe bei ihm ein Präparat sichergestellt, das erst in den vergangenen Jahren entwickelt worden sei und das die Wirkung von K.o.-Tropfen noch weiter perfektioniere.

Er könne sich nach wie vor nicht mehr an alles erinnern und wolle mehrere mögliche Gelegenheiten angeben, wo er das Präparat erwischt haben könnte. Möglicherweise habe er sogar ein falsches Glas erwischt, wolle er zudem aussagen. Er machte mir auch keine Vorwürfe, ich hätte nicht mehr für ihn getan. Allerdings waren wir uns auch beide darüber einig, dass wir einen Weg finden müssten, die Smartwatch, das Hemd mit der versteckten Kamera und nach Möglichkeit auch den Aktenkoffer zurückzuerlangen. Die Hose wäre nicht mehr so wichtig, da Erich keine Ausweisdokumente und kein Bargeld mitgenommen hatte.

Den Wagen, der noch am Bahnhof abgestellt war, hatte Knut Thomas mithilfe eines Zweitschlüssels am Tag nach dem Vorfall abgeholt, der für Notfälle in seinem Gewahrsam verblieben war. Er transportierte ihn in die Werkstätte, um das Schloss auswechseln zu lassen. Offenbar war die Truppe aus dem „Kulturhaus" noch nicht auf die Idee gekommen, ihn sich anzueignen oder zu durchsuchen.

Knut und seine Koordinationsfähigkeiten und Kontakte brauchte ich jedoch auch, um die Utensilien zurückzubekommen. Immerhin hatte er ja Kontakte in alle Richtungen und wusste, wen er in diesem Zusammenhang ansprechen sollte. Schon am darauffolgenden Samstag sollte es so weit sein.

Mustafa Şentürk, einer unserer langjährigsten und verlässlichsten Informanten aus Strenzfeld, hatte drei Kumpels mobilisieren können – Murat Öztürk, Selim Yılmaz und Yunus Karataş aus einem überregionalen Motorradklub, die gerne ein wenig Spaß hatten und sich ein paar Kronen dazuverdienen wollten. Knut und Erich organisierten mit ihnen ein Briefing, zwei Tage lang kurvten die Biker in der Gegend umher und spionierten unauffällig die Gewohnheiten von Manuel Weidemann aus.

Am Samstagnachmittag, als es in der Siedlung ruhig war und Weidemann offenbar der einzige anwesende Zeichnungsberechtigte im Kulturhaus war, klingelte Murat in der Uniform eines Möbelhauses an der Tür und gab vor, eine größere Bestellung für einen Herrn Ansgar Steinbichler zu liefern. Er bat Manuel, zur Überprüfung der Richtigkeit und Vollständigkeit zum Wagen mitzukommen.

Da diesem offenbar nichts von einer Bestellung bekannt war, tat er dies bereitwillig. Er sah zu spät, dass hinter den aufgeklappten Hintertüren des Lieferwagens bereits Murats zwei Kumpels lauerten. Diese sprangen, als der vermeintliche Lieferungsempfänger nahe genug am Wagen war, blitzschnell hervor, hielten ihn fest, betäubten ihn mit einem Chloroformlappen, stülpten ihm einen Jutesack über den Kopf und stießen ihn in den Lieferwagen, der umgehend mit quietschenden Rädern davonraste.

Als Manuel wieder erwachte, saß er an einen Stuhl gefesselt in einem Kühlraum, in dem sich allerlei Lebensmittel, unter anderem gefrorene Dönerspieße, befanden. Vor ihm standen drei Personen, alle maskiert, einer von ihnen begann mit ihm zu sprechen.

„Guten Morgen, Meister... oder ist es Abend? Oder zwei Uhr? Oder was auch immer... irgendwo auf der Welt ist es fünf Uhr abends, sang der gute alte Jimmy Buffett..."

„Wo verdammt bin ich? Lasst mich hier sofort raus, ihr Penner. Ihr wisst offenbar nicht, mit wem ihr es zu tun habt."

„Das tut alles nichts zur Sache", antwortete ihm der Redselige unter den drei Personen mit breitem südländischem Akzent, pflanzte sich vor ihm auf und zeigte mit beiden Zeigefingern und wild gestikulierend auf sein T-Shirt.

„Was steht hier drauf?"

„Abe Froman – Sausage King of Chicago, du Depp. Was soll das überhaupt?"

„Richtig. Der Wurstkönig von Chicago. Aber weißt du was?! Das ist alles Käse. Der wahre Wurstkönig von Chicago..."

„Das interessiert mich nicht, lass mich verdammt noch mal hier raus...", brüllte Weidemann. Dabei bewegte er sich auf dem Stuhl so heftig, dass dieser umstürzte und er seitwärts auf dem Boden zu liegen kam.

„Doch, doch, doch, das interessiert dich", erzählte der Mann im Abe-Froman-T-Shirt weiter, während er sich zu Weidemann hinunterbeugte. „Der wahre Wurstkönig von Chicago war nämlich – ein Deutscher. Er hieß sogar Adolph, allerdings mit ‚ph' geschrieben, nicht mit ‚f', wie euer Vorbild."

„Willst du mir jetzt einen Geschichte-Vortrag halten, du Arsch? Lass mich raus hier!"

„Adolph Lütgert war ein gefeierter, erfolgreicher Mann", erzählte der Maskierte weiter. „Zumindest für lange Zeit. Dann verschwand irgendwann seine Frau, und nie wieder hat sie jemand gesehen."

„Willst du mich hier verarschen oder was?! Warte, bis ich hier rauskomme, du dreckiger Kanake..."

„Nun, das mit dem Herauskommen ist ein gutes Stichwort, denn bis heute weiß niemand, wie und vor allem in welchem Zustand die Frau von Adolph Lütgert zum letzten Mal aus der Wurstfabrik gekommen ist. In einem Ofen fand man nur Wurstabfälle, zwei Ringe – und Knochenteile. Menschliche Knochenteile. Sag mal, denkst du, die Menschen wissen immer, was in diesen Dönerspießen hier drin ist, oder stellen sich überhaupt die Frage?"

„Bist du verrückt, du krankes Schwein?!"

„Nun, ich will mit dir hier nicht erörtern, wie viele dumme kleine Nazis oder Wichtigtuer hier schon kleinteilig den Raum verlassen haben... aber ich kann dir einen sicheren Weg zeigen, um nicht dazuzugehören."

„Was willst du von mir, du Penner?"

Der Gesprächige lässt sich von einem seiner Begleiter ein Smartphone reichen. Er wusste nicht, dass es eines meiner Inkognito-Phones war, die auf irgendwelche Fantasienamen und Adressen von Heuschobern in der Tatra angemeldet waren. Er spielt ihm Audiotonspuren von Erichs Aufenthalt vor.

„Ein paar Freunde von uns haben auch Bilder davon, sogar du bist darauf zu sehen. Die Location ist auch gut zu erkennen. Fassen wir mal zusammen: Subventionsbetrug, Prostitution, Nötigung, Verstöße gegen das Betäubungsmittelgesetz, Freiheitsberaubung, Raub... Habe ich was vergessen? Egal. Stell dir mal vor, es sind nur noch etwas mehr als zweieinhalb Monate bis zur Wahl und die Polizei oder – noch schlimmer – die Presse kriegt davon Wind. Ansgar Steinbichlers rechte Hand involviert, sein Lokal, sein Verein. Am gleichen Tag noch würde euer Freund seinen Rücktritt von der Kandidatur und von allen Ämtern erklären müssen und mit Schimpf und Schande aus der Gegend verschwinden."

„Wer seid ihr? Staatsschutz? Wir lassen uns nicht fertigmachen von euch. Ich lass euch auffliegen."

„Das glaube ich nicht. Aber wir sind faire Sportsmänner. Steinbichler und euer dummer Nazitrupp sollen in Ruhe ihren Wahlkampf abhalten, hohe Summen reinstecken und sich dann auf dem ganz herkömmlichen Weg eine blutige Nase am Wahlabend holen. Und eure ganzen illegalen Machenschaften, die soll die Polizei ausermitteln, ist ja auch ihr Job. Aber wir wollen etwas zurück, was uns gehört, und du wirst schön brav dafür sorgen, dass wir das von euch bekommen."

„Was wollt ihr?"

„Nun, ihr habt unserem Bekannten vor einer Woche ziemlich übel mitgespielt. Und ihr habt ihm auch noch eine Uhr, Kleidung und eine Tasche gestohlen, vielleicht auch noch mehr, ihr wisst ja selbst am besten, was ihr getan habt. Bis Montagmittag ist alles an der Verkaufstheke des Café Nico in der Breiten Straße abgegeben worden, dann bleibt das Material, das wir über euren Laden haben, weiter unter Verschluss. Wenn nicht, hat es am Montagabend Salzland TV und euer Hetzerkönig kann sich schon mal einen Fluchtweg in die EFR überlegen – oder nach China."

Weidemann war offenbar erleichtert, dass es bloß um das ging. Er beruhigte sich und stimmte zu, sich um die Angelegenheit zu kümmern. Er verlangte jedoch nach wie vor, auf der Stelle freigelassen zu werden.

„Übrigens bist du heute unser Gast, und die Drinks gehen auf uns… und es ist kalt hier", sagte der Mann mit dem Wurstkönig-T-Shirt und stellte den Stuhl mit Weidemann wieder auf. Dann holten seine Begleiter eine Flasche Raki und begannen, Weidemann diesen gegen seinen verzweifelten Widerstand einzuflößen.

Als er offenbar weggetreten war, bekam er wieder den Jutebeutel über den Kopf gestülpt. Am Ende wurde er am Rande des Feldwegs zwischen Kustrena und Bebitz abgesetzt und an einen Baum gebunden, wo ihn früher oder später jemand finden würde – oder er nach einer gewissen Zeit der Ausnüchterung in der Lage wäre, sich selbst zu befreien.

Erich war in all der Zeit weit weg von dem Geschehen. Am frühen Donnerstagmorgen waren die Wagners wieder zurückgekehrt, und auf Druck Serpentinas bat Kurt Erich darum, gemeinsam mit ihr für den Grillabend einzukaufen, den die Rückkehrer für den Samstag angekündigt hatten – an dem zeitgleich Manuel Weidemann eine Begegnung der unangenehmeren Art haben sollte.

Das Schloss und die neuen Schlüssel für Erichs Octavia waren am Mittwoch fertig geworden. Alle anderen Spuren des vergangenen Wochenendes waren verflogen und Erich war wieder komplett auf den Beinen, sodass Serpentina gar nicht erst mitbekam, dass irgendetwas nicht in Ordnung war.

Zumindest dachten wir das. Tatsächlich hatte sie Erich zwischen Samstagabend und Sonntagmorgen aus ihrem Fußballcamp mehrere Nachrichten geschrieben, unter anderem am Samstagabend ungefähr um die Zeit, da Erich gerade abgefüllt wurde. Sie schrieb, dass sie eine Ahnung beschlichen hätte, Erich könnte in Gefahr stecken. Während des gesamten folgenden Tages habe sie unkonzentriert gespielt und sei vorzeitig vom Feld genommen worden.

Als Erich wieder so weit auf den Beinen war, dass er wieder klar denken konnte, erzählte er ihr von einem Sonnenstich, den er beim Tennisspielen erlitten hätte, und dass er deshalb vorsorglich zur Beobachtung ins Krankenhaus gebracht worden sei, ohne dass er noch Gelegenheit gehabt hätte, sein Smartphone mitzunehmen. Ob Serpentina ihm das geglaubt hat, ist ungewiss. Die Ausrede erschien mir allerdings als originell genug, um ihm notfalls diesbezüglich ein Alibi zu geben.

Zu der Grillparty hatten sich wieder die üblichen Verdächtigen eingefunden, auch aus der Nachbarschaft. Diesmal ließ sich sogar Götzenberger aus welchen Gründen auch immer dazu breitschlagen, zu erscheinen, und war dabei für seine Verhältnisse auch noch freundlich. Er hing meistens mit Clement aka Gert Krämer zusammen, der sich bei ihm über den schlechten Zustand des Stadionrasens in Könnern beklagte, dem gegenüber die Bernburger Plätze, die er betreute, vernünftig vorgesorgt hätten, um Hitzeschäden vorzubeugen. Götzenberger wiederum prahlte mit seinen jüngsten Siegen bei Kegelturnieren der Senioren.

Kurt unterrichtete die Runde seiner Gäste über seine Zeit in Russland und über die Impulse, die er aus dem Seminar und den Tagen im Kloster mitgenommen hatte. Für die darauffolgende Woche sei sogar bereits ein Vortragsabend in der Gemeinde geplant. Einige aus dieser waren bereits am Samstag gekommen.

Ich begab mich nach einigem Smalltalk wieder in meinen gewohnten Liegestuhl, um dem Sonnenuntergang zuzusehen und einigen Gesprächen zu lauschen in der Hoffnung, es möge sich Interessantes darunter befinden. Knut Thomas und Kyra amüsierten sich mit Elena Ryschkowa, die diesmal mit ihren Eltern hergekommen war, beim „Activity".

Auch die Koppers ließen sich kurz sehen, sogar der eigenartige Sohn der Familie begrüßte die Gäste und leerte zwei Biere, ehe er sich wieder zurück in sein Zimmer im Nachbarhaus begab. Die Geißreiters waren zum gefühlt ersten Mal dabei, was daran gelegen haben konnte, dass die Schwiegermutter von Wilhelm junior gekommen war und die Teilnahme an der Grillfete der Wagners für ihn eine Gelegenheit bot, mit dieser weniger Zeit verbringen zu müssen. Die Gute fiel mir in erster Linie dadurch auf, dass sie in erheblichem Maße dem Alkohol zusprach und ihr Gebaren dann sehr laut und extrovertiert wurde.

Insgesamt war es ein wirklich netter und gepflegter Abend im großen Garten der Wagners und auf der rustikal gepflasterten Sitzterrasse. Es wurde auch wenig über die traumatischen Ereignisse der letzten Monate im County gesprochen. Viel mehr über die eigenen Familien, Urlaubspläne, Bildungsziele der Kinder, Haustiere oder Fußballergebnisse. Wenn Kurt Wagner nicht gerade mit seinen Erzählungen von der Zeit in Russland beschäftigt war, sprach er vom bevorstehenden Derby der Frauenfußballteams aus Baalberge und Könnern, oder von Serpentina, die seit einigen Monaten mit ihm zusammen „Fahren mit 17" lernt und in wenigen Tagen ihre Fahrprüfung absolvieren will, nachdem sie sich ihre Lernunterlagen auch ins Trainingslager mitgenommen hatte. Insgesamt bot dieser Abend etwas von jener Normalität, für die man in den Ländern der späteren MiK ein erhebliches Risiko auf sich genommen hatte. Für Erich hielt der Samstagabend dennoch – erneut – eine sehr eigenartige

Begebenheit bereit, wie er am Rande unseres nächsten Gruppentreffens Kyra anvertrauen sollte.

Es war schon dunkel geworden, das Grillen war beendet, das Geschirr im Spüler verstaut, die noch anwesenden Gäste versorgten sich selbst mit Snacks und Getränken, Kurt ließ zur musikalischen Untermalung seine 2000s-Country-Playlist laufen und das bedeutete auch für Erich und Serpentina, die über den gesamten Abend hinweg den Küchendienst übernommen hatten, dass der offizielle Teil nun beendet war und sie den Abend für sich hatten.

Ein gemeinsamer Spaziergang durch die Siedlung unter dem sommerlichen Nachthimmel war da eine naheliegende Option. Ich gönnte ihnen den von Herzen – vor allem nach dem, was Erich genau eine Woche zuvor durchmachen musste.

Irgendwann kam er dabei auf den Gedanken, ihr sein Haus zu zeigen und sie durch alle Räumlichkeiten zu führen vom Keller, wo jede Menge alter Gläser und Töpfe und zum Teil noch eingemachte Marmeladen lagerten, die vor 20 oder 30 Jahren zubereitet worden waren, bis zum Dach.

Sie hatten nicht vor, sich allzu lange dort aufzuhalten, zumal es Vater Kurt auffallen würde, wenn die beiden zu lange außerhalb seines Blickfeldes blieben. Allerdings zeigte Erich Serpentina noch das Biedermeierzimmer, und während sich die beiden zusammen auf das Sofa setzten, wies er seine sprachgesteuerte virtuelle Assistentin Aljona an, Jazz aus den 1940er Jahren zu spielen.

„Hat ja lange gedauert, bis du mir endlich dein Haus von innen gezeigt hast…", zog Serpentina ihn auf, während sie ihren Arm um ihn legte. „Ich dachte fast schon, du hättest etwas vor mir zu verbergen."

„Aljona, wie lange sollte es dauern, bis ein junger Berufsanfänger aus Stephenville, Texas, seiner von dort stammenden Liebe seines Lebens im Salzland County, Anhalt, zum ersten Mal seine Bude zeigt?", wandte er sich scherzhaft an seine Sprachassistentin.

„Es gibt keine eindeutigen Daten, um eine Regel zu erstellen", erwiderte die elektronische Stimme. „Vieles hängt von den traditionellen, kulturellen und religiösen Überzeugungen der betroffenen Personen ab. Im Salzland County lebten mit Stand vom 30. Juni des laufenden Jahres 253.538 Personen. Im County gibt es Angehörige von 67 registrierten religiösen Gemeinschaften. Von diesen gehörten 32.568 christlichen Gemeinschaften an, davon 12.432 der russisch-orthodoxen Kirche, 8434 der katholischen, 7125 insgesamt 18 protestantischen Kirchen und Gemeinden…"

„Alles gut, Aljona… danke sehr", unterbrach Erich die Antwort und richtete sich an Serpentina mit den Worten: „Siehst du, es spricht zumindest nichts gegen mein Timing."

Serpentina grinste, und richtete ihren Blick auf die Einrichtung, nicht zuletzt das prunkvolle Tafelgeschirr, das sich in ihnen befand.

„Gefällt dir Omas Sammlung?", fragte Erich wissend.

„Das sind wunderschöne alte Stücke. Ich wünschte, wir hätten noch mehr davon aus unserer Familie übrig. Ging leider viel verloren, vor allem, als so viele aus meiner Großelterngeneration in der EFR politisch verfolgt wurden…"

„Wenn du mich heiratest, gehört das alles auch dir", erwiderte Erich mit einem verlegenen Lächeln.

„Das nenne ich mal den pragmatischsten, unromantischsten, aber auch überzeugendsten Antrag, den je jemand einem anderen gemacht hat."

„Stimmt das, Aljona?", versuchte Erich sich aus der Situation zu retten.

„Im Jahr 2010 hat einem Bericht einer bayerischen Lokalzeitung zufolge ein Verlobter einen Heiratsantrag mit der Aussicht auf einen lebenslang gesicherten Mettwurstbrötchenvorrat begründet. Ein Forum befasst sich in einem Thread aus dem Jahr 2006 mit der Frage und es wurden Anträge zwischen Werbung und Hauptabendprogramm oder Hinweise auf Steuervorteile angesprochen…"

„Alles klar, Aljona, mehr will keiner wissen."

„Willst du deine Sprachassistentin nicht auch fragen, ob du mich küssen darfst…?!", fragte Serpentina anschließend, während sie dazu ansetzte, ihre Arme um seinen Hals zu schlingen. Bevor es dazu kam, ging jedoch ein Ruck durch das Haus, ähnlich einem leichten Erdbeben.

„Was war das?", fragte Serpentina erschrocken, während aus einer anderen Ecke des Gebäudes mehrere undefinierbare Geräusche kamen.

„Keine Ahnung, das ist ein altes Haus, hin und wieder knarrt hier eine Diele…"

„Hast du die Waschmaschine an?"

„Nein, Wäsche gewaschen habe ich schon am Vormittag."

Wieder ging ein leichtes, aber spürbares Ruckeln durch den Raum.

„Aljona, gibt es eine Erdbebenwarnung für das Salzland?", wendet Erich sich erneut an seine Sprachassistentin.

„Derzeit keine Informationen über Erdstöße. Keine Warnungen vorhanden. Die statistische Häufigkeit von…"

„Ja, ok… schon gut. Befindet sich dieses Gebäude auf dem Gelände eines früheren Bergbauschachts?", bohrt Erich nach. „In dem Fall könnte es sein, dass wir so richtig die Arschkarte haben", meinte er derweil zu Serpentina.

„Nach vorliegenden Informationen ist kein Abbaugebiet im Umkreis von 1000 Metern von dieser Adresse vorhanden."

Beide haben sich mittlerweile vom Sofa erhoben. Serpentina sieht sich um, klammert sich wieder an Erich. „Hör mal zu…", macht sie ihn auf den Lautsprecher aufmerksam, aus dem im Hintergrund ein Rauschen zu hören ist, unterbrochen durch leise „Hilfe"-Rufe…

Dann ist das Schlagen einer Standuhr zu hören. „Das kann nicht sein, die alte Uhr im Wohnzimmer ist nicht funktionstüchtig, die muss repariert werden", fällt Erich ein. „Irgendwas stimmt da nicht." Er war wieder inmitten eines jener Vorfälle, in die er auch in den Wochen zuvor schon mehrfach geraten war und für die er nach wie vor keine Erklärung gefunden hatte.

„Aljona, sind wir, ich, Erich Bruckner, und neben mir Serpentina Elisa Wagner, jetzt gerade in diesem Moment allein in diesem Haus?", wendet er sich erneut an die Sprachassistentin.

Prompt kommt ihre Antwort: „Nein."

Die Tür vom Treppenhaus zum Wohntrakt, in dem sich die beiden befanden, sprang auf. Aus dem Lautsprecher tönte lautes, höhnisches Gelächter. Dann gingen wie bei einem Stromausfall mit einem Mal alle Lichter und elektrischen Geräte aus.

„Lass uns bloß abhauen", meinte Erich und rannte mit Serpentina auf den Balkon vor dem Zimmer. Von dort aus ließ er erst Serpentina auf das Dach der Doppelgarage klettern, die er und die Wagners nutzen, und von der aus beide in weiterer Folge auch zurück in den Nachbarsgarten springen konnten.

Als sie das getan hatten, lagen sie konsterniert nebeneinander auf der Wiese. Erich blickte Serpentina tief in die Augen: „Ich weiß nicht, was das war... aber jetzt hast du gesehen, dass ich keine Scheiße erzähle. Solche Sachen passieren mir, seit ich hier bin."

Serpentina umarmte ihn fest und in diesem Zustand blieben sie für einige Minuten stehen. „Ich habe dir immer geglaubt. Und verschweige mir jetzt nichts mehr. Wir hängen da beide drin."

Beide verbrachten noch mehrere Stunden miteinander im Garten, bis um halb zwei morgens die letzten Gäste gegangen waren. Erich ging mit einem mulmigen Gefühl zurück in sein Haus. Über den Hauptschalter konnte er die Elektrizität wieder problemlos zum Laufen. Im Haus war alles ruhig. Er begab sich nach einer kalten Dusche auf das Biedermeiersofa, um von dort aus MLS live zu gucken. Aljona ließ er vorerst ausgeschaltet. Irgendwann im Laufe der ersten Halbzeit schlief er ein. Anders als nach seinem unschönen Erlebnis entlang der Hoppelstrecke von Baalberge nach Zepzig am Abend des Grillfests im Frühling verschanzte er sich in den Tagen darauf jedoch nicht in seinen eigenen vier Wänden und gab sich die Kante.

Die Smartwatch, die Kleidung und alle anderen Unterlagen wurden am darauffolgenden Montag übrigens tatsächlich abgegeben. Das

Kapitel „Kulturhaus" konnten wir damit schließen. Wir kamen in der Leitungsgruppe des Field Office übereinstimmend zu der Einschätzung, dass die Steinbichler-Clique weder mit dem Verschwinden der Mädchen etwas zu tun hatte noch Teil einer Einflussoperation irgendwelcher fremder Akteure wäre.

Die meisten der Beteiligten wären schlicht einfach zu einfältig, um für nachrichtendienstliche Tätigkeiten rekrutiert zu werden – egal, um welchen Nachrichtendienst in welchem Land es sich handelt.

ENDE EINER FLUCHT.

Die folgenden Ferienwochen im County waren verhältnismäßig unbeschwert, kein Vergleich zu den Zuständen im vorangegangenen Frühjahr. Erich kam sogar erst später zu einem Meeting, weil Serpentina ihre Führerscheinprüfung geschafft hatte und die beiden dies mit einer gemeinsamen Rundfahrt durch die zu dieser Jahreszeit schier endlos anmutenden Getreidefelder feiern wollten, an deren Rändern die Mohnblumen leuchteten.

Ich gestand ihm das zu. Nicht nur, weil ich selbst eine Schwäche für all diese urwüchsigen Landstraßen hatte, die durch die Felder führen, und deren Weiten ab und an durch ein paar Bäume, alte Brücken, Windräder oder angerostete Telegrafenmasten gesäumt werden. Erich hatte in den vergangenen Wochen einiges zu schlucken, und ich sollte ihm für das zweite Augustwochenende auch noch eine weitere unschöne Situation einhandeln. Ich hatte ihn zu einem Wochenend-Workshop in Wilsleben angemeldet, wo Profis aus Field-Office-Organisationen aus der gesamten MiK Referate halten, Schulungen durchführen und einigen aktuellen und potenziellen Führungsmitarbeitern wertvolle Tipps geben. Offiziell firmiert die „US-amerikanische Sicherheitsakademie in der Mitropa-

Konföderation" als Veranstalter und diese stellt auch die Zertifikate aus.

Für Erich sollte diese Veranstaltung nicht nur wichtig sein, um wertvolle Tipps zu bekommen und Kollegen kennenzulernen. Er würde vor allem eine erste Möglichkeit erhalten, Netzwerke zu knüpfen, die er in seiner künftigen Karriere noch gut gebrauchen könnte.

Allerdings würde die Teilnahme auch bedeuten, dass er nicht in der Lage wäre, am Samstag, dem ersten vollen Tag des Seminars, das Spiel Serpentinas mit dem SC Könnern in Baalberge zu verfolgen, von dem Kurt Wagner schon seit Wochen sprach.

Erich würde seinen Kummer darüber, ein Frauenfußballspiel zu verpassen, zwar kaum in den Schlaf mitnehmen. Er würde allerdings Serpentina zu erklären haben, warum ihm das nicht möglich wäre – und das, ohne ihr von seiner Tätigkeit zu erzählen. Ich hatte ihm zugesagt, mit ihm und Kurt Wagner gemeinsam nach einer brauchbaren Ausrede zu suchen. Trotzdem könnte das Verpassen dieses Spiels zum Saisonauftakt das junge Glück belasten, je nachdem, wie hoch die Erwartungshaltung Serpentinas bis dahin sein würde. Immerhin schickte ich Kyra nicht mit, was vielleicht noch weiteren Argwohn ihrerseits bewirkt hätte. Was sie anbelangt, hatte ich sie zwar jetzt auch in den inneren Führungskreis aufgenommen, aber ich wollte sie nicht vorschnell in die Gesamtorganisation der Field Offices integrieren, weil sie im Unterschied zu Erich keine Tarnidentität aufwies, sondern ein öffentliches Amt und ein reales Unternehmen innehatte. Mit einer hauptamtlichen Tätigkeit ging so etwas eben nicht zusammen, so leid mir das angesichts ihres Talents auch tat.

In unserem Meeting in meinem sichtgeschützten Garten in Waldau selbst hatten wir im Anschluss an die Runde mit den Berichten und Einschätzungen die obligatorische Pizza bestellt und warteten auf das Eintreffen des Boten, da klingelte Erichs Mobiltelefon – und, wie ich sofort bemerkte, war Serpentina dran.

Erst schüttelte ich den Kopf über das vermeintliche Klammer- oder Kontrollverhalten, das ich anfänglich hinter dem Anruf witterte. Immerhin hatten die beiden eben erst einen kompletten Nachmittag miteinander verbracht.

Schon bald realisierte ich jedoch, dass Serpentinas Anruf einen sehr ernsthaften Hintergrund hatte. Ich wies Erich an, das Telefon auf laut zu stellen.

„Ich bin jetzt 20 Meter von der Absperrung entfernt", hörte ich Serpentina sagen. „Man kann zwar zu Fuß zu unseren Häusern, aber den Wagen musste ich eine Straße weiter stehenlassen. Es ist ein Wahnsinnsauflauf... Polizei, Rettung... ich versuch mal rauszufinden, was los ist."

Unmittelbar in der Nachbarschaft musste es also einen gravierenden Vorfall gegeben haben. Schon bald waren Worte wie „Messerangriff" oder „Überfall" zu hören. Ich erklärte das Meeting vorzeitig für beendet und wies Knut Thomas an, zusammen mit Erich nach Könnern zu fahren und sich die Lage vor Ort anzusehen.

Aus Serpentinas Schilderungen ließ sich folgern, dass Pofistal Rittenschober an Ort und Stelle war. Sollte dies der Fall sein, musste sich tatsächlich etwas Schwerwiegendes ereignet haben.

Noch im weiteren Verlaufe des Abends erfuhr ich, was es mit dem Auflauf genau auf sich haben sollte. Das besonders Unschöne daran: Ich erfuhr es von einem alten Bekannten – keinem persönlichen, aber jemandem, der erst wenige Wochen zuvor im gesamten County die Pferde scheu gemacht hatte. Woldemar Schönmann hatte offenbar einen neuen Abnehmer für seine Räuberpistolen gefunden und kommentierte fortan für den „Erleuchteten"-Blog Wirtschafts- und Finanzthemen.

An jenem Abend stand Schönmann aber vor dem Bernburger Klinikum und wusste brisante Neuigkeiten vor der Livekamera des „Erleuchteten"-Blogs zu verkünden.

„Jetzt in diesem Moment wird der 56-jährige Landwirt und Dienstleister, den wir Diethelm W. nennen – sein richtiger Name ist anders, worauf ich später noch eingehen werde – gerade notoperiert. Eine Bestätigung durch die Polizei steht noch aus, aber es deutet zurzeit vieles darauf hin, dass der Mann heute am späteren Nachmittag in seinem eigenen Garten von zwei unbekannten Personen überfallen und mit einem Messer niedergestochen wurde. Offenbar mit seinem eigenen, das er zuvor noch zum Kuchenschneiden verwendet hatte, als ein Bekannter aus seiner Nachbarschaft in Könnern ihn besuchte."

Dienstleister und Landwirt, das Alter, der veränderte Name, das konnte nur Clement sein, dachte ich mir spontan. Und dass Götzenberger hin und wieder zum Kaffeetrinken zu ihm kommt, war mir auch bekannt. Was mich stutzig machte, war nicht nur, dass das Viertel eigentlich sehr sicher war, Clement hielt sich seit seiner Aufnahme ins Zeugenschutzprogramm in der Öffentlichkeit auch so stark bedeckt, dass ich mir nicht vorstellen konnte, dass er sich Feinde gemacht hätte.

Und dass ausgerechnet der Verschwörungsblog einen Korrespondenten losschickt, um einen noch völlig unklaren Akt der Kriminalität live zu kommentieren, war auch ungewöhnlich. Es sei denn, es gab etwas Absonderliches zu berichten. Und so sollte es auch kommen.

„Bevor der Mann hier eingeliefert wurde, war er noch bei Bewusstsein, und ich konnte mit ihm noch einige Worte wechseln", erläuterte Schönmann weiter. „Er vertraute mir an, dass er unter neuer Identität in einem Zeugenschutzprogramm lebe, weil er an der Enttarnung des Menschenhändler-Netzwerks der vor zehn Jahren aufgeflogenen Operation Fichtelberg beteiligt gewesen wäre."

Ich schlug die Hände über dem Kopf zusammen, als das über meinen Bildschirm ging. Warum ruiniert Clement nach so langer Zeit mit einem Mal seine gesamte Tarnung und das ausgerechnet gegenüber einem so unseriösen Medienformat?

„Was mir der Mann ebenfalls noch sagen konnte, bevor er in den Operationssaal geführt wurde, war, dass einer der Angreifer, der dem Dialekt nach aus dem Grenzgebiet zur EFR stammen musste, zu ihm gesagt hatte: ‚Du lässt nicht noch ein Kommando auffliegen.' Und er habe bereits vor einigen Monaten Sheriff Dr. Rantebihl darauf aufmerksam gemacht, dass es Hinweise auf ein neues Geheimkommando der EFR zur Entführung von Kindern über die Grenze gäbe. Die Hinweise seien jedoch offenbar nicht ernst genommen worden. Jetzt wird Dr. Rantebihl, der in zwei Monaten wiedergewählt werden möchte, etwas zu erklären haben. Wir bleiben dran. Mein Name ist Woldemar Schönmann für den Blog der Erleuchteten."

Es gibt nicht viele Momente, ich denen ich einfach nur sprachlos mit offenem Mund dasitze – das Ende dieser Kurzreportage war jedoch ein solcher. Ich beneidete nicht nur den Sheriff nicht, der jetzt mitten im Wahlkampf alle Hebel in Bewegung setzen musste, um Clement eine neue Identität zukommen zu lassen, und das wohl irgendwo an einem weit entfernten Ort, an dem er nicht auffallen würde. Neben den Kosten für Schutzmaßnahmen, neue Dokumente, die Übersiedlung oder die Hilfe bei der Gründung einer neuen Existenz musste er zudem der Öffentlichkeit erklären, warum er nichts gegen die mutmaßliche neue Entführungsoperation unternommen hätte, aus der die Attentäter kommen sollen.

Seinen Unmut abbekommen würden auch unweigerlich wir, denn wir hatten von ihm ja schon vor Monaten explizit den Auftrag bekommen, ihm dazu Erkenntnisse zu liefern. Im schlimmsten Fall könnte er sogar seine Nerven verlieren und unser Field Office auffliegen lassen, um rechtzeitig vor der Wahl noch einmal seinen eigenen Kopf aus der Schlinge zu ziehen.

Die nicht einfache Aufgabe, ihn zu beruhigen, würde Knut Thomas zukommen. Aber was hätten wir machen sollen? Es deutete schlicht und einfach nichts darauf hin, dass eine von der EFR organisierte Menschenhändlergruppe hier gerade ihr Unwesen trieb oder hinter dem Verschwinden mehrerer Mädchen in den vorangegangenen Jahren steckte. Und es deutete auch nach dem Vorfall mit Clement nichts darauf hin. Der Mann sprach mit einem halbseidenen Reporter, bevor er überhaupt mit der Polizei sprechen konnte oder Spuren ausgewertet worden wären.

Die Medien würden aber ihre Chance wittern, auf spektakuläre Weise das Sommerloch zu füllen, und die politischen Akteure würden die Entwicklung ins Zentrum ihres Wahlkampfs stellen. Fortschrittsallianz und Nationale Aktion hatten keine offiziellen Gegenkandidaten zu Rantebihl nominiert, weil sie ihn offenbar für zu wenig angreifbar hielten. Nun dürften im Verborgenen intensive Gespräche stattfinden, welche Persönlichkeit man für den Wahltag als Write-In-Kandidaten ins Spiel bringen könnte.

Erst zwei Tage nach dem Vorfall war die erste Pressekonferenz des Sheriffsbüros angekündigt, und Dr. Rantebihl würde sich persönlich den Fragen stellen. Das gab Sensationsmedien einen Vorsprung und diese nutzten ihn, um am Tag nach der Tat im Viertel einzufallen und die Anwohnerbefragung durch die Polizei mittels ihrer eigenen zu stören. Schon bald waren mehrere angebliche Täterbeschreibungen und Angaben über Fahrzeuge im Umlauf, die um den mutmaßlichen Tatzeitpunkt herum in der Siedlung oder der Nähe davon gesehen worden sein sollen.

Was mich einigermaßen beruhigte, war, dass Rantebihl an diesem Tag auch noch einmal das Gespräch mit Knut Thomas suchte. Das Ergebnis des Gesprächs dürfte einen nicht unwesentlichen Einfluss auf die ersten Statements Rantebihls gehabt haben. Schon zeitnah, nachdem sein Pressesprecher im Kurhaus die Konferenz offiziell eröffnet hatte, wurde deutlich, dass der Sheriff nicht gewillt war, sich von den Medien ein Narrativ diktieren zu lassen.

Er ging gleich von sich aus darauf ein, dass ihn das Opfer der mutmaßlichen Messerattacke zu Beginn des Frühjahrs über seine Einschätzungen in Kenntnis gesetzt hatte, wonach eine neue „Operation Fichtelberg" in Gang gebracht worden sein könnte. Er habe die Angaben geprüft, sich von ihm darlegen lassen, woran er diesen Verdacht festmache, und umfangreiche Recherchen über verschiedene Kanäle in Auftrag gegeben. Allerdings seien die Angaben am Ende nicht von eindeutigen Anhaltspunkten gestützt gewesen und auch seine von ihm selbst in Auftrag gegebenen Erhebungen hätten bis dato keine belastbaren Indizien zutage gefördert.

Unter den Pressevertretern war auch Schönmann, der offenbar die Chance gekommen sah, sich für den Rauswurf durch den Sheriff als Berater an diesem zu rächen. Seine erste Frage lautete:

„Es gibt doch eindeutige und präzise Aussagen des Betroffenen über den Angriff. Und wollen Sie leugnen, dass zwischen mehreren Fällen des Verschwindens von Mädchen ein Zusammenhang besteht? Und mit Caspar Frucht sozusagen ein Spezialist für solche Verbrechen flüchtig ist, den die EFR als Helfer vor Ort angeheuert haben könnte?"

„Werter Herr Schönmann, glauben Sie mir, wir befassen uns mit Caspar Frucht und den verschwundenen Mädchen schon um einiges länger als Sie, und wir haben bis jetzt hunderte Hinweise und Spuren untersucht. Das werden wir jetzt auch im Fall des mutmaßlichen Angriffsopfers tun. Wir werden, sobald er vernehmungsfähig ist, ausführlich mit ihm über den Vorfall sprechen, wir werden Zeugen vernehmen und Spuren sichten – und am Ende werten wir alles unvoreingenommen aus. Und dann werden wir auch wissen, ob das eine, was Sie erwähnt haben, mit dem anderen einen Zusammenhang aufweist und wenn ja, welchen. Aber ich werde hier und jetzt weder Beweiswürdigungen vorwegnehmen noch Spekulationen kommentieren."

Als ihm eine Zusatzfrage gewährt wurde, hakte Schönmann weiter nach:

„Ich bin dem Betroffenen sehr dankbar, dass durch seine Aussage ein furchtbares Treiben beendet werden konnte. Trotzdem werden sich jetzt viele fragen: Wie können Sie es verantworten, dass ein Überläufer, der selbst schon einmal an Verschleppungen von Kindern beteiligt war, jahrelang in der Gegend leben kann, ohne dass irgendjemand außer Ihnen selbst davon Bescheid weiß?"

Rantebihl ließ sich auch davon nicht aus der Ruhe bringen:

„Das ist in solchen Fällen die übliche Vorgehensweise. Ich kann ja nicht durch Aushang im Office oder im Rathaus oder wo auch immer öffentlich verkünden, dass hier jemand im Zeugenschutzprogramm lebt und einen anderen Namen trägt – vielleicht noch mit dem Hinweis, doch bitte potenziellen Killern nichts davon zu verraten. Sowohl wir als auch das FBI haben den Betreffenden über mehrere Jahre auch auf sein Wohlverhalten im Zeugenschutz kontrolliert. Es gab keine Anhaltspunkte für ein ungewöhnliches Verhalten des Betroffenen, er hat sich eine unauffällige, aber solide bürgerliche Existenz aufgebaut. Das alles haben übrigens Sie selbst jetzt durch Ihre Berichterstattung am Tatabend gefährdet, wenn ich das mal so anmerken darf."

Auch auf die anderen Fragen reagierte er souverän. Wahrscheinlich verspricht Rantebihl sich auch mit Blick auf die Wahl mehr davon, fokussiert zu bleiben und kühlen Kopf zu bewahren, als sich von Stimmungen mitreißen zu lassen. Für uns war das ein Segen, denn wir konnten in Ruhe weiterarbeiten. In diesem Fall bedeutete das, auf dem schnellstmöglichen Wege mehr über die Tatverdächtigen zu erfahren, die vom Grundstück geflohen sein sollen. Über diese gab es auch schon Angaben – allerdings waren diese höchst uneinheitlich. Vor allem die häufig suggestive Befragungsweise, die Fernsehreporter gegenüber Anwohnern an den Tag gelegt hatten, hatte mehr Schaden als Nutzen gebracht.

Es sollte aber bald noch verworrener werden. Dr. Rantebihl begab sich drei Tage nach dem Vorfall gemeinsam mit Pofistal Rittenschober ins Klinikum zu Clement, nachdem die Ärzte diesen für vernehmungsfähig erklärt hatten. Ein Phantombildzeichner kam mit, um, nachdem der Sheriff und sein Chefermittler ihn zur Sache befragt hätten, eine Skizze der mutmaßlichen Täter anzufertigen.

Clement verlangte gleich zu Beginn, an einen sicheren Ort gebracht zu werden und einen Bundesbeamten zu sprechen, damit dieser eine neue Identität in einem entfernten Gebiet veranlassen könnte. Rantebihl erklärte, dass ihm bewusst sei, dass die nunmehrige Berichterstattung geeignet sein könnte, seine wahre Identität zu lüften und das Gefahrenpotenzial für ihn zu erhöhen. Allerdings müsste den Tatumständen erst nachgegangen und vor allem geklärt werden, ob tatsächlich Auftragstäter unterwegs seien, die ihm auf Geheiß früherer Weggefährten oder der EFR nachstellen würden.

Rittenschober hatte in den Tagen nach dem Vorfall recherchiert, wo sich die Beteiligten des Entführernetzwerks befänden, die Clement damals auffliegen ließ. Von zehn Personen aus seinem unmittelbaren Umfeld säßen sechs noch in der MiK in Haft, zwei seien bereits vor mehreren Jahren freigelassen und in die EFR abgeschoben worden. Gegen zwei weitere, die sich zum Zeitpunkt der Enttarnung dort befunden hätten, sei noch von damals ein Haftbefehl offen, der vollstreckt würde, sobald sie sich über die Grenze begeben würde. Aufgrund der Aussagen der Verhafteten seien vier weitere Personen aus anderen Netzwerken, die in anderen Grenzregionen aktiv gewesen wären, verhaftet worden, zwei seien noch in Haft, einer entlassen und abgeschoben, einer verstorben. Gegen fünf in der EFR aufhältige mutmaßliche Beteiligte bestünden Haftbefehle. Diese wüssten jedoch nach vorliegenden Erkenntnissen nichts über Clements Netzwerk und auch nicht über Clement selbst, weshalb es unwahrscheinlich sei, dass diese in einen Anschlag auf ihn involviert wären.

Clement widersprach energisch. Er ging davon aus, dass frühere Weggefährten oder deren Hintermänner im EFR-Staatsapparat Nachforschungen angestellt hätten, um seine neue Identität zu enttarnen, ihn zu finden und sich zu rächen – und dass sich dies ideal mit einer neuen Fichtelberg-Operation hätte verbinden lassen.

Im Grunde blieb Clement also bei der Einschätzung, die er Rantebihl schon im Frühjahr unterbreitet hatte. So wenig er allerdings in der Lage war, konkrete Anhaltspunkte für eine solche Operation zu liefern, so schwierig würde es für die Ermittler werden, diese von sich aus zu finden. Denn aufgrund der politischen Eiszeit zwischen der EFR und der MiK gestaltete sich eine grenzüberschreitende Zusammenarbeit der Polizeibehörden im Normalfall schon schwierig. Umso weniger würde die EFR bereit sein, zu kooperieren, wenn es um eigene

Infiltranten ginge. Die Aussichtslosigkeit offizieller Informationsanforderungen war ja auch ein Grund, warum Rantebihl bei Knut Thomas vorgesprochen hatte, um unser Field Office mit Nachforschungen zu betrauen.

Die Phantombilder erwiesen sich am Ende ebenfalls als wenig hilfreich. Zudem stimmten sie nicht einmal zu 100 Prozent mit der mündlichen Täterbeschreibung überein, die Clement selbst zuvor gegeben hatte. Im Kern soll einer der Täter eine dunkle Sonnenbrille und eine Baseballmütze mit dem Emblem eines Fußballvereins aus der EFR getragen haben. Der andere hätte eine Schalmütze getragen und ein Tattoo in Form eines Blitzes. Beide sollen mindestens 1,80 Meter groß gewesen und später in einem weißen Lieferwagen geflüchtet sein.

Damit wichen neben mehreren Täterbeschreibungen auch solche des mutmaßlichen Fluchtfahrzeuges voneinander ab – legte man die Beschreibungen des Geschädigten und aller Zeugen aus der Siedlung übereinander, ergäben lediglich noch die Angaben, es wären mindestens zwei Täter, diese wären männlich und groß gewesen, hätten ihre Gesichter weitgehend verborgen und wären in einem Lieferwagen geflüchtet, Übereinstimmung.

Wie unter den gegebenen Umständen zu erwarten war, stellte sich in den darauffolgenden Tagen kein Fahndungserfolg ein. Clement kündigte dem Sheriff gegenüber an, nach seiner Entlassung aus dem Krankenhaus auf seinem Hof Quartier zu beziehen. Dort verfüge er über Bewegungsmelder und andere Vorwarnsysteme, aber auch über ein Gewehr, was es für die Täter schwieriger machen würde, es noch einmal zu versuchen. Seinen Service für Grundstücke, Gärten und Sportanlagen müsse er für einige Wochen einschränken. Die Hunde- und Schweinezucht hätten erst mal Vorrang.

Der Sheriff kündigte an, sich mit den Nachbarschaftswachen, die für die Weinertsiedlung in Können und für die Verbindungen zwischen Bebitz und Lebendorf zuständig wären, kurzzuschließen, damit diese verstärkt auf Ortsfremde oder auf Personen und Fahrzeuge achteten, auf die Elemente der Täterbeschreibung zuträfen.

Im Zusammenhang mit dieser wurden zudem, wie das Sheriffsbüro auch in einer Presseerklärung mitteilte, zwei Personen zum Verhör gebracht, die ein Tattoo im Gesichtsbereich trugen, das in seiner Form an einen Blitz erinnerte – darunter auch eine weibliche. Eine davon lebte in der Bebitzer Bahnhofssiedlung, die andere in der Siedlung am Friedenshaller Ring. In beiden Fällen konnte eine Tatbeteiligung jedoch ausgeschlossen werden.

Noch vor dem Wochenende setzten wir unsere am Tag des Angriffs auf Clement jäh unterbrochene Sitzung fort – allerdings bedingt durch eine der seltenen Regenfronten, die zu dieser Jahreszeit gerade über das Salzland zogen, wieder in meinem Wohnzimmer. Ungeachtet des Vorfalls mit Clement stimmten alle Anwesenden in der Einschätzung überein, dass eine Neuauflage der „Operation Fichtelberg" unwahrscheinlich war.

Kyra zeigte sich zudem skeptisch, was die Hintergründe des Angriffs und die Schilderungen Clements anbelangte.

„Ich hoffe, ich mache mich damit nicht gleich unbeliebt, aber ich habe bei diesem Menschen kein gutes Gefühl", erläuterte sie. „Als ich den auf der Grillparty bei Wagners sah, war das wie eine Eingebung: Von diesem Menschen geht etwas Seltsames aus."

„Wahrscheinlich läuft er immer noch in irgendeiner Weise vor seiner Vergangenheit davon", meinte Knut Thomas. „Immerhin hatte er selbst große Schuld auf sich geladen, bevor er auspackte und die Fichtelberg-Aktion ans Messer lieferte."

„Ja, das hattet ihr mir auch erzählt. Aber ich weiß nicht, ob da nicht noch was ist. Warum ist dieser Betrüger Schönmann als Erster im Klinikum und er spricht dann auch noch mit ihm? Vor allem darüber, dass er im Zeugenschutzprogramm ist?"

„Gut, ich weiß jetzt aber nicht, zu welchen Kurzschlussreaktionen ich neigen würde, wenn mir jemand kurz zuvor ein Messer in den Bauch gerammt hat", gab Erich zu bedenken.

„Du bist da kein Maßstab, Erich", redete ich scherzhaft dazwischen. „Du hast nach der Sache im Kulturhaus absolut professionell agiert, selbst nachdem du gerade erst im Krankenhaus aufgewacht warst."

„Ja, du hattest mich auch vorbereitet. Aber ich meine, wenn so was aus heiterem Himmel kommt…"

„Kann ja sein, dass ich voreingenommen bin", fuhr Kyra fort. „Der sah mich am Grillabend bei Wagners mehrfach ganz eigenartig an, als ob er Angst vor mir hätte. Aber es ist ja nicht nur mein Bauchgefühl, da ergibt vieles einfach keinen Sinn. Woher wussten die Täter, dass da ein Kuchenmesser auf dem Tisch liegen würde, und warum haben sie kein eigenes mitgebracht?"

„Vielleicht haben sie ihn ja auch bloß aufsuchen und warnen wollen, und es ist zum Streit gekommen, und da hat einer zufällig das Messer rumliegen sehen?", warf Erich ein.

„Dann hätte das alles länger dauern müssen. Aber er behauptet ja, die wären gekommen, hätten ihn kurz beschimpft, dann angegriffen, dann wären sie sofort wieder abgehauen. Und so musste es auch sein, denn einen längeren Streit im Garten eines Nachbarhauses, an dem noch dazu ein Ortsfremder mit Lieferwagen beteiligt ist, hätte an einem heißen Sommernachmittag, an dem keiner freiwillig im Haus bleibt, irgendjemand in der Siedlung bemerkt."

„Worauf willst du jetzt hinaus, Kyra?", fragte Knut Thomas nach. „Gehst du von einer vorgetäuschten Tat aus oder glaubst du, dass ein anderer verantwortlich war? Einer aus der Siedlung?"

„Ich weiß es nicht, aber irgendetwas an der Geschichte stimmt nicht und vielleicht will er irgendjemanden in Schutz nehmen. Vielleicht war es auch was Familiäres."

„Der hat aber keine Familie hier", gab Knut zu bedenken.

„Und was ist mit dem Kuchen samt Messer im Garten?"

„Du denkst, es könnte…?! Nein, das halte ich für unmöglich. Götzenberger mag ein extrem unangenehmer Zeitgenosse sein, der jedem das Leben schwer macht, aber der geht nicht mit einem Messer auf andere los…"

„Wer weiß?! Der war zu Besuch, sie spielten Schach oder was weiß ich, aßen Kuchen, redeten, einer sagte was Falsches, sie gerieten in Streit – und bei den heißen Temperaturen und in der zunehmenden drückenden, schwülen Atmosphäre ist einer ausgerastet. Dann haben beide begriffen, was sie angerichtet haben, und sich die Geschichte mit den Eindringlingen ausgedacht. So könnte es doch gewesen sein…"

„Könnte, ja", nickte Knut Thomas. „Für uns wäre das sogar besser, denn unter vier Augen musste ich mir von Rantebihl schon einiges anhören. Sollte tatsächlich eine Fichtelberg-2.0-Zelle unterwegs sein und sie Rächer zu Clement geschickt haben, ohne dass wir in der ganzen Zeit etwas bemerkt hätten: Wir hätten dann einiges zu erklären. Ich mach mich beim Sheriff mal schlau, ob sie Götzenberger schon befragt haben. Ich will nicht in Rantebihls Haut stecken, wenn der ihn um Fingerabdrücke zu Vergleichszwecken bittet…"

Wie ich später erfahren sollte, machte Götzenberger zwar gegenüber Rittenschober, der ihn zu diesem Zweck aufsuchte, eine Aussage, in der er betonte, es sei ein normaler Nachmittag gewesen, an dem er Clement besucht und mit ihm Kaffee und Kuchen gehabt hätte. Es habe jedoch weder einen Streit noch sonstige Unwägbarkeiten gegeben, sondern er sei danach wieder zurück in seinen Wintergarten gegangen, um sich einen Boxkampf anzusehen. Zur freiwilligen Abgabe von Fingerabdrücken oder einer Speichelprobe war er trotz einer sehr diplomatisch formulierten Anfrage des Ermittlers jedoch erwartungsgemäß nicht bereit. Für einen Gerichtsbeschluss würden die Verdachtsmomente bei weitem nicht ausreichen, deshalb versuchte es Bezirksanwältin Hilde Lange, die mit der offiziellen Fallakte betraut war, gar nicht erst, einen zu erwirken.

Clement machte sich nach seiner Entlassung in der Öffentlichkeit rar, er konzentrierte sich wie angekündigt auf den Hof, nahm keine weiteren Aufträge von Sportvereinen oder Kleingartenanlagen zur Grünpflege an und beauftragte vereinzelt sogar Subunternehmer mit bestehenden. Seine ohnehin schon zuvor häufig spürbare Paranoia schien sich seit dem Angriff zu verstärken. Dass das

Zeugenschutzverfahren zur Begründung einer neuen Identität und eines neuen Wohnsitzes länger dauern würde, als er sich erhofft hätte, war dabei nicht hilfreich. Offenbar ging er davon aus, dass nun die gesamte Stadt über seine Vergangenheit im Bilde wäre.

Die fünf verschwundenen Mädchen, der tote Urbexer, der dubiose Messerangriff gegen Clement – der County schleppte immer mehr an Ballast in Form ungeklärter Kriminalfälle mit sich. Trotzdem war die Stimmung im Land weniger stark getrübt als in den Monaten zuvor. Anfang August waren die Freibäder gut besucht, in der Fußgängerzone pulsierte das Leben, Publikumsveranstaltungen fanden statt, die Marina war gut ausgelastet, Dorffeste angemessen besucht und die Hotels und Privatvermieter konnten sich über Gäste von nah und fern freuen.

Sogar der Wahlkampf wurde zivilisierter. Ansgar Steinbichler drehte seinen Ton und seine Aggressivität etwas zurück. Dies hatte wohl auch mit dem ihm von seiner rechten Hand Manuel Weidemann zugetragenen Wissen über belastendes Material zu tun gehabt, das Personen, die er nicht kannte, über ihn und sein „Kulturhaus" in Händen hatten. Hauptsächlich lag es aber wohl daran, dass er in Umfragen deutlich schlechter lag, als er sich erhofft hatte.

Zudem hatte es ein unschönes Echo aus den Reihen seiner eigenen Partei gegeben von Kandidaten aus anderen Landesteilen, die nach den Berichten über die Ausschreitungen im Frühjahr ihre eigenen Wahlchancen sinken sahen. In anderen Teilen der MiK wurden die extremen Aussagen Steinbichlers als Belastung angesichts eigener Bemühungen wahrgenommen, nicht als Abgesandte einer primitiven und radikalen Schlägertruppe wahrgenommen zu werden. In seinen Wahlkampfreden warf er zwar Dr. Rantebihl nun vor, keine Fortschritte bei der Aufklärung der Straftaten zu erzielen, die den County traumatisierten. Er nahm jedoch davon Abstand, bestimmte Bevölkerungsgruppen explizit als vermeintliche Verursacher zu bezeichnen. Gegenüber seinen Tönen einige Monate zuvor war das immerhin schon ein Fortschritt.

Die Polizeipräsenz auf den Straßen war deutlich höher als in anderen Jahren, auch ältere Kinder wurden deutlich seltener ohne Aufsicht gelassen, die Nachbarschaftswachen oder Crime Stoppers verzeichneten jedoch eine deutliche Zunahme an Meldungen. Das Gemeinwesen hatte gelernt, mit dem unbekannten Schrecken zu leben. Offenbar war eine gewisse Resthoffnung da, die Kriminalfälle könnten zeitnah aufgeklärt werden. Geendet hatten sie damit aber noch lange nicht, wie am ersten Freitagabend des August deutlich werden sollte.

Das Thermometer erreichte an jenem Tag 39 Grad, damit spielte dieser in einer Liga mit den bisherigen Temperaturrekorden in der Stadt. Entsprechend voll war das Freibad, und ein paar Kids aus Gröna hatten auf die unheimlichen Geschichten vergessen, die über den Weg entlang der Saale im Umlauf waren. Deshalb machten sie sich rechtzeitig vor Einbruch der Dunkelheit über diese Route auf den Weg nach Hause.

Ich hätte, wenn ich an ihrer Stelle gewesen wäre, auch diesen Weg genommen. Er verläuft an duftenden Fliederbüschen, weiten Getreidefeldern, hinter denen sich das Kaliwerk auftürmt, und an Kirschbäumen vorbei, die um diese Zeit schon reife Früchte tragen.

Für Radfahrer, Läufer oder Schifffahrtsgäste ist die Gegend ein Geheimtipp, und Urbexer finden mit dem verfallenen Gehöft entlang der Dorfstraße gegenüber dem früheren Amtsgebäude ebenfalls etwas für ihren Geschmack. Nur an jenem Abend drang ein außerordentlich unangenehmer Geruch aus der Ruine. Dieser sei schon am Tag zuvor aufgefallen, meinte eines der Kinder, als es nach der Schockbehandlung in der Nervenklinik wieder ansprechbar war, man hätte jedoch an ein totes Tier gedacht, das dort vor sich hin rottete.

An jenem besonders heißen Tag war der Geruch allerdings schon intensiver geworden. Eines der Kinder habe dann die anderen zu der Mutprobe überredet, sich die Nase zuzuhalten und nachzusehen, was es mit dem nur noch schwer erträglichen Gestank auf sich habe. Sie öffneten eine der alten hölzernen Hoftüren, räumten einiges an Gerümpel zur Seite – und als sie in der hintersten Ecke des halb verschütteten Raumes eine Plane hochhoben, wurden sie bereits von einem Schmeißfliegenschwarm angeflogen, ehe eine fast nur noch auf Haut und Knochen reduzierte Leiche in fortgeschrittenem Verwesungsstadium in ihr Auge fiel. Ihre Schreckensschreie mobilisierten umgehend Anwohner, die versuchten, die Kinder zu beruhigen, einen Notarzt riefen sowie das Sheriffsbüro verständigten.

Was die Kinder zu dem Zeitpunkt nicht wussten, war, dass sie in jenem Moment ein jahrelang ungeklärtes Geheimnis gelüftet hatten, das im Unterbewusstsein der Bewohner des Countys gewirkt und ihr Sicherheitsgefühl belastet hatte. Die Frage, wo der seit fünf Jahre verschollene, pädosexuelle Forensik-Ausbrecher Caspar Frucht abgeblieben sei, war gelöst: Er lag tot im Schuppen des alten Gehöfts, aus dem sich der Leichengeruch zunehmend in Richtung Dorfstraße ausgebreitet hatte.

Schnell waren die Einsatzkräfte zur Stelle, und Pofistal Rittenschober gebot allen beteiligten Beamten Stillschweigen, bis Gerichtsmediziner Waweru den Leichnam auf seinem Obduktionstisch liegen und dort fachgerecht untersucht haben sollte. So sollte auch verhindert werden, dass Subjekte wie Woldemar Schönmann oder seine Kollegen vorschnell von der Sache Wind bekämen und durch Spekulationen die Ermittlungen unterminieren könnten.

Allerdings hielt die Nachrichtensperre nicht lange. Noch in der Nacht brachte Salzland TV eine Eilmeldung mit dem Titel „Flüchtiger Päderast Caspar Frucht tot in Gröna aufgefunden" – und heizte durch die Wiedergabe der Gerüchte, auf deren Grundlage der Bericht offenbar fußte, Spekulationen darüber an, ob es Selbstjustiz gewesen wäre, und ob damit auch die Fälle der verschwundenen Mädchen oder des ermordeten Urbexers aufgeklärt wären.

Dr. Rantebihl sah sich schon am Morgen danach genötigt, eine Erklärung zu publizieren, in der vor vorschnellen Schlüssen gewarnt wurde und die Bürger dazu aufgerufen wurden, aufmerksam und vorsichtig zu bleiben sowie die Ergebnisse der Autopsie abzuwarten. Er lehnte sich zwar so weit aus dem Fenster, dass er von

„ernstzunehmenden Anhaltspunkten" dahingehend schrieb, dass es sich bei dem aufgefundenen Toten um Frucht handeln könnte – allerdings müsse auch hier erst der DNA-Abgleich abgewartet werden. Wenige Stunden später konnte die Identität bestätigt werden, zur Todesursache und den Hintergründen ließen sich vor dem Ende der Obduktion jedoch noch keine Angaben machen.

Die Gewissheit über das Ende einer jahrelangen Flucht ließ den gesamten County aufatmen. Aus den Augen, aus dem Sinn galt hier nie für das Phantom Caspar Frucht. Er war weg und doch immer da, und keine Familie mit Kindern im schulpflichtigen Alter lebte nicht irgendwo im tiefsten Grunde ihrer Seele in Angst vor dem Monster, von dem nicht nur nicht klar war, wo er sich aufhalten würde, sondern auch, wie er es aus der als sicher geltenden Forensik geschafft hatte.

Jetzt hofften die Bürger der Stadt, dass die Untersuchungen über den Tod Fruchts auch die Frage nach dem Verbleib der verschwundenen Mädchen oder des ermordeten Urbexers klären würden. Im Sheriffsbüro war man diesbezüglich skeptischer. Caspar Frucht war volljährig, als er seine Verbrechen beging, und seine bevorzugte Opfergruppe waren vorpubertäre Kinder – er war also im eigentlichen Sinne des Wortes pädophil.

Saskia Jörgens, Merve Özdemir, Lena Boyko, Celja Schuster und Daniela Heubacher waren jedoch in der Pubertät oder darüber hinaus. Es ist alles andere als ein Naturgesetz, dass ein pädophiler Straftäter nach einigen Jahren der Unterbringung seine Zielgruppe verändert und parthenophil wird – nur weil sein eigenes Lebensalter sich ebenfalls nach oben verschoben hat. Dies erklärte auch Dr. Rantebihl in einer Pressekonferenz und unterstrich damit, dass noch nicht von einer Entwarnung bezüglich des Gefährdungspotenzials unbegleiteter junger Mädchen an unübersichtlichen Orten des Countys ausgegangen werden konnte. Ob er mit seinen Worten durch die Euphorie gedrungen war, die sich in den Tagen nach dem Auffinden in Teilen der Community entfaltete, blieb ungewiss.

Eine noch sichtlich unangenehmere Aufgabe kam Gerichtsmediziner Tabithi Waweru zu. Auf seinen Befund warteten vor allem Ermittler und Medien mit großem Interesse, und dass er erst drei Tage nach Einlieferung des Leichnams die Presse einberief, hatte bereits im Vorfeld für Unruhe gesorgt. Diese sollte durch seine Erkenntnisse noch zusätzliche Nahrung finden.

Waweru erklärte, dass der Zeitpunkt des Todes von Caspar Frucht bereits mindestens mehrere Monate zurückliegen müsse. Die Leiche sei offenbar über lange Zeit hinweg in einer Tiefkühltruhe gelagert worden, bevor sie jemand wenige Tage vor dem Zeitpunkt ihres Auffindens in dem verlassenen Gehöft deponiert habe. In der Hoffnung, noch genauere Erkenntnisse zu erlangen, habe man den Leichnam an ein darauf spezialisiertes Labor des FBI überstellt, denn mit Blick auf den Zeitpunkt des Verschwindens zumindest von Schuster und Heubacher sei es noch nicht eindeutig zu klären gewesen, ob Fruchts Ableben vor oder nach der Feststellung ihrer Abwesenheit eingetreten wäre. Dass Frucht etwas mit der Tötung des Urbexers Jaroslav Suchy zu tun gehabt haben könnte, sei nach den vorläufigen Ergebnissen der Obduktion definitiv auszuschließen.

Was außerdem auffällig gewesen sei, so Waweru weiter, sei der körperliche Zustand des Aufgefundenen gewesen. Es deute vieles darauf hin, dass Caspar Frucht über eine lange Zeit hinweg in einem abgeschlossenen Raum ohne Tageslicht gelebt und sich wahrscheinlich dort nicht freiwillig aufgehalten habe.

Die Autopsie habe Eigentümlichkeiten zutage gefördert, die auf wenig Luft und Sonne hindeuteten, und zudem habe die Leiche Fesselspuren aufgewiesen. Mit hoher Wahrscheinlichkeit sei Verdursten die Todesursache gewesen. Wer Caspar Frucht gefangen gehalten habe, habe mit hinreichender Sicherheit irgendwann bewusst oder infolge von Verhinderung aufgehört, diesen mit Nahrung und Flüssigkeit zu versorgen.

Damit war klar: Caspar Frucht hatte bereits vor längerer Zeit ein hässliches Ende gefunden. Inwieweit die Spuren in der Alten Ziegelei und die weitere Chronik der Ereignisse direkt miteinander zusammenhängen, bedurfte noch der genaueren Klärung. Vor allem stellte sich nun die Frage: Wer hat ihn gefangen genommen, festgehalten, auf eine so grausame Weise sterben lassen und ihn dann in einer Tiefkühltruhe aufbewahrt, ehe er ihn eines Tages ohne erkennbaren Anlass in dem verlassenen Gehöft in Gröna ablegte? Das alles konnte eine Folge der Rache oder Selbstjustiz von Angehörigen eines seiner Opfer sein. Es konnte aber auch noch komplett andere Erklärungen geben. Zudem war spätestens zu jenem Zeitpunkt deutlich: Ein gefährlicher Gewaltverbrecher, der sich im County aufhielt, war tot, ein anderer lief nach wie vor frei herum.

ENDGAME.

In der Woche nach dem großen Derby zum Auftakt würden für Serpentina Wagner auch die Sommerferien enden. Entsprechend hatten sie und Erich sich den kompletten Freitag füreinander reserviert, ehe dieser am späten Nachmittag seinen Wagen startklar für das Wochenendseminar in Wilsleben gemacht haben musste.

Nach längerem Überlegen hatte sich Kurt Wagner nach Rücksprache mit mir dazu entschlossen, seine Tochter zumindest dem Grunde nach einzuweihen, dass es eine Field Office gäbe, er selbst diese regelmäßig mit Informationen und Handreichungen versorge und dass auch Erich in dieser eine Funktion zugedacht sei. Deshalb könne er auch, weil er eine Weiterbildung absolviere, nicht mit dabei sein, wenn Serpentina am Wochenende für ihren Verein auflaufe.

Näher ins Detail ging er nicht – aber mit dieser Erklärung hatte er zum einen verhindert, dass Erich eine neuerliche faule Ausrede finden musste, und gleichzeitig seiner Tochter einen weitreichenden Vertrauensbeweis mit Blick auf ihre sich anbahnende Volljährigkeit angedeihen lassen. Im Gegenzug dazu nahm er ihr das Versprechen ab, nicht mit Dritten darüber zu reden, sich mit der Begründung „dienstlicher Auftrag" zu begnügen, sollte wieder einmal eine ähnliche Situation wie am Saisonauftaktwochenende auftreten, und grundsätzlich nicht zu neugierig mit Blick auf dienstliche Belange ihres Vaters oder ihres Freundes zu sein.

Es schien sie sogar noch mit zusätzlichem Stolz zu erfüllen, dass beide sozusagen an der Front engagiert waren, um etwaige böse Jungs im Auge zu behalten. Gleichzeitig war ihr auch klar, wie wichtig Vertraulichkeit gerade in dem Umfeld war und dass es auch in ihrem eigenen Interesse wäre, nicht alles zu wissen. Über weitere Involvierte verlor Kurt Wagner kein Wort, von diesem Moment an würde es seiner Tochter allerdings leichter fallen, mit Blick auf seinen Bekanntenkreis zwei und zwei zusammenzuzählen.

„Mein Vater hat mir erzählt, bei welchem Verein ihr beide seid", sprach Serpentina dann auch selbst Erich an, als beide zusammen von der Aussichtsplattform im Schlossrestaurant aus über die Saale über die Weiten des Salzlandes blickten. „Wann hättest du es mir denn gesagt?"

Erich nahm sie in den Arm und drückte sie fest an sich. Während ihr Kopf auf seiner Schulter ruhte, erklärte er: „Mir fällt ein riesiger Stein vom Herzen, dass er es getan hat. Ich bin jetzt ein paar Monate mit dabei, und bei manchen Informanten wissen die Frauen und Kinder bis heute nicht, was sie tatsächlich oder mindestens nebenbei machen. Ist auch gut, weil es ein Schutz für alle ist. Aber ich hätte als Frischling da nicht einfach die Regeln brechen können, und selbst dein Vater musste es sich absegnen lassen, dich einzuweihen."

„Ist Kyra auch dienstlich immer mit dir unterwegs?"

„Du darfst nicht so neugierig sein und ich darf's dir nicht sagen. Aber du kannst davon ausgehen, dass ich immer dann, wenn ich es mir selbst aussuchen kann, meine Zeit lieber mit dir verbringe als mit anderen Frauen. Im Umkehrschluss kannst du dir dann ja denken, dass ich es mir, wenn ich es nicht mache, auch nicht selbst aussuchen konnte."

„Du bist wundervoll…"

„Nein, du…"

Der Rest des Tages, der ihnen zur Verfügung stand, führte sie noch zusammen auf den Eulenspiegelturm, den Fluss entlang, zur Bebitzer Fischräucherei, in ein Eiscafé hinter der Marina und dann noch für drei Stunden in einen Wakesetter, den sie bei einem örtlichen Verleih gemietet hatten und mit dem sie zusammen über die Saale bretterten.

Erich war schon knapp dran, nachdem er Serpentina nach Hause gebracht hatte, und schaffte es erst als einer der Letzten, noch vor der Deadline um 19 Uhr in der Großkaserne in Wilsleben einzuchecken und um 20 Uhr bei der Begrüßungsansprache zu sitzen. In seinem Kurs saßen 15 Personen, nach einer Einführung und Vorstellungsrunde sollten tags darauf Fachvorträge zu Profiling, Feindaufklärung und Identifikation möglicher operativer Ansatzpunkte stattfinden. Für Sonntag war dann noch ein Crashkurs zu Grundlagen der operativen Psychologie geplant. Neben Referenten, die in verschiedenen Bereichen der MiK stationiert waren, sollte sogar ein Experte aus Texas selbst kommen.

Dass er wohl das gesamte Wochenende über auch nicht einmal Nachrichten mit Serpentina austauschen könnte, weil die privaten Phones abgegeben werden mussten – „Das gilt auch für Smartwatches, Mr. Bruckner", hieß es gleich zu Beginn vonseiten der Empfangschefin –, war die erste negative Überraschung des Seminarwochenendes. Immerhin gab es eine Computerkammer, von der aus es möglich sein würde, E-Mails zu checken. Aber auch die sollte um 21 Uhr verschlossen sein, augenscheinlich zu früh, um an jenem Abend noch nutzbar gemacht werden zu können. Da Erich ohnehin schon so knapp dran war, konnte er nicht einmal mehr Bescheid geben.

So ließ Erich noch den Tag mit Serpentina nachwirken und bemühte sich, beim Seminarprogramm konzentriert zu bleiben. Nicht immer gelang ihm dies. Schon bei der Anwesenheitsliste trug er versehentlich die Hausnummer der Wagners ein statt seiner eigenen – erst im letzten Augenblick bemerkte er den Schnitzer.

Serpentina hätte sich zweifellos nach dem rundum gelungenen Tag noch eine Nachricht zum Abend von Erich gewünscht. Allerdings dürfte sie, nachdem ihr Vater sie über die Mission aufgeklärt hatte, auch in der Lage gewesen sein, zwei und zwei zusammenzuzählen und zu erahnen, dass es äußere Umstände wären, die ihn daran hinderten.

Immerhin schaffte er es noch, am Samstag in der ersten Pause vom Computerraum aus eine E-Mail an sie zu richten, ihr die Situation zu erklären, sich für den Tag davor zu bedanken und ihr alles Gute für das Spiel zu wünschen.

Sie sollte sie noch bekommen haben, in einer kurzen, aber liebevollen Nachricht schrieb sie Erich zurück. Da ihr Vater mit dem Familienauto jedoch vor dem Spiel noch eine neue Kommode abholen musste, war dieses in Beschlag genommen und Serpentina musste mit dem Fahrrad nach Baalberge anreisen. Um 13 Uhr sollte der Anpfiff sein, um etwa 11 Uhr wollte sie der Rückantwort an Erich zufolge losfahren. An dem sonnigen und in seiner Atmosphäre schon leicht spätsommerlich angehauchten Tag sollte sie nicht länger als eine knappe halbe Stunde zum Stadion in Baalberge benötigen.

Sollte, aber so kam es nicht. Die Teamvorbesprechung fand ohne sie statt. Alle rechneten damit, dass sie jeden Augenblick dazustoßen und einen triftigen Grund für ihr spätes Erscheinen nennen würde, aber die Kabinentür blieb zu. Als es in Baalberge 12.50 Uhr war und die Teams schon zum Einlaufen bereit waren, fehlte Serpentina jedoch immer noch, und ihr Phone war ausgeschaltet, wie mehrere Kontrollanrufe offenbarten. Erste Unruhe war in der Mannschaft zu spüren.

„Ihr Freund wird sie doch nicht gestern noch dazu überredet haben, mit dem Fußballspielen aufzuhören?", fragte Elena Ryschkowa ihren Trainer.

„Da hätte ich als Vater auch noch ein Wörtchen mitzureden... noch", antwortete Kurt Wagner. „Sie sollte aber längst hier sein, da stimmt etwas nicht. Bewahrt trotzdem erst mal Ruhe und geht da raus, ohne darüber nachzudenken. Ich gehe dem schon nach, was da los ist." Da es in jedem Fall zu spät für sie wäre, sich für die Startelf bereit zu machen, ließ er eine Ersatzspielerin auflaufen.

Das Spiel begann, plätscherte vor sich hin, das Team wirkte nicht so konzentriert, wie es sollte, fing sich einen frühen Gegentreffer ein und brachte auch in der Offensive wenig auf die Reihe. Ein Sonntagsschuss von Ryschkowa aus der zweiten Reihe brachte nach einer halben Stunde den Ausgleich. Danach wieder viele Unsicherheiten, weil Serpentina in der Abwehr fehlte, aber auch Kurt nicht viel einfiel, um die Mannschaft zu festigen. Er versuchte nach außen hin cool zu wirken. Die Sorge um seine Tochter belastete ihn aber so sehr, dass er nicht einmal eine fragwürdige Abseitsentscheidung zu Lasten der Könneranerinnen wie sonst mit emotionalen Ausbrüchen begleitete.

Als Serpentina auch zur Halbzeit noch nicht erschienen war, entschloss er sich dazu, sich auf die Suche zu machen. Im Zuschauerraum erkannte Kurt Wagner den Könneraner Jugendstürmer Khaled al-Sulamani, der sich offenbar zusammen mit einem Baalberger Kumpel das Spiel ansehen wollte. Er winkte ihn zu sich und gab dem verdutzten Jungen den Auftrag, das Team in der zweiten Halbzeit zu managen. Beim Stand von 1:1 verließ er anschließend das Stadion und setzte sich in den Familien-Van.

Entlang der Strecke über Kleinwirschleben gab es keine Spur von Serpentina. Deshalb entschloss sich Kurt Wagner, alle anderen möglichen Strecken abzufahren, insbesondere kaum genutzte Nebenstrecken und Güterwege. Vor allem, wenn Serpentina vergleichsweise zeitig losgefahren sein sollte, wäre die Wahrscheinlichkeit groß gewesen, dass sie einen solchen wenig befahrenen Weg nehmen würde.

Tatsächlich wurde Kurt Wagner nach einer knappen halben Stunde des Umherirrens fündig: Entlang des parallel zur Fuhne verlaufenden Weges von Leau nach Kleinwischleben lag an dessen Rand ein beigefarbenes Damenfahrrad – und wie ein genauerer Blick offenbarte, war es jenes von Serpentina. Das Rad war zerbeult, als wäre es angefahren worden. Nur von dem Mädchen selbst fehlte jede Spur.

Offenbar war sie über Lebendorf und Leau gekommen und wollte von dort aus über Kleinwirschleben fahren. Dort könnte sich ein Unfall ereignet haben. Möglicherweise wurde sie dabei verletzt und der Fahrer brachte sie in ein Krankenhaus. Kurt Wagner gab den Vereinskollegen Bescheid, nahm das 1:3, mit dem das Spiel verlorenging, auf seine Kappe und machte sich auf den Weg nach Hause, von wo aus er erst die Krankenhäuser und dann alle Bereitschaftsärzte anrufen wollte.

Was ihm große Sorgen machte, war, dass er nur etwa 20 Meter vom Fahrrad entfernt in der Wiese etwas Blitzendes wahrnahm. Es war Serpentinas Phone, auf das die Sonne gefallen war. Eine Folgewirkung des Unfalls konnte das nicht sein, dafür lag es zu weit entfernt. Kurt Wagner ahnte das Schlimmste, und nachdem er in Erfahrung bringen konnte, dass weder bei den Krankenhäusern noch bei den Bereitschaftsärzten in der Gegend eine junge Frau in die Notaufnahme gebracht worden sei, wusste er, dass er keine Zeit mehr verlieren durfte.

Für ihn stand fest, er musste Knut Thomas anrufen, dann den Ortspriester seiner orthodoxen Gemeinde, dann den Schliach der Chabad-Gemeinde und dann den Sheriff. Warum diese Reihenfolge? Ob die Polizei beginnen würde, Serpentina zeitnah zu suchen, war alles andere als sicher. Immerhin war sie erst wenige Stunden weg und dabei fast volljährig. Aus diesem Grund hatte er auch Pofistal Rittenschober nicht eingeweiht, der die gegnerische Mannschaft trainierte und theoretisch selbst schon Amtshandlungen hätte veranlassen können. Alle anderen würden hingegen bei erster Gelegenheit eine Telefonkette in Gang setzen, um möglichst viele Kontakte aus Field Office, Kirchengemeinde und Noachidischem Arbeitskreis für eine Suche zu mobilisieren. Sein Haus würde dafür zur Einsatzzentrale – zumindest bis sich die Polizei der Sache annähme.

Noch bevor Kurt Wagner erneut zum Hörer greifen konnte, klingelte es bereits an der Haustüre. Kurt lief aus seinem Arbeitszimmer, schon durch den Türspion erkannte er ein vertrautes Gesicht. Er öffnete.

„Kyra, du, kann ich dir irgendwie helfen?"

„Hallo Kurt, das wollte ich eigentlich dich fragen."

„Serpentina... meine Serpentina ist weg... woher weißt du... oder weißt du überhaupt schon?"

„Eine Ahnung... ich hatte eine Ahnung", erläuterte sie, während Kurt sie ins Haus ließ und in das Arbeitszimmer führte. „An manchen Tagen kommen sie. Ich hatte noch ein paar Akten durchgearbeitet und wollte, um abschalten zu können, eine Fernsehserie ansehen. Irgendwann muss ich eingeschlafen sein, da sah ich eine schemenhafte, dunkle Gestalt, die auf den Boden zeigte. Dann hörte ich ein Flüstern, und als ich mich darauf konzentrierte, war es ein Hilfeschrei. Die Stimme klang wie die von Serpentina."

„Hast du noch was gesehen, eine Offenbarung gehabt? Kannst du eine herbeirufen? Egal, was es ist, ich muss ein paar Anrufe tätigen... wenn dir irgendwas einfällt, was helfen kann, du hast freie Hand."

„Ich kann diese Ahnungen nicht beeinflussen, aber ich kann etwas versuchen. Vielleicht war es ein Mulo, der mir zeigen wollte, dass etwas nicht stimmt und ich etwas tun muss. In meinem Traum übermittelte ich auch eine Nachricht, auf einer Schreibmaschine, wie es sie früher gab. Hast du einen Computer, an dem ich ungestört arbeiten kann?"

„Nimm den alten dort drüben, ich weiß aber nicht, ob der die Online-Verbindung herstellen kann."

Kyra setzte sich vor das tatsächlich etwas vorsintflutlich anmutende Gerät und schaltete es an. Es brauchte quälend lange Minuten, bis es hochgefahren war. Von einem Erkennen einer Internetverbindung konnte jedoch keine Rede sein. Immerhin gelang es ihr nach einigen Mühen, eine Schreibdatei zu öffnen.

„Vielleicht brauche ich die nicht...", erwiderte Kyra. „Kurt, ich glaube, es ist etwas sehr Dunkles, sehr Böses, was hinter ihr her ist. Mobilisiere alle Kräfte, die du mobilisieren kannst."

„Ich kann Erich nicht erreichen, die dürfen dort auf dem Seminar offenbar ihre Telefone nicht benutzen. Willst du hinfahren und ihn abholen?"

„Das könnte zu viel Zeit kosten... ich setz mich lieber an das Gerät – und du solltest jetzt die Leute abtelefonieren. Vertrau auf Gottes Hilfe, und vertraue mir. Ich glaube, ich weiß, was ich jetzt am besten mache…"

Erich saß zu dieser Zeit noch komplett ahnungslos im Seminarsaal. Der Referent zum Thema „Profiling" war redlich bemüht, Interesse zu wecken. Allerdings war es heiß und stickig im Raum, es war schon das dritte große Thema des Tages an der Reihe und bei vielen ließ die Aufmerksamkeit bereits zu wünschen übrig. So auch bei Erich, der ohnehin in seinen Gedanken beständig den Vortag mit Serpentina noch einmal durchlebte und, nachdem bis zur Kaffeepause keine neue E-Mail von ihr gekommen war, hoffte, es möge in der nächsten vor dem Abendessen eine eingetroffen sein. Bis dahin würden allerdings noch etwa zwei Stunden vergehen.

Er wusste zu dem Zeitpunkt noch nicht, was geschehen war, und kämpfte gegen seine Müdigkeit an. Der Referent ging in die Details der neusten Erkenntnisse auf dem Gebiet der Operativen Fallanalyse und der Tätertypenanalyse – vieles davon war Erich aber schon aus seiner Ausbildung in Texas bekannt.

Unterdessen hatte es Kurt Thomas geschafft, alle relevanten Multiplikatoren abzutelefonieren, die ihm helfen könnten, schnell in ihrem Umfeld Suchmaßnahmen zugunsten von Serpentina zu organisieren. Anschließend klapperte er die Nachbarschaft ab, und sogar Herbert Götzenberger sagte zu, umgehend die Leiter des katholischen Seniorenverbandes und seiner Kegelmannschaft zu alarmieren, die vielleicht ebenfalls Freiwillige dazu motivieren könnten, Aufnahmen von Serpentina und Details über ihr Verschwinden in ihrem Lebensumfeld zu verschicken.

Kyra saß derweil vor dem eingeschränkt funktionstüchtigen Rechner. Sie wusste nicht genau, was es mit dem, was sie im Sinn hatte, eigentlich wirklich auf sich hatte, aber sie konzentrierte sich auf die Vision, die sie zuvor gehabt hatte, und vertraute auf das, was sie ihr befahl. Nach einigen Minuten des bloßen Nachdenkens und Starrens auf den Bildschirm begann sie in die Tasten zu hämmern:

„Im Zuge der Erörterung einer Vielzahl an Denkansätzen, wie es einer Personengruppe im Auftrag einer fremden Macht, insbesondere einer aus Grenznähe, gelingen könnte, eine Neuauflage der sogenannten Operation Fichtelberg zu organisieren, haben sich nicht annähernd belastbare Indizien ergeben, wonach dies überhaupt der Fall gewesen sein könnte. Demgegenüber bestehen gewichtige Gründe zur Annahme, dass ein Einzeltäter oder eine ganz kleine konspirative Gruppe für das Verschwinden von fünf minderjährigen Mädchen innerhalb der vergangenen fünf Jahre im County verantwortlich sein könnte."

Ich weiß nicht, was der Profiling-Referent im Seminarsaal in Wilsleben tatsächlich in dieser Zeit von sich gegeben hat. Erich hatte aber jedenfalls plötzlich seine Aufmerksamkeit wiedergefunden. Ihm war, als würde dieser Referent speziell zu ihm persönlich sprechen.

„Die unterschiedlichen ethnischen, sozialen und kulturellen Herkunftsmilieus angehörigen Opfer hätten sich zweifellos nicht alle in gleichem Maße bereiterklärt, zu einer unbekannten Personenmehrheit ins Fahrzeug zu steigen. Wahrscheinlich ist also, dass eine Einzelperson, die allen Betroffenen in irgendeiner Weise vertraut war, die sie zumindest regelmäßig zu Gesicht bekamen, sie in sein Fahrzeug gelockt hat."

In Erich blitzte ein Gedanke auf: „Könnte es ein Schulbusfahrer, Polizist oder ein Mitglied der Nachbarschaftswache gewesen sein?"

„Nicht alle sind regelmäßig mit dem Schulbus gefahren, vor allem nicht alle mit der gleichen Linie", tippte Kyra, und der Referent in Wilsleben blickte Erich an und fuhr fort: „Die unterschiedlichen Herkunftsgebiete und Tagesroutinen sprechen auch dagegen, dass alle zum Opfer ein- und desselben Polizeibeamten oder Nachbarschaftswächter geworden sind. Zumal die soziale Kontrolle in einem Gebiet wie dem Bebitzer Bahnhof oder der gegenüberliegenden Roma-Siedlung so hoch ist, dass Ortsfremde sofort Aufmerksamkeit auf sich ziehen."

„Ein Postbote oder Paketfahrer?", sinnierte Erich weiter.

„Möglich, aber mit Blick auf das Verschwinden von Lena Boyko unwahrscheinlich. Um die betreffende Tageszeit fahren diese nicht mehr", tippte Kyra in den Rechner und nahm Erich es aus dem Mund des Referenten wahr.

Den nächsten Satz, den sie tippte, dachte dann wieder Erich: „Es muss eine Vertrauensperson der sozusagen nächsten Zwiebelschicht sein, eine, die nicht ganz so präsent im Alltag ist – zumal die Polizei diese auch schon vernommen hat. Eher jemand, den man im Schulalltag oder in der Freizeit trifft, wie ein Hausmeister, Platzwart, Gärtner oder Handwerker."

Und Kyra tippte weiter: „Und dieser lebt schon lange genug hier, um exzellente Ortskenntnisse zu haben, aber er ist nicht hier geboren oder aufgewachsen. Andernfalls wäre die Wahrscheinlichkeit groß, dass er bereits in seiner Jugend oder im früheren Erwachsenenalter in auffälliger Weise in Erscheinung getreten wäre."

„Wer konnte unbemerkt beiläufig die Kette von Celja Schuster in den Transporter von Laszlo Cervenak schmuggeln?", nahm Erich die Worte des Referenten wahr. „Und wer war überall präsent? Hatte ausreichend Zeit, den Tagesablauf seiner Opfer zu studieren? Wer hatte überall Zugang?"

„Wer war regelmäßig in der Nähe der Opfer oder in den Straßen des Countys unterwegs, wahrscheinlich noch mit beruflicher Rechtfertigung?", tippte Kyra. „Konnte es jemand sein, der vor einer Vergangenheit davon läuft? Was hat es mit den Wolfsaugen auf sich, die Suchys Kamera erfasste, bevor sie zu Boden fiel?"

„Wolfsaugen?", flüsterte Erich vor sich hin. „Wolfsaugen? Konnten es auch Hundeaugen sein?"

„Jemand musste ausreichend Zeit und Gelegenheit gehabt haben, einen Hund für so etwas zu trainieren", tippte Kyra weiter. Und Erich hörte den Referenten sagen: „Im Fall von Serpentina ahnte er, diese würde nicht freiwillig mit ihm mitkommen, deshalb musste er sie auf dem Rad anfahren…"

Mit einem Mal schreckte Erich auf und saß schwitzend und mit weit aufgerissenen Augen im Seminarraum. Der Referent warf ihm einen abschätzigen Blick zu und meinte: „Es tut mir aufrichtig leid, Mr. Bruckner, dass mein Vortrag Sie offenbar so sehr gelangweilt hat, dass Sie demonstrativ am Tisch eingeschlafen sind. Sagen Sie mir doch, was ich machen muss, um Sie wachzuhalten."

Er musste eingeschlafen sein und das geträumt haben. Aber was war das mit Serpentina und dem Rad? Erich atmete schwer, bedeckte sein Gesicht in seinen Händen. Er wusste beim besten Willen nicht, was von dem, was sich gerade in seinen Gedanken abgespielt hatte, real, eingebildet oder geträumt war. Aber der bloße Gedanke, Serpentina könnte etwas geschehen sein, oder sie könnte sich sogar in der Gewalt eines skrupellosen Serienmörders befinden, sollte es ihm unmöglich machen, noch irgendeiner Lehrveranstaltung zu folgen.

Dann blickte er den Referenten an.

„Tut mir leid… tut mir wahnsinnig leid. Sie machen das großartig, Danke. Aber Sie müssen mich jetzt bitte entschuldigen, es ist wirklich wichtig…"

Erich stand auf und schickte sich an, den Raum zu verlassen.

„Bleiben Sie sitzen! Sie können hier nicht einfach nach eigenem Gutdünken den Raum verlassen! Oder fehlt Ihnen etwas?", rief der Referent ihm nach. „Ich komme wieder", erwiderte Erich und ging unbeirrt weiter.

Er begab sich auf direktem Wege zu seinem Wagen auf dem Parkplatz. Auch am Tor wurde er von den Wachen aufgehalten und belehrt, dass ohne Zustimmung des verantwortlichen Ausrichters kein Teilnehmer befugt wäre, das Gelände zu verlassen.

„Ja, verdammte Scheiße, ich weiß… Rufen Sie meinen Field-Office-Commander an oder wen auch immer! Aber lassen Sie mich jetzt verdammt noch mal durch, es geht um Leben und Tod…"

Gegen Abgabe der Teilnehmerkarte war der Wachkommandant am Ende bereit, Erich das Tor zu öffnen. Während er mit weit überhöhter Geschwindigkeit über die letzten Kilometer der Harzautobahn bretterte, hatte Kyra den Schreibtisch verlassen und rief Kurt Wagner an, der nach eigenen Angaben gerade auf dem Weg war, alle seine Kontaktpersonen noch einmal persönlich abzuklappern, um sie danach zu fragen, was sie schon veranlasst hätten. Außerdem sollte er ins Sheriffsbüro kommen.

„Ich habe das Gefühl, Erich ist im Begriff, etwas Unüberlegtes zu tun", meinte sie am Telefon. „Soll ich versuchen, ihn abzupassen?"

„Erich kann auf sich selbst aufpassen", erwiderte Kurt. „Bitte bleib bei mir zu Hause für den Fall, dass ein wichtiger Anruf kommt oder jemand, der etwas zu berichten weiß, oder Serpentina selbst."

„Alles klar, du hast Recht…"

In etwa um diese Zeit muss Erich auch an dem Hof angekommen sein, den er entschlossen war, unter die Lupe zu nehmen. Er wusste, er hatte weder sein Mobiltelefon dabei, noch eine Waffe – und er hatte es in der Eile auch unterlassen, zurück zu sich nach Hause zu fahren und wem auch immer Bescheid zu sagen.

Er wusste aber auch nicht, was geschehen war. Ob er das alles nur geträumt hätte. Ob er mit seinem Verdacht richtig lag. Deshalb wollte er sich auf dem Hof auch nur einmal umsehen, unverbindlich. Vielleicht, sollte er dort auf jemanden treffen, so tun, als ob er sich für einen Hund interessieren oder Schweinebraten kaufen wollen würde.

Die Angst um Serpentina stand in jenem Moment über allem, und Schuldgefühle machten sich breit, weit weg und nicht einmal erreichbar gewesen zu sein, als es sie getroffen hatte. Auch deshalb wollte er niemand anderem unter die Augen treten, ehe es ihm nicht gelungen sei, sich Gewissheit zu verschaffen.

Der Gedanke quälte ihn immer noch, dass die Antwort auf alles nur wenige vor der Haustür gelegen haben könnte. Dass der vermeintliche Held, der Leben gerettet hatte und für seine Courage auf Kosten des Bundes in den Zeugenschutz geschickt wurde, seine unscheinbare und zurückgezogene Existenz als stets hilfsbereiter, nett grüßender und fleißiger Dienstleister und Landwirt genutzt haben könnte, um schlimmste Verbrechen zu begehen.

Konnte er Claus Clement oder Gerd Krämer oder wie auch immer einfach auch nur zu Unrecht verdächtigen? Warum ist sonst niemand auf ihn gekommen? Aber die Mädchen kannten ihn alle. Als Dienstleister für Rasenpflege in Privatgärten und auf Sportplätzen, als Hausmeister für Häuser, Büros oder Schulgebäude war er ihnen allen nicht nur einmal untergekommen. Sie kannten sein Gesicht, er grüßte immer. Er sah aus wie ein ganz unscheinbarer Zeitgenosse, dem man jederzeit sein Fahrrad oder sogar seine Dokumentenmappe anvertrauen würde. Dass sein Auto zu jeder Tageszeit in der Gegend unterwegs sein konnte und sein Handy zu mehreren Tatzeitpunkten im Bereich des dazugehörigen Funkmasten aufzufinden war, auch das hatte alles einen unscheinbaren Grund: Der vielbeschäftigte Mann hatte beruflich zu tun. Niemand kam auf den Gedanken, er könnte entlang der Strecken auch noch anderes im Sinn haben.

Kyra lag mit ihrem Argwohn richtig. Er hatte etwas zu verbergen. Und diese dubiose Geschichte mit dem Messerangriff passte jetzt auch wunderbar ins Bild. Er musste bemerkt haben, dass die Ermittlungen und Recherchen zu den Vermisstenfällen langsam, aber sicher in die Spur kommen – und da war ihm der Boden unter den Füßen zu heiß geworden. Vielleicht war schon sein Tipp an Rantebihl, es könnte eine neue Fichtelberg-Aktion von der EFR ausgehen, Teil des Plans, von hier die Fliege zu machen. Aber warum Serpentina? Die Nachbarstochter als letztes Opfer, sozusagen als Meisterwerk, bevor er verschwinden würde?

All diese Gedanken schossen Erich durch den Kopf, als er durch die schwere Stille des Sommerabends über das weitläufige Areal schlich. Er hatte seinen Wagen entlang der Hoppelstrecke von Bebitz nach Lebendorf abgestellt und war von dort aus zu Fuß weitergegangen. Jetzt versuchte er, sich auf dem weitläufigen Gelände einen Überblick zu verschaffen. Hier musste der Schlüssel zu allem sein, hier mussten alle Fäden zusammenlaufen.

Rechts von ihm erhoben sich die Stallungen, weiter vorne ging es offenbar zu den Hundezwingern. Auf dem Gelände standen teils aktive, teils schrottreife Landmaschinen herum. Und weiter vorne Gerümpel, Aufschüttungen, eine brachliegende Wiese mit ein paar Obstbäumen darauf. Sollten hier tatsächlich irgendwo versteckte Gänge sein? Zellen? Folterkeller? Ging mit ihm in diesem Moment nicht die Fantasie durch?

Sie tat es nicht – und er spürte es noch im gleichen Augenblick, da der Gedanke durch seinen Kopf schoss, am eigenen Leib. Ein dumpfer Knall, ein unbeschreiblicher Schmerz am hinteren Wadenbein: Erich schrie und fiel zu Boden. Liegend drehte er sich um, und auf ihn zu kam Clement selbst, in seiner Hand ein Jagdgewehr mit aufgeschraubtem Schalldämpfer. Offenbar hatte er auch in der Abgeschiedenheit seines Gehöfts an alles gedacht.

„Nicht bewaffnet, Bruckner?", brüllte Clement ihn an. „Ich weiß, warum du hier bist. Schade, ich hätte so gerne Notwehr daraus gemacht. Vielleicht sollte ich ja die Hunde loslassen."

„Wo ist Serpentina, du Drecksack?"

„Die wird dir bald folgen. Aber erst werde ich mit ihr noch ein bisschen Spaß haben. Ist ja schon etwas mehr dran als an den jüngeren Dingern."

„Du perverses Schwein, du kommst damit nicht durch. Im Moment sucht eine Hundertschaft anständiger Bürger dieses Countys nach ihr und die Polizei ist dir auch auf den Fersen."

Clement lachte höhnisch. „Glaubst du, ich habe nicht vorgebaut? Wenn ich dich erledigt und weggepackt habe, werde ich mich in Bewegung setzen und dem erstbesten Suchtrupp anschließen, der mir über den Weg läuft. Und du kannst dir sicher sein, ich werde dafür sorgen, dass er überall anders suchen wird als dort, wo er sollte. Ich weiß, wie man diese ganzen Bauerntölpel in die Irre führt. Die nehmen mir den braven Bürger ab, und die Amis und der Sheriff sogar den reumütigen Aufdecker... dabei wollte ich die ganzen Kiddies nur für mich allein. Na ja, bald muss ich mir die anderswo suchen."

„Irrtum, du hast den Bogen überspannt. Du kommst nicht in keinen neuen Zeugenschutz, ehe deine windige Kuchenmesseraktion nicht aufgeklärt ist."

„Das hänge ich Götzenberger an, der Idiot hat ja dankenswerterweise jede Menge Fingerabdrücke darauf hinterlassen."

„Aber keine Blutspuren auf der Kleidung… an die hast du nicht gedacht."

„Der hat seine Kleidung seither hundertprozentig schon zehn Mal gewaschen in seiner krankhaften Pedanterie. Und die ist schließlich stadtbekannt."

„Da täuschst du dich aber…", Erich begann zu bluffen. „Ich habe ihn überredet, dies gerade nicht zu tun, eben weil seine Fingerabdrücke auf dem Messer gegen ihn verwendet werden könnten. Ich habe die an einem sicheren Ort aufbewahrt."

„Ja, dann ist es umso wichtiger, dich umzulegen. Außerdem bluffst du. Der würde dir seine Sachen nicht einmal anvertrauen, wenn es ihn vor der Todesstrafe retten würde."

„Die wirst du bekommen, als erster Krimineller seit der Rückkehr Anhalts in die Unabhängigkeit."

„Ich werde in zwei Wochen hier auf Nimmerwiedersehen weg sein", prahlte Clement, „und ein Teil von dir wird von den Schweinen gefressen worden sein und ein anderer landet in der Wurst, wie bei den Gören. Ach ja, ich könnte dich und deine Angebetete dort ja auch ein letztes Mal vereinen…"

Offenbar wollte Clement Erich provozieren, damit dieser sich aufrichtet, auf ihn losgeht und so ein dankbareres Ziel abgibt. Zu seiner Überraschung tat Erich nichts dergleichen. Im Gegenteil, er schien mit einem Mal ruhiger zu werden, fast entspannt und begann sogar zu lächeln. Clement fiel dies auf.

„Was grinst du so dämlich, du Witzfigur?"

„Ich glaube, ich wette dagegen…", erwiderte Erich zu Clements Überraschung. „Heute wird der Tag sein, an dem dein Kartenhaus zusammenfällt."

„Nun, wenn du meinst", gab Clement zurück und legte das Gewehr zum Schuss an. Während er den vor ihm liegenden Erich ins Visier nahm, fügte er hinzu: „Wenn ich nicht in einem aufgeklärten Staat aufgewachsen wäre, würde ich jetzt sagen: Dann schließ mal Frieden mit deinem Schö..."

Weiter kann Clement nicht. Mit voller Wucht traf ihn von hinten ein gezielter Schlag mit einem schweren alten Spaten mit Holzgriff, der wohl noch aus dem vergangenen Jahrhundert stammte, auf den Hinterkopf. Sofort fiel er ungebremst zu Boden. Das Gewehr lag nun einen knappen Meter von ihm entfernt. Hätte er sich aufrappeln können, wäre er möglicherweise noch in der Lage gewesen, es zu nutzen. Bevor es aber dazu kommen konnte, trafen ihn noch mehrere weitere mit großer Wut und äußerster Kraftanstrengung ausgeführte Schläge auf Kopf und Rumpf. Einer, zwei... am Ende müssen es wohl sieben oder acht gewesen sein. Clement regte sich nicht mehr.

Dann brach die dunkel gekleidete, ein schwarzes Kopftuch tragende ältere Frau, die sie ausgeführt hatte, schluchzend zusammen, während ihre jüngere, stark tätowierte Begleiterin, die ihr geholfen hatte, sie tröstend festhielt.

„Mama Mangalica", erkannte Erich sie, richtete sich so gut es ging auf und humpelte unter starken Schmerzen mit seinem noch intakten Bein auf sie zu. Sie murmelte klagende Worte auf Romanes und es lag nahe, davon auszugehen, dass diese von Celja handelten. Dann ergriff sie die Hand von Erich und drückte sie an sich. „Gott segne dich, du hast alles getan, was du konntest für unsere Tochter. Vielleicht können wir sie jetzt begraben."

Die Begleiterin stellte sich als Cassy Heubacher vor, sie verständigte an Ort und Stelle auch die Polizei. Erich kannte sie nicht, aber Kyra seit dem unschönen Vorfall in der Bebitzer Bahnhofssiedlung. Es stellte sich heraus, dass sie wenige Tage danach von sich aus mit Kyra Kontakt aufgenommen und einen Gesprächstermin an einem Ort vereinbart hatte, an dem nicht mit Störmanövern durch ihre feindseligen

Angehörigen zu rechnen gewesen wäre: der großen Bäckereifiliale im Einkaufspark Zepziger Weg.

Es war ihr ein Bedürfnis gewesen, sich für den peinlichen Auftritt ihres Ehemannes und ihres Cousins zu entschuldigen, vor allem aber, mit Kyra über ihre verschwundene Tochter Daniela zu reden. Unterbewusst könnte das Gespräch mit Cassy Heubacher das Misstrauen Kyras in Clement befördert haben. Immerhin bestätigte ihr die Mutter der Verschwundenen, dass sich in der Siedlung selbst wenige Ortsfremde regelmäßig und häufig genug aufhielten, um so einfach einen Tagesablauf aushorchen zu können.

Die regelmäßigen Besucher der Anwohner kenne man und diese hätten keine Berührungspunkte mit den anderen Communitys, die Gäste des „Kulturhauses" kämen erst nachts, und sonst wären nur Lieferfahrer und eben Clement dort unterwegs, der manchmal Fahrdienste angeboten hätte, wenn Bahn oder Bus ausgefallen wären.

Am Ende ihres Gesprächs hat Kyra, wie sie später berichten sollte, Cassy Heubacher übrigens einen Job in der Kantine ihres Bildungsdienstes angeboten – plus Lernangebote für deren Kinder zum Mitarbeitertarif. Heubacher nahm gerne an, und auf Unmutsäußerungen aus ihrem Umfeld reagierte sie mit der Ansage, das Angebot nur dann nicht wahrzunehmen, wenn die Männer, die daran Anstoß nahmen, selbst einen Job annähmen, der mindestens gleich hohe Einkünfte brächte. Seither seien keine Beschwerden mehr gekommen, und generell sei das Nebeneinander von Bewohnern der Bahnhofssiedlung und jenen der nahegelegenen Roma-Siedlung deutlich friedlicher geworden. Kyra war es auch, die gleich nach ihrem letzten Gespräch mit Kurt Wagner auch in der Romasiedlung angerufen und darum gebeten hatte, es möge doch jemand im Umfeld des Clement-Hofes nach Erich Ausschau halten. Offenbar hatten Mama Mangalica und Cassy Heubacher sich anschließend kurzgeschlossen, um gemeinsam auf die Suche zu gehen.

Erich und die beiden Frauen mussten nicht lange warten, bis die Polizei eintraf. Schon bald sollte sich ein großes Aufgebot von

Einsatzkräften auf dem Gehöft einfinden, plus Spurensicherung und Rettungsfahrzeugen. Erich hatte auch Kurt Wagner mit Cassys Mobiltelefon über die neue Lage informiert. Dieser traf zusammen mit Kyra, Knut Thomas, der Nachbarschaftswache für den Distrikt und einigen anderen Helfern ein, die sich zur Suche gemeldet hatten.

Erich wollte unbedingt noch mitmachen bei der Suche nach Serpentina, die irgendwo auf dem Gelände gefangen gehalten werden musste. Seine Schusswunde war aber so schwer, dass er sich kaum noch aufrecht bewegen konnte und der Notarzt die umgehende Verbringung ins Krankenhaus anordnete.

„Wir suchen sie, und wir finden sie, und das Erste, was ich ihr sagen werde, ist, dass du sie gesucht und uns hierher geführt hast", sicherte Kurt Wagner ihm zu, „und sobald wir mehr wissen, sagen wir dir Bescheid."

Erst nach dieser Zusicherung ließ Erich sich in den Rettungswagen verfrachten. Für Claus Clement konnte dieser nichts mehr machen – der Notfallmediziner konnte nur noch dessen Tod feststellen.

Die Suchaktion auf dem Grundstück begann etwa eine halbe Stunde später mit einem Erfolg: Unterhalb einer Aufschüttung entdeckten die Einsatzkräfte eine Falltür, unter der sich ein weit verzweigter Gang befand. Dieser führte in mehrere Räume, von denen einige verschlossen waren. Hinter einer der mit schweren Schlössern gesicherten Türen vernahmen Helfer ein Wimmern. Sie brauchten einige Minuten, um die Absperrvorrichtungen zu entfernen, dann war der Weg frei, um eine völlig erschöpfte und röchelnde Serpentina aus ihrem Gefängnis zu befreien. Auch sie musste auf dem schnellsten Weg stationär ins Krankenhaus eingeliefert werden – Kurt Wagner erhielt nur kurz Gelegenheit, sie in den Arm zu nehmen und ihr von Erichs todesmutiger Suchaktion zu erzählen.

„Wie ist Erich überhaupt darauf gekommen, hier zu suchen?", wandte er sich Kyra zu, als der Krankenwagen außer Sichtweite war.

„Ich habe einfach etwas ausprobiert, und offenbar hat es irgendetwas bewirkt", erwiderte sie. „Ich glaube, wir hatten Hilfe von oben und Hilfe von jenen Seelen, die endlich ihre Ruhe verdienen."

Sheriff Dr. Rantebihl, der als einer der Ersten seiner Truppe persönlich am Einsatzort war und die Abläufe koordinierte, trat an die beiden heran und legte seine Arme um ihre Schultern.

„Fahrt nach Hause, ruht euch aus", meinte er. „Ihr habt heute genug durchgemacht. Ich kann euch gar nicht genug für euren Einsatz bei der Suche danken... Ab jetzt müssen unsere Einheiten ran."

„Vermutlich hast du Recht", antwortete ihm Kurt Wagner. „Aber das hier ist etwas, was uns alle angeht. Ich bin glücklich, dass Serpentina in Sicherheit ist. Aber gleichzeitig habe ich ein ganz schlechtes Gefühl hier."

„Ich auch", sagte Rantebihl. „Die Nacht wird noch lange, und die Zeit der guten Nachrichten ist vorbei. Ich hoffe, mich geirrt zu haben, aber ich bin mir sicher, das hier ist ein verdammter Friedhof..."

Wenig später winkten ihn Einsatzkräfte von der etwa 100 Meter entfernten Wiese heran. Nur wenig später waren auch schon die ersten Reporterteams am Ort des Geschehens eingetroffen.

EPILOG.

Bis Sonntagabend waren Nachrichtenteams aus aller Welt im County angekommen, gefühlt waren mehr Reporter unterwegs als einige Dörfer hier Einwohner hatten. Manche von ihnen campten entlang der Hoppelstrecken oder stellten ihre Kamerawägen als Nachtquartiere an deren Rändern ab. Viele Bauern hatten es aufgegeben, auf die Einsatzdienste zu warten, um sie abschleppen zu lassen. Mancherorts kam es sogar zu unschönen Szenen.

Die Nervosität hatte jedoch einen Grund. Die Stadt und der County mussten lernen, mit einer furchtbaren Gewissheit zu leben: Mehr als fünf Jahre lang hatte ein Serienmörder sein Unwesen dort getrieben – einer, der als freundlicher und zuvorkommender Zeitgenosse galt, als angenehmer Nachbar und als jemand, der stets ein Lächeln und einen Gruß auf den Lippen hatte.

Die Nacht hindurch und noch weit bis in den Sonntag hinein wurde das Gehöft Clements auf den Kopf gestellt, zugleich wurde auch sein Privathaus in der Weinertsiedlung durchsucht.

Leichenreste und Kleidungsstücke aller fünf verschwundenen Mädchen wurden auf dem Gelände der Farm gefunden, dazu noch die vergrabenen Überreste von drei noch nicht identifizierten Personen, die möglicherweise als Landstreicher oder Tramper in die Gegend gekommen und für die deshalb keine Vermisstenanzeigen registriert worden waren. Möglicherweise waren das seine ersten Opfer. Aber das festzustellen, war Sache der Gerichtsmedizin.

In den Kellerräumen wurden Folterwerkzeuge und Kamera-Equipment sichergestellt, zahlreiche Datenträger mussten noch ausgewertet werden. Offenbar hatte Clement das Leid seiner Opfer gefilmt. Auch ein Chloroform-Bestand fand sich dort, der dazu gedient haben dürfte, diese zeitnah nach dem Einsteigen in seinen Wagen zu betäuben.

Ob und inwieweit er tatsächlich, wie er gegenüber Erich behauptet hatte, Leichenteile in Lebensmittel eingearbeitet hatte, die von seinem Hof aus verkauft oder ausgeliefert wurden, ließ sich nicht mehr feststellen. Gerüchte dieser Art machten von sich aus die Runde, und die lokalen oder überregionalen Medien ließen sich die Chance, durch entsprechende Schlagzeilen Klicks zu generieren, nicht nehmen.

In den Medien der EFR wurde die Entlarvung Clements als Serienmörder übrigens genutzt, um sich selbst als Opfer zu inszenieren. Dieser, so hieß es, sei von den Behörden der MiK benutzt worden, um Bürger der EFR durch falsche Verdächtigung ins Gefängnis zu bringen und das Staatswesen in Misskredit zu bringen. Im Gegenzug habe man eine schützende Hand über ihn gehalten. Dass einige der Beteiligten an der „Operation Fichtelberg", die aufgrund von Clements Aussagen festgenommen wurden, geständig waren und selbst Namen anderer Involvierter nannten, wurde – außer in einer Handvoll als randständig eingestufter Nischenblätter – geflissentlich verschwiegen.

Der Urbexer Jaroslav Suchy musste wahrscheinlich sterben, weil er gezielt in der Nähe von Tatorten geschnüffelt hatte. Auf dem Farmgrundstück wurde ein Fahrrad vergraben vorgefunden, das, wie sich in weiterer Folge herausstellen sollte, diesem zuzuordnen war. Dass Clement einen leerstehenden Caravan aufbrach, Suchy dort platzierte und in Brand setzte, war wohl eine Form von

Trittbrettfahrerei, nachdem zuvor schon Wohnwägen gebrannt hatten, die zur Prostitution genutzt worden waren. Diese Brände blieben übrigens bis dato unaufgeklärt. Dass Ansgar Steinbichlers „Kulturverein" Konkurrenz vertreiben wollte, ist wahrscheinlich. Aber bis heute gibt es ja noch nicht einmal einen gerichtsverwertbaren Beweis dafür, dass der Verein selbst in solche Geschäfte involviert sei. Meine Aufnahmen von Erichs Albtraumabend im Vereinslokal schlummern ja für alle Fälle weiter auf meiner Festplatte. Den Caravan des Montagearbeiters dürfte Clement selbst in Brand gesetzt haben, zumindest liegt die Annahme nahe, dass er niemanden entlang der Hoppelstrecke lagern sehen wollte, die an seiner Farm vorbeiführte. Dass er die Einsatzkräfte alarmierte, sollte hier wohl ablenken – denn dass er die Flammen und den Geruch bemerkt hätte, als er auf seinem Hof arbeitete, konnte ja auch keiner widerlegen.

Eine besonders perfide Strategie hatte Clement sich auch mit Blick auf Caspar Frucht ausgedacht. Offenbar hatte er diesen schon bald nach dessen Flucht aus der Forensik entlang einer Straße aufgelesen. Zuvor hatte sich Frucht, der sich augenscheinlich bei seinem Ausbruch verletzt und deshalb dort Blutspuren hinterlassen hat, in der Alten Ziegelei an der Grönaer Landstraße verschanzt.

Ob Clement Frucht auch schon im Wagen betäubt oder den zum damaligen Zeitpunkt bereits Gesuchten mit der Aussicht auf ein sicheres vorübergehendes Versteck auf den Hof gelockt hat, wird wohl auf Dauer ein Geheimnis bleiben.

Es erscheint jedoch als plausibel, dass er Frucht dort gefangen gehalten und später ermordet und im Tiefkühler aufbewahrt hat, um ihm zu einem späteren Zeitpunkt einige seiner Taten in die Schuhe zu schieben.

Im Rahmen der Autopsie Clements wurde auch eine Stichkanaluntersuchung hinsichtlich der Wunden von der angeblichen Messerattacke durchgeführt. Gerichtsmediziner Tabithi Waweru erklärte, dass Clement sich diese seinen Ergebnissen zufolge „zumindest mit einer sehr hohen Wahrscheinlichkeit" selbst zugefügt hätte. Ein gezielter Angriff wäre demnach erfahrungsgemäß mit größerer Wucht ausgeführt worden und hätte ein noch tieferes Eindringen der Klinge zur Folge gehabt.

Auch hier zeichnete sich ab, dass Clement an jenem Tag Götzenberger mit dem Ziel eingeladen hatte, dessen Fingerabdrücke auf das Messer zu bekommen. Sollte die Überfallsversion platzen, so das Kalkül, ließe sich notfalls noch dieser belasten. Übrigens hatte er auch Schönmann unter einem anderen Namen per Mail zum Krankenhaus beordert. Dies ging aus einer Auswertung der Inhalte auf dem Computer hervor, der in seinem Privathaus in der Weinertsiedlung sichergestellt wurde. Im Keller fanden die Ermittler dort auch externe Festplatten, auf denen sich Aufnahmen der Gefangenen fanden, die er – teilweise nach mehreren Fällen von Folter und sexuellem Missbrauch – verhungern oder verdursten ließ. Und auch dabei beobachtete und filmte. Hätte Erich nicht seinen Alleingang durchgezogen, zu dem er sich durch eine unerklärliche Verkettung von Gedanken hinreißen ließ, die etwa 40 Kilometer weiter entfernt Kyra in eine Word-Datei tippte, hätte Serpentina Wagner ohne Zweifel ein ähnliches Schicksal gedroht.

Ihren Retter – oder zumindest Ermöglicher ihrer Rettung – konnte sie zwei Tage nach ihrer Befreiung wieder in ihre Arme schließen. Zumindest so weit das anatomisch möglich war. Immerhin musste Erich noch für mindestens zwei Wochen mit einer Ruhigstellung seines Beins rechnen und war so lange auf einen Rollstuhl angewiesen. Serpentina wurde nach einer Woche aus der stationären Pflege entlassen – gerade noch rechtzeitig vor ihrem 18. Geburtstag. Sie entschloss sich aber dennoch, die Feier zu verschieben. Irgendwann während jener Tage, in denen sie und Erich ihre romantischen Dates in die Krankenhauskantine verlegen mussten, dürfte in ihnen auch der Entschluss gefasst worden sein, gemeinsam einige Tage der Erholung an der norditalienischen Adria zu verbringen, sobald der Heilungsprozess hinreichend weit fortgeschritten sein würde.

Eine meiner ersten Aufgaben nach dem Wochenende, an dem Jahre des Schreckens und der Ungewissheit für die Menschen im County geendet hatten, war es, in Wilsleben das Gepäck und die Unterlagen für Erich abzuholen. Mittlerweile hatte sich auch bis dorthin herumgesprochen, was der Grund für sein eigenartiges Verhalten gewesen war.

Immerhin wurde ihm eine positive Bescheinigung des Seminars in Aussicht gestellt. Er müsse lediglich versäumte Inhalte über eine dafür bereitstehende Onlineplattform nachholen, einen Bericht schreiben und einen Test darüber ablegen. Zeit genug würde er dafür jedoch in den anstehenden Wochen der strikten Schonung zweifellos haben.

Die Albträume und seltsamen Erscheinungen, von denen Erich, Kyra und zuletzt auch Serpentina berichtet hatten, traten nach dem schicksalhaften Wochenende nicht mehr auf.

Das Weinfest, das traditionell am letzten Augustwochenende in der Stadt gefeiert wird, war von einem allgemeinen Gefühl der Befreiung gekennzeichnet. Eine schwere Last war von den Menschen im County abgefallen, und es war auch der breiten Öffentlichkeit nicht verborgen geblieben, dass am Ende eine gemeinsame Kraftanstrengung von Menschen aus allen Communitys und Milieus, nicht zuletzt bei der Suche nach Serpentina und der Ausschaltung Clements, eine entscheidende Rolle gespielt hatten. Diesen Faktor sprach auch Bürgermeister Scharlinger in seiner Eröffnungsansprache an, und sogar Gouverneur Lancelot Huber fand sich unter den Gästen ein – zweifellos auch zu Zwecken der Gesichtswäsche im Wahlkampf, aber ebenso unzweifelhaft auch, um der schwer geprüften Community seine Anteilnahme zu zeigen. Statt selbst das Wort zu ergreifen, überließ er Sheriff Dr. Rantebihl die ungeteilte öffentliche Aufmerksamkeit. Vor allem dieser sollte während der zentralen Veranstaltung zur Würdigung des Indian Summers in Stadt und County ausgiebig als Held gefeiert werden.

Wie sehr das Gemeinwesen zumindest bis auf Weiteres durch die Ereignisse zusammengeschweißt worden war, zeigte eine

Gedenkzeremonie, die Rabbi Edelman namens des Noachidischen Arbeitskreises für die Opfer der Verbrechensserie und deren Angehörige organisierte. Von allen fünf Opfern aus der alteingesessenen Dorfbevölkerung, der türkisch-muslimischen, der russischstämmigen, der Roma-Community und aus dem Bebitzer Bahnhofsviertel waren die engsten Angehörigen zugegen und standen miteinander in einer Reihe, um über ihre verlorenen Kinder zu trauern. Auch die Eltern von Jaroslav Suchy waren angereist. Rabbi Edelman mahnte, dass das Böse alle Menschen unabhängig von ihrer Herkunft oder Identität bedrohe, und die Gemeinschaft sich zur Verteidigung von Frieden und Würde zusammenfinden müsse. Wie lange das neu erlangte Gefühl der Zusammengehörigkeit andauert, wird die Zukunft zeigen.

Dass unser Beitrag als Field Office zur Aufklärung des Falls keine offizielle Würdigung erfuhr, lag in der Natur der Sache. Es sollte zum einen ohnehin niemand wissen, dass es uns überhaupt gibt, und außerdem ist es normalerweise nicht unser Job, Serienmörder aufzuspüren.

Einen positiven Effekt hatte die Entwicklung allerdings auch für uns. Aufgrund der Kontakte zwischen Clement und ihm wurde das Haus von Woldemar Schönmann durchsucht. Dabei wurden unter anderem erhebliche Bargeldbestände sowie mehrere Dutzend falscher Ausweispapiere sichergestellt, mittels derer er sich wahlweise als Wirtschaftstreuhänder, Anlageberater, Journalist, Headhunter oder Privatbankvorstand identifizieren konnte.

Im Verhör gab er zu, im Auftrag der EFR tätig zu sein, dieser Informationen zu beschaffen oder nach deren Vorgabe Einfluss auf die lokale Wirtschaft oder das lokale Meinungsklima zu nehmen.

Für uns war dieser „Beifang" wie ein Geschenk des Himmels. Ich verfasste gleich zwei Abschlussberichte für meine Vorgesetzten, in denen ich zum einen die Aufklärungsoperation bezüglich der möglichen zweiten Operation Fichtelberg für beendet erklärte, zum anderen aber auch argumentierte, dass mein Team einen entscheidenden Anteil an der Enttarnung eines EFR-Einflussagenten gehabt hatte.

Damit und mit der Aussage, dass gerade die nunmehr bestandene große Bewährungsprobe für das plurikulturelle Gemeinwesen und das Zusammenrücken der Communitys ein falsches Gefühl der Sicherheit erzeugen könnten, was wiederum feindliche Kräfte zu Aktivitäten motivieren könnte, forderte ich eine Erhöhung des Etats für das Field Office um 30 Prozent für das kommende Haushaltsjahr. Man weiß ja zum einen nie, wofür man das noch gebrauchen kann – und mit Erfolgsnachweis sind die Chancen auf eine Bewilligung ungleich höher.

Es war einer jener farbenfrohen Spätsommer-Sonntagnachmittage, an denen in meiner Ecke von Waldau nur der Schranken-Signalton vom Bahndamm und die Fahnen am Autohaus, die der Wind gegen die Masten schlägt, die Stille unterbrechen – da rief ich zum ersten Mal wieder das Leitungsteam des Field Office zur Lagebesprechung zusammen. Statt den Lieferdienst zu holen, richtete ich zusammen mit Knut Thomas selbst ein üppiges Barbecue in meinem Garten aus, um allen meinen Dank für ihren Einsatz und meinen Glückwunsch zu ihrem Erfolg auszusprechen. Sogar Erich war wieder weit genug genesen, um persönlich erscheinen zu können.

„Danke, dass du für mich wegen des Seminars interveniert hast", richtete er gleich zu Beginn unserer Zusammenkunft an meine Adresse, „ich habe gestern den letzten Test gemacht und bekomme das Zertifikat über das gesamte Modul."

„Glückwunsch, aber das war doch mein Job", antwortete ich, „die hätten auch so mitbekommen, warum du mittendrin aufgestanden und gegangen bist. Die werteten das als praktische Bewährung. Im Oktober bist du mit dem nächsten an der Reihe – nach all den Wochen der Zweisamkeit mit Serpentina Wagner geht's dann auch mal wieder mit Arbeit los."

Etwas später im Laufe des Abends richtete ich an Kyra die Frage, was es nun ihrer Meinung nach mit all diesen mysteriösen Vorfällen auf sich gehabt hätte, die vor allem Erich und sie selbst, aber auch Erich in seinem Elternhaus mit Serpentina erlebt hatten.

„Ich kann auch nur meine persönlichen Gedanken dazu äußern", meinte sie daraufhin, „ob die richtig sind, keine Ahnung. Aber ich denke, es müssen tatsächlich ruhelose Seelen gewesen sein, die sich auf diese Weise an uns richteten in der Hoffnung, dass wir ihnen helfen könnten. Sie haben in uns einfach gleichgesinnte Seelen erkannt, die ihnen zuhören würden. Bei Aljona, die aus heiterem Himmel Tommy Dorsey in Dauerschleife spielt, kann es aber auch einfach nur ein Scherz von Erichs Urahnen gewesen sein – oder nur eine technische Anomalie."

„Aber warum gerade an uns, und nicht an – sagen wir mal – Cassy Heubacher? Die war doch auch betroffen", gab Erich zu bedenken.

„Nun, ich kenne die Frau mittlerweile etwas besser", meinte Kyra. „Leute wie sie und auch viele andere in ihrem Milieu hatten nie diese Möglichkeit bekommen, ihre spirituelle oder gar göttliche Seele zu entfalten. Ihnen wurde immer nur beigebracht, zu funktionieren und Regeln zu folgen – und nicht groß darüber nachzudenken. Wo sie herkommt, fand man so etwas unnütz oder sogar gefährlich. Ich freue mich, dass man bei Menschen wie ihr jetzt sieht, dass es nie zu spät ist, um ihnen diese Möglichkeit zu geben. Aber körperlose Seelen, die ein dringendes Mitteilungsbedürfnis haben, wenden sich eher an Menschen, deren Empfänglichkeit dafür von vornherein stärker ausgeprägt war. Ist ja eigentlich auch eine Ehre, wenn man es sich so überlegt…"

„Muss ich dann auch damit rechnen, dass mir aus dem Nebel über dem Waldauer Anger irgendwann im November irgendwelche Schattengestalten entgegenkommen?", fragte ich Kyra.

„Man kann nie wissen", lachte sie. „Aber wenn dir etwas eigenartig vorkommt, kannst du mich ja jederzeit kontaktieren."

Der offizielle Teil des Abends sollte an jenem Tag schnell in einen gemütlichen übergehen. Auf dem Weinfest hatte ich zudem einige ansprechende Tropfen neben Traubensaft oder Federweißer für alternative Präferenzen erstanden, die ich nun gesammelt dem Team zur Verfügung stellte.

Ich war erleichtert darüber, dass meine kleine Truppe aus Knut, Erich und Kyra schon nach so kurzer Zeit so harmonisch zusammengefunden hatte, und dachte mir, was immer die Zukunft noch bringen würde, ruhte unsere Aufgabe jedenfalls auf einem Team aus klugen und findigen Köpfen.

Hinter dem Kirschbaum auf der Anhöhe in meinem Garten und einem Wolkengemälde aus unterschiedlichsten Orangetönen ging die Sonne prächtig unter.